Zombis

A John, ñam ñam ñam

Zombis

Kirsty McKay

Traducción de
Mercedes Guhl

el lado oscuro
OCÉANO Travesía

www.elladooscurooceanotravesia.blogspot.com

Editor de Océano Travesía: Daniel Goldin

Zombis

Título original: *Undead*

Tradujo Mercedes Guhl

Diseño de la colección: Francisco Ibarra Meza π

© 2011 Kirsty Mckay

D.R. © 2012 Editorial Océano, S.L.
C/ Milanesat 21-23, Edificio Océano
08017 Barcelona, España
www.oceano.com

D.R. © 2012 Editorial Océano de México, S.A. de C.V.
Blvd. Manuel Ávila Camacho 76, 10° piso
11000 México, D.F., México
www.oceano.mx

PRIMERA EDICIÓN, 2012

ISBN: 978-84-494-4493-7 (Océano España)
ISBN: 978-607-400-612-4 (Océano México)
Depósito legal: B-18576-LV

IMPRESO EN ESPAÑA/ *PRINTED IN SPAIN*

9003382010612

refiero morirme antes de volver a enfrentarlos a todos ellos. Así sea morirme de una muerte horrible, carnicera, con sangre y tripas por todas partes. Se cae de obvio.

Apoyo la frente contra el helado vidrio de la ventana del autobús en el momento en que entramos al estacionamiento de la cafetería de carretera, con los audífonos bien metidos en las orejas. La música se acabó hace rato, pero así al menos mantengo cierta ilusión de invisibilidad. Estoy perfeccionando mi mirada telescópica, como de soldado en el frente de batalla, sobre la campiña escocesa, y el clima se encarga de hacerme creer en forma patética que algo consigo (ya sé, es una idiotez, pero refleja mi estado de ánimo. Aclaro nada más en caso de que te hayas quedado dormido en esa clase específica de literatura inglesa. Y no, no estoy juzgando a nadie).

En otro par de minutos estaré a solas. Mis queridos compañeros de curso se habrán bajado a almorzar, y nada ni nadie puede obligarme a ir con ellos.

Esta podría ser la Excursión Escolar del Infierno si no fuera por el frío que hace. Frío y humedad, del tipo que se te cuela entre los huesos y te entorpece las ganas de vivir. Incluso el infierno tiene sus ventajas cuando se lo compara con el campo de Escocia.

—¿Qué tal una excursión de esquí antes del comienzo de las clases, Bobby? —había preguntado mi papá con entusiasmo hacía varios meses, cuando aún estábamos en Estados Unidos y el traslado a Inglaterra parecía una idea nebulosa y vaga que le iba a suceder a alguien que no era yo—. Es perfecto. ¿Qué mejor manera de conocer a tus nuevos compañeros?

—¡Vas a poder impresionarlos en las pendientes! —intervino mi mamá, tan práctica como siempre.

Claro, seguro… y así fue como se acordó toda la cosa.

Lo que mis papás no supieron prever fue que Aviemore, en Escocia, no tenía nada que ver con Aspen, Colorado. Y que tratar de hacer amigos al presumir mis supuestas habilidades deportivas sería la mejor manera de lograr que me patearan el traste, al mejor estilo inglés.

El trasero, no el traste.

Decir traste me marca como si fuera un bicho raro, igual que banqueta (en lugar de acera), celular (en vez de móvil), y *soccer* (en lugar de futbol). Cuando nos fuimos a Estados Unidos, hace seis años, todo el mundo decía que yo me oía más británica que la propia reina Isabel. Ahora que estoy de vuelta en la madre patria, parezco un híbrido extraño, una especie de fenómeno o de quimera de acento siempre cambiante. Necesito volver a aprender mi propio idioma, y a toda velocidad. Ya tuve suficiente de mofas, de gestos burlones y de bolas de nieve cuando vuelvo la espalda. La preparatoria en Estados Unidos puede ser brutal (¿rutinas de canto y baile en la cafetería? No, en realidad no mucho), pero la versión británica es igual de cruel. Cada una de las comidas en el centro de esquí ha sido una absoluta tortura. La búsqueda de un lugar en alguna mesa. La esperanza de hallar aunque fuera una, tan sólo una cara amistosa. Rezar para que el profesor Taylor y la profesora Fawcett no me invitaran a unirme a su mesa otra vez, pues sabía bien que podía ser la muerte que me identificaran como la consentida de los profes.

Pero todo ese horror está a punto de terminar. Esa idea me ha impedido derrumbarme durante las últimas 24 horas. Ya sólo me queda aguantar el viaje de vuelta a la escuela.

Todos desfilan por el pasillo del autobús para bajarse a comer en la cafetería de carretera "Alegres bocados", pero yo planeo quedarme aquí. Estoy más que preparada, seguro. Me salgo con la mía gracias a un sándwich de crema de cacahuate que me preparé en el desayuno. Cuando lo oculté en mi mochila junto con una manzana, esa aspirante a estrellita de *reality-show* que es la tal Alicia Hicks me vio y una de sus amiguitas empezó a tararear una cancioncita tonta que decía: "Es la hora de la crema de cacahuate y la mermelada". Me importa un pepino. Me tienen sin cuidado las chicas estúpidas con traje de esquí color pastel y uñas pintadas con escarcha rosa. Para esta comida van a tener que buscarse a alguien más a quien tirarle sus papas a la francesa.

¡Aaagh, otra vez! Papas fritas, y no "a la francesa".

No tengo nada de hambre, pero ése no es el principal problema. Lo cierto es que desde que salimos me estoy muriendo de ganas de ir al baño... pero, en serio, sólo alguien idiota usaría el baño del autobús. Pete Moore lo usó y dejó todo apestando en el viaje de ida, y le hicieron la vida imposible durante las siguientes dos horas. ¿Cómo pudo ser tan ingenuo? Cualquiera hubiera pensado que ya era suficiente con el hecho de que lo consideraran el ñoño número uno de la clase. Lo llaman "Albinito" por culpa de su pelo casi blanco y su piel transparente, cosa que algunas personas podrían considerar un insulto racista. Me sonrió una vez, al principio, pero era el tipo de sonrisa que uno le dirige a quien ve como un blanco más fácil. Pronto aprenderá que no voy a arriesgar mi pellejo por salvar el suyo, que más parece plástico de envolver comida. Y si eso implica cruzar las piernas con fuerza para poder aguantar unas cuantas horas más, lo haré.

Limpio el vapor que se ha formado en la ventana. ¡Huy! La nieve está cayendo de prisa y en cantidad. Típico. No hubo nieve fresca en los cuatro días que estuvimos en Aviemore, y ahora, que volvemos a la civilización, se viene toda la que hubiéramos querido. Observo a mis compañeros que se abren paso por un caminito serpenteante entre la nieve del estacionamiento y la que cubre las escaleras de la cafetería. Cuando llegan a la puerta, se oyen gritos.

Una enorme zanahoria de peluche los recibe a la entrada, haciéndoles gestos amistosos. Por unos instantes pienso que son alucinaciones que me hace ver el monóxido de carbono del motor, pero no, es una enorme zanahoria de peluche de verdad. Los gritos pronto se convierten en carcajadas y burlas. La zanahoria es algún pobre diablo, vestido con una botarga anaranjada, mallas verdes y guantes. Saluda y entrega vasitos de un carrito que tiene al lado, vasos para degustar alguna cosa. Mis compañeros se abalanzan sobre las muestras gratuitas como si no hubieran comido en años. Leo lo que dice la pancarta que cuelga sobre la puerta: "Jugo de verduras Carrot Man: ¡pon fuego en tu interior!"

La zanahoria de Carrot Man patea la nieve. Se debe estar congelando hasta los huesos. De repente, me siento afortunada de ser yo. La profesora Fawcett arrea a todos los demás al interior de la cafetería, y la pobre zanahoria queda afuera, recogiendo con torpeza todos los vasitos tirados, hasta dejar su carrito otra vez en orden.

—Tú te quedas aquí conmigo, Smitty.

Miro por entre los asientos. El profesor Taylor le está bloqueando la salida a un chico de pelo renegrido y pinta medio gótica, con su chamarra de piel. Rob Smitty: rebelde sin pausa, fenómeno y futuro desertor de la escuela (al menos eso parece). Pero sin duda alguna es el mejor para hacer surf en nieve. Cuando me fijé en él por primera vez, quedé convencida de que era el líder del grupo de bebedores menores de edad (cosa que sí es en realidad), pero también es un experto en eso de lanzarse pendiente abajo por una montaña. Era el único de mi clase lo suficientemente loco, además de mí, como para atreverse en los tramos para expertos, los de doble diamante negro. Mis respetos, a pesar del delineador de ojos negros y la actitud agresiva.

—Profe Taylor, no puede dejarme en el autobús —masculla Smitty—. Eso viola mis derechos.

—No sólo puedo sino que lo voy a hacer —el profesor muestra una sonrisa irónica cuyo efecto se pierde cuando estornuda plantando la cara en un enorme pañuelo de cuadros—. Perdiste todos tus derechos cuando consideraste necesario comprar vodka y cigarrillos con una identificación falsificada. Ahora siéntate y cállate, y ruega porque no se te contagie esta gripa.

Smitty manotea en el aire y vuelve por el pasillo haciendo ruido con sus pisadas.

—Se lo advertí, profesor Taylor. No sé qué vayan a decir las directivas del colegio cuando se enteren de que usted no quiso darme comida. Eso es exactamente privarme de alimentación.

—Cuántas palabrejas sabes, Smitty —bromea el profesor, pero alcanzo a ver una sombra de duda en sus ojos vidriosos. Se pone su gruesa chamarra color neón, mal consejo de moda que alguien le dio.

—Está bien. Te traeré un sándwich. Pero no te muevas del auto-

bús —lo señala con el índice muy estirado—, bajo ninguna circuns-
tancia. O te las verás conmigo. Créeme, no estoy en plan de juego ni
broma —estornuda de nuevo, como si con eso dejara más en claro
todo. Cuando el chofer abre la puerta para que salga, una ráfaga de
nieve se cuela dentro.

—¡Recuerde que soy alérgico a las nueces, profesor! —grita
Smitty—. ¡No querrá que mis papás lo demanden si acabo muerto
por eso!

La puerta se cierra. Me acurruco en mi asiento. El chofer enciende la radio y una canción insensatamente alegre me ataca los
oídos... algo sobre el sol que brilla todos los días y la suerte que
tenemos de estar al sol. ¡Qué suerte, seguuuuro! El chofer abre un
termo de café y el vapor forma remolinos cuando se sirve una taza.
¿Por qué será que el café siempre huele mejor de lo que sabe? Aunque en realidad sería incapaz de tomarme un sorbo de lo que fuera.
Cruzo las piernas con más fuerza y pienso en paisajes áridos...

De nada sirve. Tengo que orinar, quiero ir al baño.

—Oiga, usted.

Hago un gesto, mortificado, y veo a Smitty que se asoma por detrás del espaldar de mi asiento. Pero no me habla a mí sino al chofer.

—Déjenos salir un ratito, ¿sí?

El chofer lo fulmina con la mirada.

—Siéntate, muchacho. Ya escuchaste lo que dijo el profesor.

Smitty camina hacia la parte delantera del autobús.

—Anda, viejo, sólo queremos respirar un poquito de aire fresco.

—¡Ja! —contesta el chofer—. Más bien respirar un airecito helado de muerte.

Llegó el momento: ahora o nunca, pues nadie está prestando
atención. Me quito los audífonos, me levanto de mi asiento, sin en-
derezarme mucho, y comienzo a moverme hacia atrás, hacia el baño.

—Oye, jovencita, el baño está cerrado mientras el autobús esté
detenido —el chofer me vio.

—Pero... —siento las mejillas ardiendo. Smitty me mira.

—Es política de la compañía de autobuses —grita el chofer—.
Puedes ir al baño en la cafetería.

Me quedo en el pasillo. No hay forma de que aguante otras cuatro horas. Algo por ahí podría dañarse. Voy a tener que enfrentar a toda la multitud en el café.

—Yo también tengo que ir al baño —de repente Smitty resulta brincando en una sola pata, con la otra cruzada frente a su cuerpo. El autobús se sacude con sus saltos, que siguen el ritmo de la canción en la radio. ¡Qué pedazo de imbécil!

—¡Siéntate! —le grita el chofer—. Y tú…

Algo golpea el vidrio panorámico.

Todos damos un brinco y el chofer lanza una palabrota, una gruesa de verdad. Una mancha de café caliente le adorna la camisa blanca.

Hay otro golpe en el vidrio.

Una gruesa mano rosa limpia la nieve de un trecho de ventana. Y luego desaparece.

—¡Malditos chicos! —murmura el chofer, y se inclina para poner su taza en el tablero—. ¡Fuera de ahí! —grita y golpea el panorámico. Mientras lo hace, algo impacta con mucha fuerza en un lado del autobús. Me aferro al asiento para no caerme.

—¡Muy bien! ¡Ustedes se lo buscaron! —el chofer se levanta y se pone su abrigo mientras se frota la cabeza, en el lugar donde se golpeó con el timón—. ¡Quédense aquí! —nos grita y presiona la palanca que abre la puerta, baja los escalones a zancadas y sale del autobúd. La puerta se cierra tras él con un silbido.

—No voy a decirle a nadie, Novatina —Smitty me sonríe. Lo miro extrañado, y señala detrás de mí—. Si quieres ir al baño.

Le respondo con mi mirada más demoledora.

De repente, el autobús se mueve violentamente hacia adelante y ambos acabamos en el piso. Trato de respirar, pues el golpe me sacó el aire, mientras reviso si algo más fuera del orgullo se me lastimó en la caída.

Luego de unos instantes, Smitty habla:

—¿Estás bien?

—Ajá —siento el tapete de hule en mi mejilla, bastante pegajoso en algunos trechos. ¡Qué asco! Me enderezo hasta sentarme—. ¿Qué fue eso?

—No tengo ni idea —Smitty ya está de pie—. Algo nos golpeó —salta por encima de mí y corre hacia la parte trasera del bus. Limpia el vidrio de atrás con la mano—. No puedo ver nada.

Me levanto, tratando de que no se note demasiado que me aferro a los asientos al avanzar, y me acomodo a su lado. Miro por la ventana de atrás. Nada más que blancura. La nieve llena el aire, densa, y revolotea en una especie de luz violeta que oscurece todo.

—Voy a ver —Smitty vuelve por el pasillo del autobús.

—¡No! —no sé por qué no quiero que lo haga, pero es la verdad, no quiero.

—Podría haber alguien herido —está casi en la puerta, veo su silueta recortada contra el brillo de la nieve afuera. Retrocedo por el pasillo.

—Mejor nos quedamos aquí hasta que el chofer vuelva.

—¿Y qué pasa si el autobús explota porque algo lo chocó? —pregunta Smitty.

Parpadeo incrédula.

—Claro, como si eso de verdad pasara en la vida real.

—¿Quién dice que no? —me muestra una cara de terror fingido. Mueve la palanca de la puerta y ésta se abre, dejando entrar un soplo de aire frío—. ¿Y qué tal que el chofer esté en medio del choque? —imita lo que él cree que es mi acento y pestañea como niña coqueta—. O sea, podría salvarlo y todo —se lanza por los escalones de salida hacia la puerta—. ¡Caramba!

—¿Qué sucede?

Señala lentamente la blancura. Entrecierro los ojos para ver más allá.

Entre la nieve hay un gran charco rojo.

—¿Qué es eso? —bajo los escalones con cautela hasta quedar tras él. Los copos de nieve que entran por la puerta me caen en la cara.

—Nada bueno.

Una línea carmesí sale del charco hacia el frente del autobús. Los dos nos inclinamos hacia afuera, para ver mejor por la puerta.

Un chillido, como el que haría un zorro que cae en una trampa, nos llega desde la cafetería.

Giro la cabeza.

—¿Qué diablos…? —Smitty está junto a mí.

El alarido se repite, más cerca esta vez. Miro entre la nieve, forzando la vista. Una forma difusa se mueve entre la blancura.

—¡Muévete! —Smitty está tras de mí ahora, en el asiento del chofer. Le da un golpe a la palanca. La puerta se cierra y por un pelo no me golpea.

—¡Ey! —protesto, y luego entro en shock pues el chillido se oye en la puerta, además de golpes contra ésta, fuertes y rápidos, como si intentara entrar. A través del vidrio distingo algo amarillo y azul bebé, un manojo de pelo rubio, y una uñas rosa brillante que rasguñan el vidrio.

—¡Abre la puerta! —le grito a Smitty.

—¿Estás loca?

—¡Ahora!

Como no obedece, subo los escalones y muevo la palanca antes de que él me lo pueda impedir.

La puerta se abre y una figura enloquecida se arroja dentro del autobús.

—¡Cierra! —grita la figura.

Trato de alcanzar la palanca otra vez pero Smitty se me ha adelantado y la puerta ya se está cerrando.

La figura queda jadeante en los escalones. Es Alicia Hicks. Levanta la cabeza y se ve el rímel negro que le chorrea por su linda cara.

—¡Muertos! —grita—. ¡Todos están muertos!

Capítulo 2

Alicia Hicks se ve bien incluso cuando está tendida en el piso llorando. Cuando yo lloro, cosa que confieso sucede como un par de veces cada siglo, me veo completamente destrozada. Con la cara colorada cual tomate, ojitos empequeñecidos, como de cerdo, y nariz congestionada y goteante. Eso de verse bien mientras uno está traumatizado es obra de verdadero talento. Así que si todo esto es cierto, no sólo voy a quedar en conmoción total sino además impresionada.

—¿Muertos? —pregunto—. ¿Qué estás diciendo?

—¿Que tus amigos están muertos? —Smitty se recuesta en el asiento del chofer—. ¿Y sólo hasta ahora te das cuenta?

—¡Es cierto! —la voz de Alicia tiembla entre los sollozos—. En la cafetería. ¡Vayan a ver si no me creen!

—¡Muy bien! —Smitty se levanta de un salto.

—¡No! —dice Alicia, y se pone de pie para enfrentarlo—. ¡No puedes ir allá afuera! —se le doblan las rodillas y cae nuevamente en los escalones.

—¿Por qué no? —Smitty no se va a dejar convencer tan fácilmente.

—¡Atrás! —grita ella.

Smitty se cubre las orejas con las manos, exagerando una expresión de dolor.

Pero hay algo diferente en la manera en que Alicia está tendida en los escalones, sucios y mojados, con sus pantalones deportivos amarillo limón. La cosa va en serio, o al menos ella se la cree por completo.

Saco a Smitty de en medio con un empujoncito, y le tiendo una mano a ella.

—Ven acá, siéntate. ¿Te hiciste daño?

—¡Mantenlo alejado de la puerta! —gime Alicia, mientras se defiende en los escalones y se muestra inamovible a pesar de las lágrimas que le corren por la cara y la chamarra de esquí azul bebé.

—Está bien. Smitty va a sentarse allá —señalo un par de filas más atrás y lo miro.

—¿Voy a sentarme allá? —pregunta él.

—Sin dudarlo —digo, con los dientes entrecerrados, como un personaje duro de película. Smitty hace un gesto pero, para mi sorpresa, obedece. Y para mayor asombro, Alicia me permite ayudarle a sentarse—. Toma un poco de aire —hago lo mismo por mi lado— y cuéntanos qué sucedió.

—Ya se los dije, todos están muertos —repite, con la mandíbula tensa—. Estaba en la cafetería y fui al baño. Y sí, hasta yo tengo que hacerlo de vez en cuando, Smitty —le gruñe antes de que él pueda hacer cualquier comentario—. Cuando volví, todos estaban tendidos sobre las mesas… como si durmieran. Al principio pensé que sería una mala broma —y sus ojos cafés centellean de desdén—. O sea, ¿a quién se le ocurre? Pero luego fui hacia donde estaban Libby y Em y Shanika, y sacudí un poco a Em, que cayó al piso —la cara de Alicia se contrae en una mueca y vienen más lágrimas—. No respiraba. ¡Nadie respiraba!

—¿Estás segura? —no me queda más remedio que preguntar.

—¡Claro que estoy segura!

—¿Cómo sucedió? —me acurruco a su lado. Parece que pretendiera ser solidaria con ella, pero la realidad es que las piernas no me sostienen bien—. ¿Se envenenaron o algo así?

—¿Y cómo quieres que lo sepa? —grita Alicia—. Están allá tendidos y nada más, todo el curso.

—¿Y qué pasó con los demás? ¿Los meseros y la otra gente que había en la cafetería?

—Todos están muertos —se estremece—. En el piso, en las sillas, tras los mostradores.

—¿La profesora Fawcett y el profe Taylor? —me vuelvo hacia Smitty, como si de repente él fuera el más sensato—. Tenemos que encontrarlos.

—¡No! —grita Alicia—. El profe Taylor estaba allí dentro. Lo vi, junto a los sándwiches.

Fiuuuu, la realidad vuelve al orden.

—¿Y llamó a pedir ayuda a alguna parte?

Alicia niega con un gesto.

—Fui hacia él y cuando se dio la vuelta… su cara era un desastre. Los ojos extraños, todo colorado…

—Pues es que tiene esa gripa terrorífica —dice Smitty.

—¡Peor que eso! —hace una pausa buscando aumentar el efecto—. También estaba muerto.

—¿Qué? —respondo.

—Me agarró —dice Alicia—. Corrí… afuera… trató de capturarme.

—¡Cuánta basura alcanzas a decir! —Smitty se retuerce de la risa—. ¿Crees que es Día de los Inocentes? ¿Se supone que debemos creerte que todos estiraron la pata al tiempo por intoxicación inmediata con comidas rápidas, y que el profe Taylor se levantó de entre los muertos para matarte? —salta y estira los brazos gimiendo.

—Pues puedes creerlo —dice Alicia, golpeando los brazos del asiento con sus puños—. ¿Tú crees que me molestaría en hablarles a ustedes dos a menos que todos los demás estuvieran muertos?

Levanto una ceja.

—En eso, ella se anotó un tanto.

—No. Es cuestión de temple —contesta Smitty, incrédulo.

—Está bien —Alicia se levanta, temblorosa, y con su preciosa nariz parecería estar marcando el énfasis—, ve y te aseguras. Pero después no me culpes si acabas muerto.

Smitty va hacia ella.

—Espera —antes de darme cuenta, estoy firmemente plantada entre los dos. No es el mejor lugar para estar, pero en este momento es necesario—. Deberíamos llamar a una ambulancia, ¿o no? Y quedarnos aquí mientras llegan.

La cara de Alicia cambia a un gesto de angustia.

—Mi teléfono… ¡está con el resto de mis cosas! ¡Dios mío! —más lágrimas—. ¡Dejé mi cartera de marca en la mesa!

—¡Oh, qué tragedia! —Smitty le hace coro, poniendo tono de niña—. ¡Los muertos deben estar... tocándola!

—¡Cállate! ¡No entiendes nada! —grita ella—. ¡Es única!

Ya basta. Yo sí tengo un maldito teléfono. Voy a toda prisa hacia mi asiento y bajo mi mochila del compartimento superior. El teléfono está en el bolsillo interior. Escasamente lo he usado desde que mi mamá me lo compró al llegar a este país. ¿Para qué iba a servirme? No tengo amigos con los cuales escribirme mensajes en este país perdido y mojado. Pero ahora podría salvarme la vida.

"Buscando señal"... dice la pantalla. Lo acerco a la ventana.

—¿No funciona? —Smitty pasa a mi lado, saltando—. ¿Cuándo conseguiste esa chatarra de teléfono? ¿En la Edad Media? —saca un *smartphone* de su bolsillo trasero. Bonito. Probablemente lo robó—. Mira este bebé, capaz de recibir la señal hasta en la luna —y mira la pantalla, tal vez por más tiempo del que esperaría.

—¿Pero aquí no? —Alicia se oye triunfante.

—Dale un minuto —dice él—. Estamos en medio de la nada —presiona unos cuantos botones—. ¡Diablos! ¿Qué le sucede a este aparato?

—No hay señal —otra vez hago rechinar los dientes. A este paso, los voy a desgastar por completo. Tiro mi celular en mi asiento—. Debemos encontrar al chofer. Probablemente tiene un radioteléfono —volteo hacia Alicia—. ¿Lo viste cuando estabas afuera?

Ella inclina la cabeza hacia un lado, y se nota que cree que ese gesto la hace ver preciosa.

—¿Qué? ¿Te refieres a cuando yo venía corriendo, tratando de salvar mi vida en medio de una nevada? Mmmm, quiero decir, no.

No me molesto en responderle, más que nada porque no quiero desgastar mis neuronas, y corro hacia la ventana trasera del autobús. La nevada ha amainado un poco. A duras penas alcanzo a distinguir la silueta de un carro.

—Tenemos que ir a revisar detrás del autobús, pues hacia allá se dirigía el chofer.

—Bien pueden ir ustedes —Alicia se sienta en un asiento a mitad de camino por el pasillo—. Yo no pienso moverme de aquí.

—Yo sí —dice Smitty, y llega a la puerta antes de que yo alcance a reaccionar—. Tú te quedas —me grita—, en caso de que la Malicia esta tenga la pésima idea de dejarme afuera —mueve la palanca de la puerta y baja los escalones.

—Ten cuidado —llego al pie de los escalones.

Sonríe con ironía y se toma por el cuello, como si un zombi lo estuviera arrastrando. La nieve cruje cuando desaparece dando la vuelta frente al autobús.

—Cierra esa puerta —me bufa Alicia.

—Dale un minuto. Ya viene con el chofer.

Veo caer con rapidez unos gruesos copos de nieve. El viento cesó y el aire está tan cargado de silencio que casi duele. El parche rojo de lo que quiera que sea en el suelo sigue allí, pero va tornándose rosa porque se diluye a medida que le cae la nieve nueva. Mis oídos se esfuerzan por captar algo, y mi mano merodea alrededor de la palanca de la puerta, presta a cerrarla si algo salta de entre la nieve.

—¡Ey!

Doy un salto y me golpeo los nudillos de la mano con el timón.

—¡Danos una mano, Novata!

Es la voz de Smitty. Bajo el primer escalón.

—¿Qué pasa?

—¡Ven acá!

—No vayas —Alicia se levanta de su asiento, pero no hace ademán de salir al pasillo—. ¡Quédate!

—Necesita ayuda —me quedo en los escalones.

—¡Oigan! —Smitty se asoma por la puerta y yo retrocedo sentada, saltando al primer escalón. Muy *cool*. Me mira—. Es el chofer. No puedo cargarlo yo solo.

—¿Cargarlo? —me pongo de pie y me resisto al deseo de frotarme el cóccix golpeado.

—¡Apúrate!

Y desaparece. Miro a Alicia con la más helada y glacial de mis miradas.

—Ni se te ocurra dejarnos afuera.

—Tienen dos minutos —grita ella en respuesta.

Salgo a la blancura, hacia el sendero que dejaron mis compañeros. Rodeo el charco rosa, y al dejar el sendero, automáticamente me hundo hasta las rodillas. Increíble, y es sólo nieve. Me sostengo del lado del autobús y así pongo mi pie en una de las huellas que Smitty dejó, y las voy siguiendo. La nieve se hace menos profunda en el lado de la carretera y me muevo con más facilidad a lo largo del autobús hacia la parte trasera, donde un Mini Morris, con la bandera inglesa pintada en el techo, está incrustado en la defensa.

—Aquí —veo la cabeza de Smitty que surge por detrás del carro—. Ayúdame a arrastrarlo.

Me acerco. Por Dios. El chofer está tendido en la nieve y no se mueve, con las piernas bajo el carro.

—¿Está bien? —pero qué pregunta más idiota.

—No tiene ni un rasguño, a excepción del que se ve en la mano.

Sostiene la muñeca derecha del chofer. Tiene un corte profundo y la sangre espesa va manando hacia el brazo. Una oleada caliente de adrenalina me recorre y me aturde.

—Hay que vendarlo, deprisa —mi mano se dispara hacia mi cuello en busca de mi bufanda. En realidad, es la mejor bufanda de lana fina de mi madre. Lila pálido con rayas azules. Me la puso al cuello la mañana en que nos fuimos, en lugar de darme un abrazo. Ni siquiera me gusta la dichosa bufanda, pero su expresión estaba tan fuera de lugar, como dando a entender que de verdad iba a extrañarme, que me la dejé puesta. Pero ahora hay otras cosas en juego. Me la quito y la enrollo con toda mi fuerza en el antebrazo del chofer. No tengo nada con qué ajustarla.

—Mira —Smitty deja en mi mano un circulito negro. Es un pin, un botoncito metálido, con una calavera sonriente y dos palabras que espero sean el nombre de una banda de rock: Death Throes, la agonía de la muerte. Ajusto la bufanda.

—¿Lo movemos? —levanto la vista para mirar a Smitty y se me llenan los ojos de copos de nieve.

—Sí, porque si no va a helarse —se inclina y de alguna manera empieza a enderezar al tipo—. Qué suerte que no sea muy alto. Voy a alzarlo por aquí y cuando puedas lo tomas por el otro brazo.

Nos tambaleamos al enderezarnos y de repente siento el peso del chofer en mi hombro, y aspiro el incómodo olor tibio y dulce del sudor de un tipo de mediana edad. Deja escapar un gemido.

—Qué bien que se despierta —dice Smitty—. Señor, necesitamos moverlo. Usted nada más ponga un pie delante del otro y nosotros nos encargaremos del resto.

Avanzamos vacilantes, como un extraño monstruo de tres cabezas, que vacila y resbala entre la nieve. Finalmente logramos volver a la puerta del autobús.

Está cerrada.

—¡Malicia! —Smitty golpea el vidrio—. Déjanos entrar, maldita vaca.

—¡Anda, Alicia! —lanzo una mirada temerosa hacia la cafetería. La nieve va cesando y alcanzo a distinguir la entrada otra vez. Hay gente muerta allí. No los puedo ver, y no quiero—. Apúrate y abre la puerta.

Alicia no aparece. El chofer gruñe y apunta a una pequeña aleta metálica en un lado del autobús. Con los dedos mojados y torpes la levanto y oprimo el botón que encuentro adentro. La puerta se abre con un silbido de alivio.

—La voy a matar —ruge Smitty.

—Ponte en la fila tras de mí —le digo.

Entre los dos logramos empujar al chofer por los escalones, hasta arriba, y sentarlo en su asiento, y desde allí el cierra la puerta con su mano sana y se desmaya.

—¿Está muerto?

Es una voz que viene desde arriba. Por alguna razón que no entiendo de inmediato, Alicia está de pie sobre dos de los asientos, a medio camino por el pasillo, con un par de binoculares.

—¡Cerraste la puerta, especie de vaca inmunda! —comienza Smitty.

—Deberías estar agradecido, más bien —dice Alicia—. Encontré estos entre las cosas de la profe Fawcett —zarandea los binoculares—, y estaba vigilando —señala hacia el techo del autobús, donde se ve una ventana tipo escotilla—. Se puede ver el interior de la cafetería, nadie se mueve —agrega.

Smitty viene por el pasillo de inmediato.

—A ver, dame —le arrebata los binoculares y se trepa a la escotilla.

—¡Guac, tus manos están pegajosas! —dice Alicia—. ¡Por Dios, es sangre! —grita, se baja del asiento y se limpia la mano en un respaldo—. ¡Quítamela! —grita—. ¿Es de él? —señala al chofer.

—Ajá —mi voz es dura—. Se lastimó la muñeca y está inconsciente. Necesitamos conseguir ayuda, cuanto antes.

—¡Atención! —grita Smitty desde la escotilla—. Aquí viene el profesor Taylor.

—No, imposible —contesta Alicia.

—¿En serio? —me subo a los asientos, me apoyo en los compartimentos para equipaje para lograr salir por la escotilla. Saco la cabeza al aire frío y peleo por un poco de espacio.

—Ahí sale —Smitty se afirma en su posición—. Viene para acá.

—¡No lo vayan a dejar entrar! —dice Alicia, tratando de asomarse también.

Entrecierro los ojos para ver mejor hacia la cafetería. No hacen falta los binoculares para distinguir al profesor Taylor ahora. Dejó de nevar y en la extraña luz lila lo miro tambalearse para salir de la cafetería.

—No se ve muy bien —comento, aunque es obvio.

—¡No! ¿Te parece? —Alicia aparece en la escotilla—. Te dije que había tratado de agarrarme y que sus ojos se veían muy raros.

—Y el resto —Smitty me pasa los binoculares—. Mira.

Me los llevo a la cara y me cuesta equilibrarlos en los huesos de mi cara mientras enfoco la escena con la ruedita. La cabeza del profe Taylor sale de foco y vuelve a entrar. Afirmo las manos en el techo y sigo observando. La cara del profesor parece amoratada, café-verdosa, con los ojos hundidos y sombreados, y la boca abierta como una trampilla cuya puerta hubiera perdido los goznes. Peor aún, algo le escurre por la barbilla. ¿Qué es? Parpadeo y me fijo mejor. Es sangre, que le gotea de las mandíbulas y cae en la nieve blanca. Le devuelvo los binoculares a Smitty lentamente.

—No creo que se acordara de tu sándwich.

—¡Déjenme ver! —Alicia trata de quitarme a codazos, pero pierde el pie que la apoya en el asiento de abajo. Grita al resbalarse y se libra de caer al lanzar una mano hacia arriba a agarrarse de la tapa de la escotilla, que se levanta un poco y luego se cierra con un golpe.

El profesor Taylor vuelve la cabeza. Nos ve, suelta un largo gruñido, estira las manos hacia adelante y se dirige justo hacia el autobús.

Se ve… hambriento.

Capítulo 3

No puedo hacer más que agarrarme al lado de la escotilla y ver cómo esa cosa que antes conocíamos con el profesor Taylor se tambalea al bajar las escaleras de la cafetería para venir hacia nosotros.

—No se ve muy contento —digo como si no pasara nada, porque si no actúo así, me dejo llevar por el pánico total—. Más vale que no lo dejemos entrar, ¿cierto?

A mi lado, Alicia empieza a gritar, con unos aulliditos muy semejantes a los que haría uno de esos perros de bolsillo, que se pueden llevar en una cartera, y que seguramente ella aspira a tener.

—Viene por mí… ¿no les dije que había tratado de agarrarme?

Smitty le lanza los binoculares.

—Vigílalo. Grita si se acerca. Eso sí lo puedes hacer —se vuelve hacia mí—. Hay que trancar la puerta de alguna forma, ¡ya! —y se baja de los asientos para correr por el pasillo como si fuera una cabra salvaje. Lo sigo, sin tanta agilidad.

—¡Oye, viejo! —Smitty sacude al chofer—. ¿Cómo se puede trancar la puerta?

La cabeza del chofer cae hacia un lado, y Smitty le da una bofetada.

—¡No! —le digo—. Vas a maltratarlo.

—Está ido —busca algo en el tablero del autobús—. No, no parece que hubiera un botón para asegurar la puerta.

Busco un botón, una palanca, algo, pero Smitty tiene razón. La puerta está compuesta por cinco hojas verticales que se pliegan sobre sí mismas como un abanico para abrirse.

—Si tuviéramos algo así como un pedazo de madera para atravesar ahí…

—Eso —Smitty grita hacia el pasillo—. ¿Cómo vamos, Malicia?

La cabeza rubia de Alicia se asoma desde la escotilla por un instante. —No me digas así, fracasado.

—¿El profe Taylor aún viene para acá? —pregunto.

Alicia saca la cabeza de nuevo.

—Sí —nos grita—. Despacio. Está dando tumbos alrededor de los carros estacionados, pero viene hacia acá. ¡Huy! ¡Es horrible! ¡Está babeando de qué manera!

—¡Genial! —Smitty me sonríe irónico—. Voy por mi tabla de nieve. Cierra la puerta tras de mí, ¿bueno?

—¿Qué? —quedo boquiabierta—. ¿Vas a salir?

Smitty me pone la mano en la barbilla y me cierra la boca con un sonido hueco. Antes de que pueda recuperarme de la sorpresa, mueve la palanca y sale a la nieve.

—Mi tabla está guardada con el equipaje. ¡Cierra la puerta! —desaparece hacia la parte lateral del autobús y muevo la palanca antes de correr hacia la escotilla con Alicia. La cara me arde.

—¿Dónde está el profe ahora?

—Más allá de los carros —dice Alicia desde arriba—. ¿Cerraste la puerta?

—Smitty salió a buscar su tabla de nieve para podernos atrincherar aquí.

Alicia asoma la cabeza hacia adentro.

—Dime que no dijiste lo que oí.

—No te preocupes —le sonrío a medias—. Será cuestión de un instante. Dijiste que el profe venía hacia acá muy despacio…

—Dios mío, Dios mío, Dios mío —Alicia corre sin mirar al frente, hasta la parte delantera del bus—. ¿Smitty está afuera? ¿No podemos atrancar esta cosa? —se oye un golpe metálico desde la parte baja del bus y ella grita—. ¡Se va a meter! ¡Nos va a matar!

—¡Ese ruido es Smitty! —me asomo por la escotilla para asegurarme. El profe Taylor sigue su camino. No viene rápido, pero sí lo suficiente como para que alcance a llegar al autobús si Smitty se tarda—. ¡Abre la puerta y ayúdale!

—¿Estás loca? Si crees que voy a abrir esa puerta es que vives en el planeta chiflado.

—¿Sí? —me bajo del asiento y la empujo para pasar—. ¿Ése es el planeta en el que la gente de repente cae muerta y los profesores se transforman en monstruos? Porque creo que ahí es donde vivimos todos ahora —llego a la palanca de la puerta antes de que ella alcance a responder. La muevo, pero no responde. Lo intento de nuevo y ninguna diferencia. Un golpe viene de la puerta. Alicia grita otra vez. Es Smitty, moviendo los brazos con desesperación desde el otro lado del vidrio.

—¡No puedo abrirla! —le grito, probando la palanca una vez más. Se niega a moverse. Miro a Alicia—. ¡Ayúdame!

—¡Estás loca! —Alicia retrocede en el autobús.

Smitty patea la puerta y luego lo veo agacharse para buscar el botón de apertura que hay en el lado de afuera. Mi estómago da un salto cuando veo una figura oscura tras él. El profe Taylor ya está ahí. Levanto mi pie, con la bota para nieve, y con toda mi fuerza pateo la maldita palanca como si fuera la culpable de todas y cada una de las desgracias que me han sucedido en la vida. La puerta se abre y Smitty cae dentro, sobre su tabla de nieve.

—¡Ciérrala! —grita, pero mi vista no está fija en él sino en el profesor Taylor, que llena el espacio tras Smitty, mientras ruge y trata de atacarlo con manos como garras y ojos inyectados de sangre que parecieran salirse de sus cuencas. Tiro de la palanca con todas mis fuerzas, pero quedó doblada. Debí haberla roto al patearla.

—¡No logro que se mueva!

Smitty se vuelve y le pega al profe Taylor en la cabeza con su tabla. Esa especie de Frankenstein, entre profesor y monstruo, retrocede por unos momentos. Pateo la palanca de nuevo. Sigue trabada. Con un gemido terrorífico, el profe Taylor se sacude del golpe, vuelan saliva y sangre como el agua que sale del pelo de un perro mojado, y ataca una segunda vez. Smitty le bloquea el paso con la tabla y trata de cerrar la puerta, sin resultados. Dejo la palanca y, contrariando todos mis instintos, me lanzo escalones abajo y tiro de la puerta. Smitty contiene al profesor, pero lo tenemos prácticamente encima, hasta el punto en que alcanzo a olerlo: una peste a rancio, a pescado podrido, asqueroso. De repente, sentimos un golpe de aire por encima. Alicia se asoma por encima de la baranda del primer asiento como una especie de ángel exterminador, con la correa de los binoculares en la mano los hace girar sobre su cabeza y le asesta un sopapo soberbio en plena cara al profe.

—¡Eso es por el castigo doble, idiota!

El profe queda quieto y erguido por un instante y luego se voltea, un brazo y una pierna trazan un bonito arco hacia un lado, y el señor cae entre la nieve fuera de nuestra vista. La puerta, que al fin quedó libre, se desliza para cerrarse. Smitty traba la tabla justo en la abertura y colapsa, jadeante.

—¡Ey! —Alicia levanta triunfante su puño manicurado.

El autobús se enciende con un brinco.

El chofer, ya consciente, se acomoda en su asiento y busca el freno de mano con la mano vendada antes de acelerar violentamente el motor.

—¡Atrás de la línea, muchachos! —farfulla.

Me aferro a la barra y el autobús retrocede violentamente sobre el Mini Morris produciendo un ruido sordo. El chofer mueve la palanca de velocidades y damos un salto hacia delante. Se siente un crujido, el vehículo se detiene y el chofer se desmaya de nuevo y se desliza fuera de su asiento.

Me doy cuenta de que estoy acurrucada en el suelo, pero con ambos brazos firmemente agarrados de las barras superiores. Cual cangrejo asustado, gateo de lado para acercarme al chofer. Veo que aún respira.

—¿Están todos bien? —grito.

—Pues he estado mejor —Smitty está agachado a mi lado, en los escalones y se frota la cabeza.

—¿Dónde se metió Taylor? —me asomo por el panorámico. Con cuidado, porque ahí es cuando vuelven. En las películas, ése es el momento en que te atacan y rompen el vidrio. Siempre sucede así. Si te asomas por el ojo de la cerradura, es cuando algún instrumento te saca el ojo. Si te miras al espejo, es asesino está justo detrás de ti. Es como una especie de ley o algo así.

—¿Vieron cómo lo golpeé? —Alicia aparece tras de mí, olvidan-

do cualquier ley y rebosante de felicidad. Su pelo rubio luce despeinado. ¡Ja! ¡Entonces no eres tan perfecta!

Escojo otra ventana y miro hacia afuera.

—Caramba, me parece que veo un par de piernas. Que salen de
debajo del autobús.

—¿Qué está haciendo allí? —Smitty llega a mi lado, en la ventana. Siento el calor que irradia su cuerpo. Es extrañamente reconfortante. Y se aleja de inmediato, trepándose por encima de los asientos.

—¿Se mueve? —pregunta Alicia.

—Voy a abrir la puerta y a mirar... —dice Smitty.

—¡No! —respondemos las dos con un grito.

—Era broma —y se levanta para salir por la escotilla de ventilación del techo. Escucho atento sus pasos afuera, encima del autobús.
Se detiene, vuelve a la escotilla y se mete de nuevo—. Me parece que
atropellamos a nuestro profesor —sonríe irónico—. ¿Creen que nos
vayan a expulsar por eso?

Abro la boca incrédula.

—¿Sigues bromeando?

—Sí, claro —dice Smitty—. En las actuales circunstancias, creo
que no irán más allá de una suspensión.

—Ya sabes a qué me refiero.

Me responde con su sonrisa más sincera.

—El profesor Taylor más parece una pizza adherida al pavi-
mento.

—¡Guac, qué asco! —Alicia tuerce los labios con desagrado—.
Pero en realidad se lo merecía.

Estoy haciendo una pausa. Trato de parecer atareada en algo, aten-
diendo al chofer, pero en realidad estoy buscando unos instantes
de pausa. Igual que los demás. Smitty va y viene en el techo, Alicia
finge que revisa los compartimentos superiores... pero en realidad
lo que necesitamos son unos minutos para apaciguar el infierno por
el que acabamos de pasar.

Dejamos al chofer donde cayó. No será una posición muy digna,
ni práctica porque bloquea el pasillo, pero tendrá que quedarse así

por ahora. Le reviso el pulso en la muñeca sana, como me enseñó mi papá. Se siente débil pero constante. Le ajusto el vendaje, me aseguro de que pueda respirar fácilmente, e incluso le pongo un suéter doblado a modo de almohada bajo la cabeza. Noto un bulto en el bolsillo de su saco, y vacilo un instante antes de lanzar la mano y averiguar qué es. Un celular. Pero la pantalla está en blanco: no recibe señal.

—Mira si logras hacer que este aparato funcione —le lanzo el celular a Alicia, que lo agarra con destreza en pleno vuelo.

Paso por encima del chofer tendido y me inclino bajo el timón para sentarme en su lugar.

Giro la llave de encendido hasta la primera muesca, para prender el radio. Las bocinas atruenan con estática y me hacen dar un salto de sorpresa.

A Smitty se le ocurre encender la televisión. No se ven más que manchas blancas.

Tenemos nieve afuera, y nieve adentro también.

Hasta aquí nos sirvió la tecnología.

—¿Y el radioteléfono? —pregunta Smitty, señalando una cajita negra medio oculta bajo el brazo del asiento—. Mi tío tenía uno. Antes de que existiera Internet, así era como la gente se comunicaba con personas completamente desconocidas —hace un guiño—. Pásame el micrófono.

Supongo que se refiere a la pieza redonda que se conecta a la cajita con un cable en espiral. Hago lo que dice.

—Ahora, mueve ese interruptor para encenderlo.

Hay un botón en un lado. Lo muevo. Más ruido de estática sale de la caja y en una pantallita aparece el número 14.

Smitty oprime algo en un lado del micrófono y se hace silencio.

—¿Hola? —dice—. ¿Hay alguien en este canal? ¡Habla Comando Negro! ¡Aquí Comando Negro!

Lo miro sin entender y se encoge de hombros.

—Lo vi en una película —susurra—. Prueba a mover esa perilla, para cambiar de canal.

Mientras lo hago, los números rojos de la pantalla pasan a 15, 16, luego 17. Nada aún fuera de estática. Después 18, 19…

—¡Deja ahí! —grita Smitty—. Oigo algo…

Hay voces, tenues y distorsionadas, pero son voces. Escasamente me atrevo a respirar.

—¿Qué dicen? ¿Pueden oírte?

—*Mayday, mayday!* —dice Smitty.

Las voces continúan, como si no nos oyeran.

—¡Ayúdennos, que alguien nos ayude! —grita Alicia.

—Tienes que oprimir este botón, Malicia —dice burlón Smitty, y le muestra cómo se hace—. ¿Hay alguien ahí? Necesitamos ayuda. Repito: necesitamos ayuda urgente. ¡Vamos, gente! ¡No es una broma!

Escuchamos atentos. Las voces siguen hablando, indescifrables.

—¡Atención! *Attention! Au secours!*

Lo miro.

—¿Qué crees? ¿Que de repente estamos en Francia?

—Vale la pena cualquier intento —contesta, y empieza a oprimir y soltar el botón del micrófono rítmicamente—. Creo que podría transmitir la señal sos en morse, pero también podría ser que resulte pidiendo servicio de comida a domicilio.

Sonrío con ironía.

—Preferiría que no fuera pizza.

Me responde con otra sonrisa.

—A ver —dice Alicia, metiéndose entre los dos—. Lamento mucho interrumpir este momento tan especial de comunicación entre bichos raros, pero necesitamos conseguir ayuda —agita el celular del chofer entre su pulgar y su índice—. Lo único que tiene este teléfono son los rastros de la oreja grasienta de su dueño, y aquí Einstein no sabe cómo hacer funcionar el radioteléfono —pestañea despectivamente—. Así que debemos buscar un teléfono corriente y llamar a la policía o al ejército o lo que sea, y que vengan a rescatarnos. ¡Pero ya!

Smitty señala la puerta.

—Nadie te está bloqueando el camino, así que sigue, Malicia. Iré tras de ti.

—Fracasado —le espeta Alicia.

Smitty hace trompas.

—Oooooh, lo que quieras. Me encanta que me digas así.

Alicia le lanza el celular del chofer a Smitty, que se agacha para esquivarlo y deja caer el micrófono del radioteléfono. Teléfono y micrófono golpean el vidrio panorámico y las voces que salían del receptor se silencian.

—¡Buen trabajo, muchachos! —me agacho a recoger el micrófono y trato de hacerlo funcionar otra vez. Tiene una grieta de arriba abajo y un cablecito azul se asoma. Mierda. Se lo pongo a Smitty en las manos.

—Anda, tú que eres hombre, arréglalo.

Alicia tiene razón, es momento de actuar. Me encamino al pasillo, recojo los binoculares del piso, donde uno de mis irresponsables seudocompinches los dejó tras pensarlo cuidadosamente. Me trepo hacia la escotilla y salgo al techo, como hizo Smitty. Los brazos me arden con el esfuerzo, pero no voy a permitir que noten que me cuesta. La nieve está dejando de caer pero no pasará mucho tiempo antes de que empiece a oscurecer. Me las arreglo para ponerme de pie con cuidado sobre la resbalosa superficie, vigilo alrededor en el estacionamiento y miro hacia la cafetería por los binoculares.

A duras penas distingo las sombras de las personas desplomadas sobre las mesas.

Pierdo el aliento. Una cosa es que oírlo en boca de Alicia, y otra muy diferente es verlo con mis propios ojos. Busco indicios de vida y diviso un edificio y luces que brillan a través de una hilera de árboles hacia la izquierda de la cafetería.

Bingo.

Grito hacia dentro:

—Hay una gasolinera, ¡y seguro habrá un teléfono! Sólo es cuestión de llegar hasta allá —me meto de nuevo al autobús y con trabajos cierro la escotilla.

Alicia está tendida en un asiento, con cara de aburrida, y Smitty trata de hacer funcionar el radioteléfono.

—Es el momento de moverse —saco mi chamarra del compartimento sobre mi asiento—. Necesitamos un teléfono.

Smitty levanta la vista.

—¿Sí? ¿Y qué tal que el profe Taylor tenga algún otro compañero hambriento allá afuera?

—No sabemos si haya alguno. Todos los demás se ven bien muertos en la cafetería.

—¡Ja! —Alicia se endereza—. ¿Durante cuánto tiempo más? ¿Es que no has aprendido nada? —pregunta agresiva—. Una vez que se mueren, vuelven a la vida para comerse nuestros cerebros.

—A lo mejor todos se intoxicaron con comida en mal estado. A lo mejor el profe Taylor estaba enfermo o sufría rabia o algo así y venía en busca de ayuda —qué explicación más tonta.

—¿Estás ciega o qué? —Alicia me mira fijamente—. Ése no era el profe Taylor, ya no. Ahora era un zom…

—¡Cállate! —grito—. No vayas a decir… esa palabra.

—¿Por qué no? —se levanta de su asiento y viene directamente hacia mí, con la cabeza ladeada—. Eso es exactamente lo que era.

Siento deseos de darle una bofetada. Porque tiene razón… nuevamente. Eso en sí es tan mal presagio como una manada de caballos sacados de alguna obra de Shakespeare que se devoran entre sí o los muertos que se levantan de sus tumbas. Esto último parece que es justo lo que tenemos ante nosotros.

—¿Y cómo es que sabes tanto de esos personajes, Malicia? —Smitty no le perdona nada—. Empiezas a babear por aquí —señala la comisura de sus labios—. A lo mejor debíamos ponerte en cuarentena antes de que tú también te transformes.

Alicia grita y le quita la mano de una palmada.

Avanzo a zancadas hacia la puerta.

—Vamos ahora.

Smitty está tras de mí.

—¿Estás segura de que quieres correr el riesgo?

—Sé bien que tú sí —cuento con eso—. Va a oscurecer pronto, y estará haciendo mucho, mucho frío. Así que debemos ir mientras aún podamos.

—Yo no voy a ninguna parte —Alicia, triunfante y casi radiante vuelve a su asiento.

—Perfecto —digo desde la puerta—. Necesitamos que alguien se quede aquí haciendo de enfermera —señalo al chofer—, y que se ocupe de seguir intentando que funcionen los celulares y el radioteléfono. Volveremos en cuanto podamos. Bloquea la puerta una vez que salgamos, pero asegúrate de estar pendiente para abrirnos cuando volvamos —me estoy arriesgando pues no sé si pueda dejarnos afuera indefinidamente. Pero cuento con que no querrá quedarse del todo sola. Es una apuesta.

Salimos a la nieve. Cuando oigo la puerta del autobús cerrarse, siento una especie de bajón, de vacío en el estómago. Y de inmediato empiezo a caminar, nada de tonterías. Las piernas de Smitty son más largas que las mías y él puede avanzar más rápido entre la nieve profunda.

—Por ahí —señalo a la izquierda de los árboles, aunque Smitty no voltea—. Sigamos la carretera hacia allá.

Niega con la cabeza.

—Cortemos por entre los árboles. Es un camino más directo.

El estómago se me encoge. Se me dispara el miedo. Al menos mientras estemos en la carretera nada se nos puede abalanzar encima. Y la nieve es menos profunda en la carretera, con lo cual resulta más fácil correr si algo se nos apareciera. Me vuelvo a mirar el autobús y veo la cara de Alicia contra una ventana, pálida y fantasmal. De repente me doy cuenta con certeza absoluta de que si Smitty y yo caemos en una emboscada, estamos solos.

Llegamos a los árboles y nos detenemos un instante junto a un gran sicomoro, silencioso y cargado de nieve.

—Las luces están encendidas —apunta Smitty cuando pasamos junto a las bombas de gasolina, refiriéndose a la tienda de la gasolinera—. No se ve movimiento. A lo mejor están todos muertos también.

No puedo evitar un escalofrío.

—Sólo hay una manera de averiguarlo.

Nos movemos cuidadosamente hasta el frente de la tienda, agachados y con rapidez, y luego hasta las puertas de vidrio. Estoy a punto de abrir una.

—¡Espera! —dice Smitty—. ¡Hay alguien en el mostrador!

Miro hacia allí. Cierto. Puedo ver una cabeza de hombre que asoma por encima de la caja registradora. Tiene la cara pálida y húmeda, y se le asoma un mechón de pelo negro empolvado. De la comisura de su boca se asoma un cigarrillo, y un hilo de humo asciende en el aire mientras nos observa. Por un instante me pregunto si será una cabeza flotante, hasta que una mano toma el cigarrillo y lo saca de la boca.

¡Gracias a Dios! Un adulto de verdad, que podrá hacer que las cosas se vean menos terribles.

—¡Largo de aquí! —una voz alerta desde una bocina—. La puerta está cerrada. Salgan a perderse.

Smitty golpea el vidrio.

—¡Déjenos entrar, señor! ¡Necesitamos ayuda!

—¡No! —grita el hombre—. ¡Lárguense!

—¡Señor, si somos apenas unos niños! —le respondo a gritos—. ¡Y el chofer de nuestro autobús necesita un doctor! ¡Ayúdenos!

—¡Si saben lo que les conviene, más vale que se larguen de inmediato! —grita el hombre y desaparece tras el mostrador.

—¡Necesitamos un teléfono, pedazo de imbécil! —Smitty patea la puerta.

Diviso un anuncio: "Baños para clientes", con una flecha que apunta a la vuelta de la esquina.

—Ven —le digo a Smitty—. A lo mejor encontramos la manera de entrar por detrás.

Y así es. Allá hay otra entrada.

—Por aquí —Smitty va corriendo delante y tira de mí para entrar por una puerta, como si fuera su idea. Adentro está oscuro. Hay un corredor no muy largo, con una puerta a cada lado. Una dice "Baño" y la otra "Privado". Intentamos abrir esa.

Adentro está aún más oscuro. Tanteo en busca de un interruptor. Se encienden unas luces amarillas. Afortunadamente no hay nadie más. Es el cuartito de la limpieza, y hay una segunda puerta al otro lado.

—Ahí está nuestra entrada —Smitty prueba la perilla—. Cerrada, pero apuesto a que podemos forzarla con algo de lo que hay aquí —empieza a revisar los estantes.

Sé que ha llegado la hora. He estado aplazando esto demasiado.

—Voy a revisar el baño —le digo a Smitty—. Vuelvo en un minuto —salgo del cuartito y abro cuidadosamente la puerta que dice "Baño". Veo tres cubículos y un solo lavamanos. Entro al primero, cierro la puerta sin hacer ruido y me siento en el inodoro, temblando. No importa si está uno en peligro de muerte, cuando hay que ir al baño, hay que ir.

Después, todo parece de mejor color. Me quedo ahí sentada unos instantes, respiro profundo. Todo va a volver a la normalidad. Podremos entrar a la tienda, llamaremos a la policía y saldremos de este infierno. En unas cuantas horas estaré de regreso, comiendo algún platillo de microondas de mi madre y evadiendo sus molestas preguntas con una irritación conocida y reconfortante. Me froto la cara, sacudo los hombros y me permito dejar salir un suspiro hondo y sentido.

Algo en el cubículo de al lado me responde con un gemido terrorífico.

Capítulo 4

urante unos instantes me pregunto si me habré imaginado el gemido. Y lo hago porque quisiera que fuera así. De verdad que sí.

Una vez vi un oso. También estaba orinando. Estábamos haciendo montañismo en Estados Unidos... uno de los últimos viajes en los que Papá me llevó, antes de enfermarse. En fin, me escabullí para hacer pipí pues me mortificaba profundamente que me viera en cuclillas, en esas circunstancias. Como si fuera a mirarme. Como si le importara. En fin, el hecho es que ahí estaba yo, subiéndome los pantalones, y ahí también estaba un oso, a cosa de unos tres metros. Hermoso el animal, corpulento, con el pelaje brillante, mirándome con sus ojos color melaza. Me agaché para ocultarme lo más posible entre la hierba, húmeda con mi orina, y busqué a mi alrededor una piedra o un palo... cualquier cosa que sirviera como arma, pero no había nada. Miré de nuevo y el oso se había ido. Luego me convencí de que nunca había estado ahí, que yo no lo había visto. ¿Quién se topa con un oso por ahí?

De igual manera, como ahora, me imaginé el gemido. Claramente. O fue un ruido de una cañería, o Smitty. Sí, eso había sido. El muy sapo me había seguido al baño y ahora estaba tratando de aterrorizarme.

Pero oigo el gemido otra vez.

No es una cañería, ni Smitty, ni tampoco un maldito oso.

Me apoyo contra los lados del cubículo y me trepo a la taza del inodoro, mientras con mucho cuidado vuelvo a ponerme los jeans en su lugar.

Lo que sea que hay en el cubículo de al lado, grita de nuevo, un ruido irregular que acaba casi en aullido. El pánico me atenaza la garganta. Miro la puerta. Está cerrada, qué alivio. Pero hay un hueco bajo el tabique que separa los cubículos, lo suficientemente amplio como para meterse por debajo. Y eso sin tener en cuenta que lo que sea que hay al otro lado puede ser bien capaz de derribar el tabique o echar abajo la puerta.

Definitivamente no estoy a salvo aquí. Definitivamente tengo que moverme. Sobre todo antes de que el terror acabe de paralizarme.

Ahora oigo a la cosa esa jadeando, resollando y gimiendo.

¿Qué tan rápido podrá correr? Si es una cosa como eso en lo que se convirtió el profe Taylor, probablemente no correrá mucho. Pero no es más que una suposición arriesgada. Cierro los ojos con fuerza y me veo descorriendo el pasador de la puerta, corriendo para atravesar el baño, abriendo la puerta de éste, y luego cerrándola con fuerza tras de mí (y ojalá encontrando una manera de trancarla) y gritándole a Smitty, que con suerte para entonces habrá encontrado una manera de entrar a la tienda.

A lo mejor, quizás, probablemente. No son buenas palabras.

Se hace silencio. Abro los ojos y me apresto para moverme, mirando mis pies que me sostienen sobre el asiento del inodoro. Es un poco asqueroso, pero con todo esto no he podido tirar de la cadena… pero si lo que se ve es amarillo y ya, poco importa, y más vale correr. Tengo que llegar a la puerta, y rápido.

Cuando me preparo para saltar, oigo un ruido diferente.

Un ruido áspero que me resulta familiar.

Hasta donde sé, los muertos vivientes no necesitan inhaladores.

Me paro en la parte del tanque del inodoro, pegado a la pared, y me enderezo hasta casi alcanzar a ver dentro del cubículo del al lado. Anda, valor, me digo, para luego pararme en puntillas y asomarme al otro lado.

Hay un chico agachado en el inodoro, con las manos cubriéndole la cara. El pelo alborotado es inconfundible. Es Pete Moore, el de la piel transparente y el pedo atómico en el autobús. Parece ser que le gustara inspeccionar los baños donde quiera que va. Mi corazón empieza a latir con más calma.

Susurro:

—¡Ey!

—¡Aaay! —Pete se estira como un gatito cayendo, abre brazos y piernas y casi se cae de nalgas entre el inodoro.

—No pasa nada, soy yo —digo en voz baja.

Me mira desde abajo con los ojos enloquecidos.

—Estoy en tu curso, ¿recuerdas? —trato de parecer tranquila—. ¿Somos los únicos metidos en este baño?

—¡Bah! —retrocede a un rincón del cubículo—. Yo que sé... ¿por qué me preguntas? ¿De dónde sales tú, además? —balbucea—. ¿Estabas en la cafetería? Porque si estabas ahí, entonces más vale que guardes distancia. Vuelve a tu lugar y ni se te ocurra acercarte a mí...

—¿Tú estabas en la cafetería? ¿Viste lo que sucedió allá?

—Por supuesto que sí —gruñe—. Vi venir a la Muerte —y empieza a chillar.

—¡Shhhh! —le digo desesperada—. Quítale el cerrojo a la puerta y déjame entrar, ¿sí?

—Que la deje entrar, dice —se ríe con carcajadas histéricas—. ¡Que la deje entrar para que se coma mi brazo a dentelladas! ¿Querrás acompañarlo con papitas fritas además? No, no creo —sigue riendo, como loco.

Trato de no fijarme en el piso asqueroso, salto de donde estoy y me pongo a gatas para pasar por debajo de la división entre los cubículos. Cuando llego al lado de Pete sus carcajadas histéricas se convierten en chillidos y me patea. Es lento y logro esquivar la primera patada, pero la segunda me da de lleno en el brazo y me lo deja fuera de combate.

—¡Estoy tratando de ayudarte, pedazo de idiota!

Pero lo único que sirve es sentarme sobre sus piernas para dominarlo, y con todo y eso sigue chillando y retorciéndose cual lombriz en el lodo.

—¡Quédate quieto! ¡Si hay más cosas de esas por ahí, lo que estás haciendo es atraerlas hacia nosotros!

Como cosa de milagro, Pete se tranquiliza, con los brazos protegiéndose la cara. Me mira, con la cabeza volteada a un lado, un ojo verde claro fijo e inyectado de sangre. Asiente.

—Bien —me permito una fugaz sensación de alivio—. Así está bien. Quédate tranquilito y todo va a estar bien.

Se oye un golpe y la puerta se abre. Pete y yo prácticamente brincamos al techo del susto.

—¿Encontraste un amiguito?

Smitty está en el umbral, con un destornillador en la mano.

—Ya abrí la puerta de la tienda, si es que te interesa. Pero si quieres puedes quedarte aquí en el piso con el Albino.

Me levanto de un salto y Pete encoge las piernas de inmediato como si fuera un cangrejo ermitaño que se mete en su concha.

—Estaba escondido aquí —digo—. Estuvo en la cafetería y sabe algo, pero lo que dice no tiene ningún sentido.

—¡Ja! —se ríe Smitty—. Eso no es ninguna novedad —se inclina para tomar a Pete por el brazo y lo levanta de un tirón. Pete rebota contra el tabique del cubículo, temblando con violencia—. ¡No soy el enemigo, estúpido! —suspira—. Movámonos.

Salimos del baño, atravesamos el cuartito de la limpieza hacia la puerta que se ve entreabierta. Pete va al último, rezagado, respirando dificultosamente y farfullando.

—La Muerte se apareció, y vendrá de nuevo. La Muerte se apareció y vendrá de nuevo. La Muerte…

—Cállalo, ¡por favor! —me dice Smitty.

—Claro, como obedece a todo lo que le ordeno.

—Tú lo encontraste —dice—. Aquí vamos.

Toma el destornillador con firmeza y abre la puerta despacio. La luz fluorescente de la tienda entra a raudales en el cuartito. Oye atentamente un instante, me hace una seña con el pulgar en alto para indicar que todo está en orden, y entra.

Me vuelvo hacia Pete que me fulmina con la mirada. Suspiro. *Está bien*, le digo en mi mente. *Quédate aquí y aguarda a que venga la muerte, y que regrese una y otra vez.*

Sigo a Smitty, a hurtadillas por entre estanterías con papas fritas y galletas y encendedores, camino hacia donde vimos la cabeza del hombre que desaparecía tras la caja registradora.

Smitty salta al mostrador, blandiendo el desarmador.

—¡Sorpresa, sorpresa! —grita.

Un aullido de batalla se oye bajo el mostrador y el hombre sale de un brinco y ataca las piernas de Smitty con un bate. ¿Quién se iba a imaginar que en Escocia había beisbolistas? Retrocedo rápidamente y el borde de un estante se me clava en la espalda. Smitty logra evitar el primer golpe agachándose, pero ahora viene el segundo, que alcanza a esquivar de un salto y el bate derriba al piso los ambientadores aromáticos, las mentas refrescantes y los botes de lubricante para carro.

—¡Ya basta! —sé que esas palabras son inútiles incluso antes de pronunciarlas.

Smitty esquiva el tercer batazo, y cae contra una vitrina de pastelitos. El hombre salta por encima del mostrador y lanza otro golpe. Donas y vidrios vuelan por todas partes, y cuando Smitty se agacha, patina hacia atrás en un charco de aceite para motor que se va agrandando en el piso. Veo que es mi oportunidad. Me lanzo por detrás de las rodillas del tipo, lo hago perder el equilibrio y resbalar en el aceite. Cae cuando largo es y se oye un golpe cuando su cabeza impacta el piso. El bate sale volando de sus manos. Estiro el brazo y lo atrapo. Papá habría estado tan orgulloso.

—¡Dije que ya basta! —sostengo el bate con ademán de abanicarlo—. ¡O los aplasto a ambos! —veo que de la boca me sale un rocío de saliva bastante atractivo.

De atrás de los estantes se oye una risa.

—No está bromeando —Pete asoma la cabeza.

—¡Cállate, Albino! —grita Smitty.

—¡Más bien cállate tú! —el hombre que está en el piso le hace una seña grosera a Smitty—. Muchacho loco, atacándome con un cuchillo. ¡Mereces que te encierren!

—Era un desarmador, señor —hago rechinar los dientes—. Y estoy seguro de que no tenía esa intención, y que él quiere disculparse, ¿cierto, Smitty?

Smitty hace muecas.

—¿Cierto? —agarro el bate con más fuerza.

Smitty pone los ojos en blanco y asiente.

—¡Qué bien! ¡Ahora todos estamos en buenos términos! —y por primera vez noto una etiqueta con el nombre que cuelga chueca de la camisa del hombre. Dice "Gareth". Me volteo hacia el tipo, con el bate el alto por si acaso—. ¿Gareth? Yo soy Bobby, éste es Smitty, y el de allá es Pete. Necesitamos su ayuda. Hay heridos y agonizantes, no sabemos qué está sucediendo y tenemos que llamar a la policía.

Gareth se sienta y se soba la cabeza.

—Lo que me faltaba: adolescentes chiflados. Y si vienen a buscar un teléfono aquí, se equivocaron de lugar. La línea está muerta.

—¡Son mentiras! —Smitty ya está de pie de nuevo.

—¿Por qué iba a mentirles? —dice Gareth, y no deja de tener cierta lógica su pregunta—. ¿Crees que yo quiero quedarme aquí encerrado? —le tira el auricular a Smitty—. Revisa y verás. Estamos en la olla —da la vuelta al mostrador y se sienta, mientras se sostiene la cabeza como si buscara grietas en ella.

Me imagino que ya puedo bajar el bate.

—¿Sabes qué les está pasando a todos?

Gareth sonríe con crueldad.

—Los teléfonos se murieron. Mi jefe fue a la cafetería a ver qué estaba pasando. Vuelve y se desmaya, y trato de ayudarlo. Se me ocurre que le dio un ataque, ¿o no? Está inconsciente y ni respira. Muerto y bien muerto. Lo siguiente que sé es que me agarra para arrancarme un mordisco —señala mi flamante arma—. Solía tener el bate detrás del mostrador por si surgían problemas alguna noche. Nunca se imaginó que él llegaría a ser el problema. Le di un batazo que lo mandó al infierno sin escalas.

Miro de cerca el bate, por primera vez. Hay una zona manchada de rojo en el extremo, con un mechón de pelo adherido.

—¿Qué le hiciste?

Gareth saca un cigarro de una cajetilla.

—Golpearlo sólo sirvió para enfurecerlo más. No podía hacer mayor cosa… —prende el cigarrillo, se guarda el encendedor en el bolsillo y aspira—. Hasta que encontré esto —levanta un objeto del mostrador. Es un pincho metálico adherido a un bloque de madera, y tiene una serie de papeles atravesados. Recibos de ventas. Gareth ríe—. Nunca le gustó hacer la contabilidad... decía que le daba dolor de cabeza... —un trozo de sangre seca se adhiere al pincho—. Y así fue esta vez.

—¿Qué sucedió?

Gareth me mira fijamente con sus ojos oscuros. —Cayó sobre el pincho —hace un ademán de clavarlo—, justo en el ojo, que salió como una uva.

—¡Genial! —dice Smitty.

—No —murmuro—. ¡Es horrible!

—No es tan grave —responde Smitty—. Nosotros acabamos de atropellar a nuestro profesor, no lo olvides.

—¿A cuál? —pregunta Pete.

—A Taylor —contesto, aturdida.

—¡Yeah! —dice, aplaudiendo de gusto.

Miro a Gareth. —¿Y qué hiciste después?

Se encoge de hombros.

—Traté de llamar al número de emergencias, pero la línea estaba muerta. Fui a la cafetería. Todos estaban muertos. No me quedé a esperar si alguno volvía a la vida. Regresé aquí y metí el cuerpo en la bodega —con el dedo señala una puerta en u

n rincón—, por si acaso.

—¿Y no se te ocurrió buscar un teléfono en la cafetería? —la expresión de Smitty deja traslucir cierto desprecio.

—Sí, me iba a quedar por ahí a ver si me convertía en lo mismo que mi jefe —contesta Gareth—. ¡Qué gran idea!

—Entonces, mejor esperamos aquí, ¿cierto? —pregunto—. Estamos en una gasolinera. Debe haber gente que viene durante todo el día.

Gareth se ríe.

—Éste no es un día cualquiera, jovencita.

—Tiene razón —dice Smitty—. ¿Has visto pasar a alguien desde que llegamos aquí? —mira hacia la cafetería—. Será por la nieve, o por...

—O porque lo que sea que está pasando aquí está sucediendo también en todas partes.

Nadie pronuncia palabra. Creo que todos tratamos de no hacer mucho caso de lo que acabo de decir, pero igual está pasando.

Me arriesgo a sonreír.

—Oye, Gareth, me imagino que si sumamos la edad de nosotros tres es más o menos la que tú tienes. ¿De casualidad tendrás carro?

Gareth niega con la cabeza.

—Sí, pero no hoy —se sonroja—. Hoy me trajeron.

Eso me anima un poco.

—Bien. Entonces vendrán a buscarte cuando acabe tu turno. ¿O no? Esperaremos.

—O nos las arreglamos para encender un carro de los que quedaron abandonados —dice Smitty—. O nos llevamos el autobús.

Gareth se ve exasperado.

—¿Has visto cómo está clima?

—Al menos intentemos algo —grita Smitty.

Antes de que Gareth alcance a contestar, un motor poderoso ruge afuera y una enorme sombra se acerca rodeando los árboles y viene hacia nosotros. Es el autobús de nuestra excursión.

—¡Resultó! —grita Smitty—. ¡Aquí viene nuestro superchofer todo terreno!

Corremos a la ventana y vemos que el bus deja la carretera para subirse al andén. Por un pelo no golpea uno de los sicómoros, y viene a toda prisa hacia nosotros.

—Va demasiado rápido —comento—. ¿Por qué va tan de prisa?

Cuando termino la frase, me doy cuenta de por qué.

Hay un montón de gente siguiendo al autobús, tambaleándose en la nieve. Con los brazos estirados hacia el frente, las cabezas caídas, los pies que se arrastran…

—Y para terminar con las presentaciones, Gareth —dice Smitty, mostrando con un ademán a la multitud—, aquí tienes al resto de los alumnos de último año de la Escuela All Souls.

Nuestros compañeros. Algunos se ven más animados ahora de lo que los he visto en estos días.

El autobús está en la plataforma de la gasolinera. Patina en la superficie helada, y pasa de largo frente a las bombas para dirigirse hacia la tienda.

—¡Frena! —grito.

Smitty me agarra. —No va a frenar.

Mientras oigo el autobús que se precipita hacia nosotros con una inevitabilidad escalofriante, sólo soy consciente del pelo blanco de Pete que se oculta tras un estante y de la mano de Smitty en mi espalda que me fuerza a tenderme en el suelo. Hay un estrépito ensordecedor y todo colapsa para inundarnos con un océano de papas fritas, galletas y anaqueles.

Cierro los ojos y espero a que llegue la muerte.

Capítulo 5

Durante un momento de ensueño el tiempo queda suspendido y todo está bajo los escombros. No hay más que quietud, oscuridad, calidez, y la sensación es reconfortante: como un capullo protegido.

Detecto el olor del aceite para motor, el azúcar de las donas y otro más definido y dulzón. ¿Frambuesas? Algo me hace cosquillas en la nariz… Abro los ojos y soplo para quitarme un mechón de pelo de la cara. No es mi pelo, sino el de Smitty. Tiene la cabeza apoyada en mi cuello y está desmayado. ¿Acaso usa champú de frambuesa? Tan machito. Me río entre dientes. La manera en que está tendido casi sobre mí se presta para interpretaciones extrañas, y me tiene atrapado un brazo. Siento el peso de Smitty sobre mi pecho y uno de sus brazos prácticamente acuna mi cabeza. No se mueve. No es bueno. Siento una oleada de pánico y logro liberar mi brazo.

La pila de escombros gime amenazadora, un rayo de luz se abre paso por entre el aire turbio, y el mundo vuelve rápidamente a tener contornos definidos. Alguien grita, se oyen vidrios que se quiebran, y una alarma hace un ruido que bien podría levantar a los muertos de sus tumbas. Trato de moverme pero algo me bloquea contra el piso, en parte es Smitty y en parte es algo más pesado y con un borde filoso que me causa un dolor fuerte en las piernas. Pero al menos puedo sentirlas.

—¡Smitty! —trato de sacudirlo por el hombro con mi mano libre—. ¿Estás bien?

—¿Eh? —despierta sobresaltado y jadeando como un pez fuera del agua—. ¿Qué está pasando?

Antes de que pueda responder, se mueve para quedar lejos de mí, como si yo fuera de fuego, y una montaña de desechos cae a mi alrededor. El capullo protector está roto.

—¡De prisa!

Volteo la cabeza y veo a Pete, de pie frente a nosotros, con las ropas extrañamente desgarradas, como si lo hubieran arrastrado por alambre de púas, y tiene la mano tendida. Se le ve una aureola blanca, como si fuera un ángel. Luego, cuando algo le llama la atención y se vuelve hacia la ventana, me doy cuenta de que tiene un pedazo de estante clavado en la cabeza. La sangre le corre por entre el pelo blanco.

—¡Aquí vienen!

Sigo su mirada frenética. A través del polvo veo siluetas oscuras que se mueven por el lado exterior de lo que solía ser la ventana de la tienda, y mueven los brazos en una horrible acogida…

—Mis piernas —murmuro.

En cuestión de segundos, el peso que sentía en las piernas desaparece y alguien me saca de los escombros: Smitty. Parece que una bomba hubiera estallado en el lugar. Ahí está el autobús. La parte delantera estampada contra la tienda como un perro que hubiera metido la cabeza en la madriguera de un conejo. Está cubierto de vidrios y donas y desechos. El chofer está desmayado sobre el timón, y la cara de Alicia, muy pálida, se ve por el panorámico, gritándonos en silencio porque el ruido de la alarma ahoga su voz.

Logramos llegar al otro lado del autobús y ahí está Gareth, con el cigarrillo aún en la boca, el bate de béisbol en la mano, y lo agita sin parar contra el polvo que revolotea.

—¡Vengan! —les grita a las sombras que se acercan—. ¡A ver si son tan valientes!

El motor del autobús acelera y Alicia aparece en la puerta abierta.

—¡Apúrense! —nos grita, a la vez que nos hace señas frenéticas.

Esquivamos al enloquecido Gareth y nos trepamos al autobús.

—¡Esperen! —dice Pete—. Vuelvo en un instante. No se vayan sin mí —se baja de un salto y se interna en el caos de la tienda.

—Siéntense y agárrense bien —grita el chofer, arrastrando las sílabas como si estuviera borracho, y pisa el acelerador de nuevo.

—Volvió en sí —nos cuenta Alicia—. Empezaron a venir hacia nosotros. Se despertó justo a tiempo para sacarnos de allá —mira a lo lejos—. ¡Dios mío, ahí está Em…! —se acerca a una ventana—.

¡Em está allá afuera… Em! —golpea el vidrio con la palma de la mano—. ¡Aquí, aquí! ¡Libby también está allí! ¡Y Shanika, por Dios! —se vuelve hacia mí—. Tenemos que ayudarlas antes de que esos monstruos las devoren.

Observo a las figuras que avanzan arrastrando los pies.

—Creo que ellas son los monstruos, Alicia.

Alicia contempla atentamente a sus ene amigas. Em manotea en el aire frente a ella, mientras viene hacia nosotros, y cada paso que da parecen intentos de una supermodelo de apagar un cigarrillo sobre la pasarela. Los ojos de Shanika casi se salen de su cara, rechina los dientes y se sube con torpeza a una nevera que quedó en la plataforma exterior. La cabeza de Libby cuelga de lado y de las comisuras de su boca brota sangre oscura. No tiene buena cara. Pero al igual que el resto del grupo que viene tras ellas, saben hacia dónde van y siguen cercándonos.

—¡Es horrible! —grita Alicia—. ¡Quieren matarnos! —entrecierra los ojos para ver mejor—. ¡Y Shanika tiene mi bolsa de diseñador, la muy perra! ¡Vamos! —le dice al chofer—. ¡Atropéllelos!

—¡No podemos irnos sin Pete! —alerto a gritos—. ¡Y sin él! —señalo a Gareth que, ahora que la multitud está más cerca, se ve menos confiado de sus aptitudes con el bate.

—El uno es un inútil y el otro está chiflado —dice Smitty, empujándome para que me siente—. ¡Pise el acelerador, señor! —le grita al chofer y se estira para alcanzar la palanca de la puerta.

—¡No! —grito, parándome del asiento otra vez. La puerta se cierra, pero mientras se desliza, un brazo se cuela en el umbral y la echa hacia atrás. Pete, todavía con su aureola metálica y ahora con una caja plana, sube por los escalones.

—¡Tú, el loco! —grita Smitty—. ¡Ven acá!

Gareth aparece detrás de Pete y sube al autobús.

—¡Vamos, vamos, vamos!

El chofer acelera mientras Gareth y Pete avanzan por el pasillo. Yo me hundo en mi asiento, apoyando las rodillas en el de adelante, y rezándole a cualquier deidad que esté atenta. El autobús retrocede dejando el hueco de la ventana de la tienda, por donde entró, y luego se detiene con un chirrido de metal contra metal. Cierro los ojos con fuerza y ruego porque sigamos adelante, pero es evidente que estoy rezándole al dios equivocado. Vamos, vamos...

Comienza a oírse un golpeteo, como un aplauso irónico por los esfuerzos del chofer. Bam, bam, bam... a nuestro alrededor. Abro los ojos y me atrevo a mirar. Veo manos golpeando el autobús: manos pequeñas que se estiran hacia arriba, manos adultas que golpean las ventanas. El autobús se estremece, se oye un ruido de cambio de marchas, y vamos otra vez en reversa para luego seguir adelante, ya casi libres de lo que fuera que nos bloqueó el paso.

—¡Chocaste contra una de las bombas, imbécil! —grita Gareth, unas cuantas filas detrás de mí—. Hay gasolina por todas partes.

Exactamente. Detrás de nosotros se ve una fuente que asciende varios metros en el aire y que rocía las figuras aterradoras.

—¡Un momento! —Smitty le arrebata a Gareth el cigarrillo encendido de entre los labios.

—¡Oye! —protesta el agredido.

Smitty llega hasta la escotilla con un par de saltos ágiles.

—¿Qué haces? —le grito.

—¡Esperen que dé la orden! —y se sale al techo antes de que cualquiera de nosotros pueda detenerlo. Estoy cerca, y trato de agarrarme de la escotilla de ventilación pero se me resbalan los pies en los asientos que hay abajo.

—¿Estás loco de remate? —le grito. Ya sé lo que planea, y una parte de mí necesita detenerlo. Pero sólo sucede con una parte de mí.

—Siempre he querido hacer algo así —le da una pitada al cigarro y lo lanza al aire. Lo veo caer, despacio, con elegancia, al suelo.

—¡Quítate! —me empuja hacia abajo para meterse por la escotilla y prácticamente cae encima de mí, por segunda vez en esta tarde—. ¡Vámonos! —grita, y el autobús salta hacia adelante, las ruedas patinan y el motor ruge. Se oye un ruido extraño cuando la presión del aire cambia. Vuelan los vidrios de la parte trasera del bus, y las llamas nos rodean. Me quedo agachada, aferrada al asiento mientras el autobús avanza a toda prisa, como si hubiera tomado vida. Por el rabillo del ojo veo figuras que bailan en el fuego, bolas en llamas que tropiezan y caen y quedan tendidas. El autobús voltea para tomar la carretera y justo en ese instante una explosión sacude todo. La luz es demasiado fuerte para soportarla. Hundo mi cara en el apoyacabezas. Vamos, vamos.

El motor chilla a medida que la carretera se hace pendiente. Avanzamos más lentamente. Trato de ver algo entre mis manos temblorosas, que me cubren la cara. Hay un abismo a nuestro lado derecho. A medida que llegamos al tope de la colina, el autobús parece detenerse.

—¡Las ruedas están patinando! —grita Gareth.

El cuerpo del chofer colapsa sobre el timón. El motor se apaga y el bus empieza a deslizarse en reversa pendiente abajo, muy despacio.

—¡Se desmayó! —grito, volviéndome hacia Gareth—. Hazte cargo del timón.

—Hazlo tú —me responde, y se apoya en un asiento.

En la parte de atrás, Alicia empieza a aullar.

—¿Qué te pasa? —grita dirigiéndose a Gareth—. ¡Vamos a irnos al abismo!

—No sé manejar, ¿está bien? —grita él.

Smitty se le abalanza.

—¿No sabes manejar? ¿Qué clase de adulto eres que no sabes manejar?

Va hacia el frente del autobús a toda prisa y derriba al chofer del asiento. Por alguna razón completamente desconocida e insensata, tomo su lugar. No sé manejar un carro, mucho menos un autobús. "No tienes que hacerlo", oigo que me dice la voz de mi papá. "Nada más tienes que parar un autobús y ya. El pedal del medio es el freno, no lo olvides".

Lanzo el pie esperanzada y lo estampo en el pedal para hundirlo a fondo. El autobús resbala en el hielo y se acerca demasiado al abismo, demasiado.

—¡No funciona! —grito desconsolada.

Smitty agarra el timón y empieza a girarlo, pero no sirve de mucho.

Alicia deja escapar alaridos cuando el autobús empieza a ganar velocidad.

De repente, Pete está junto a mí.

—Hazte a un lado —me dice.

—¿Qué?

—Puedo controlarlo —me apremia. Todavía tiene clavado el trozo de anaquel en la cabeza, como una aureola, pero una parte se rompió y ahora parece más bien como una galleta triangular que decorara una bola de helado de vainilla.

Me hago a un lado y Pete toma mi lugar y mueve una serie de cosas en el tablero.

—En una situación como ésta jamás se deben aplicar los frenos —grita, como si estuviera enseñándome. Empuja una palanca y pisa el acelerador con cautela. El descenso en pendiente del vehículo se hace más lento—. El truco es pasar primero a una marcha más suave —fuerza la barra de cambios y el autobús se detiene—, y luego a una más rápida lo más de prisa posible. Mientras menos tracción haya, mejor —el autobús empieza a desplazarse loma arriba—. ¡Que nadie se mueva! —ordena—. Rueguen porque lleguemos a la cima, y no se muevan ni un pelo.

Subyugados por ese giro de carácter de Pete que nos sacó del peligro inminente, aguantamos la respiración. El autobús trepa lentamente hacia la cima, despacio, despacio, con saltitos de vez en cuando, con lo cual el nudo de pánico que tengo en la garganta se hace mayor. Pero de alguna forma, aunque parezca increíble, lo logramos.

A la derecha, con vista a la cafetería que está al pie de la colina, hay un pequeño estacionamiento con un anuncio "Estacionamiento adicional". Se ve cubierto de nieve inmaculada. Pete hace que el autobús ingrese, con destreza total, gira la llave de encendido y el motor se apaga con una sacudida. Se recuesta en el asiento y deja escapar un suspiro. Desde el escalón superior, donde estoy agachada y aferrada a la baranda, suspiro también.

—¡Sigue adelante, Albino! —dice Smitty—. ¿Por qué te detienes aquí?

Pete se lleva la mano al bolsillo y saca su inhalador. Aspira largamente.

—¿Adónde querías que fuéramos? —pregunta con una calma inesperada—. La carretera sigue en ascenso —señala con el inhalador—. Y no hay manera de que esta cosa llegue hasta arriba —inhala otra vez.

—Bueno… estaba pensando… —Smitty finge estupidez—. ¿Qué tal buscar la salida? —agarra a Pete y lo empuja contra el vidrio.

—¡Hey! —protesto, pero Smitty no hace caso.

—¿Ves esa carretera allá abajo? —señala la vuelta que no tomamos, que nos llevaría lejos de la cafetería y la estación de gasolina y camino de la autopista principal, que está oculta tras una hilera de árboles—. ¿Recuerdas por dónde vinimos? Ahora sería el momento indicado para volver allá.

Pete se sacude las manos de Smitty de encima y se sienta nuevamente. —No es mi culpa. Yo no iba manejando cuando pasamos por esa vuelta.

—Pues vamos ahora —dice Alicia, saliendo al pasillo—. Ya que tú puedes manejar, sácanos de aquí.

—Es una idea grandiosa —responde Pete, y señala algo en el tablero—, pero sucede que tenemos el tanque vacío.

Alicia baja la cabeza.

—¿No tenemos gasolina?

Smitty deja escapar un juramento, y Gareth le hace eco con alguna palabrota.

Pete suspira.

—Y podríamos asegurar que Smitty acabó con cualquier posibilidad de que llenemos el tanque de nuevo —hace un gesto para apuntar a la gasolinera y sus manos tienen la gracia de las de una bailarina.

Gareth se vuelve hacia Smitty con mirada de loco.

—¡Qué chico tan idiota!

—¿Te parece?

Gareth y Smitty se enderezan y sacan pecho para enfrentarse, como un par de gallitos peleoneros.

—¡Nos quedamos, entonces! —grito—. Por ahora —y me meto entre los dos, haciendo de conciliadora, como siempre—. Hagamos del autobús un lugar seguro y esperemos a que venga alguien.

Se taladran con la mirada durante unos instantes. Ninguno de los quiere retroceder, y luego Smitty golpea el respaldo del asiento y de un salto se posa sobre el tablero y allí se acurruca cual gárgola, moviendo la cabeza. Gareth se aleja indignado hacia el otro extremo del autobús.

Pete hace un gesto de dolor.

—Creo que me lastimé la cabeza —levanta una mano para tantear su aureola-galleta.

—Eeeeh, sí —y probablemente sea mejor no decirle que tiene un trozo de estantería clavado en el cráneo.

—Ven acá —Smitty se inclina desde su lugar sobre el tablero, toma el trozo y lo zafa de la cabeza de Pete—. ¿Mejor así?

Pete observa el triángulo metálico ensangrentado que Smitty tiene en la mano.

—¿Tenía eso metido en la cabeza?

—Sólo fue cosa de unos instantes —me apresuro a buscar un pañuelo limpio que mi mamá muy previsoramente puso en el bolsillo de mi saco por si había necesidad (uno de sus gestos cariñosos, para compensar por no estar nunca cerca de mí, supongo). Le examino la cabeza. Tiene una marca perfectamente triangular en el cráneo, con una aleta de piel que se levanta como un penacho. Sangra pero no demasiado, y no veo que se le vayan a salir los sesos por ahí—. Y es obvio que no te impidió manejar a la perfección —le entrego el pañuelo y llevo su mano hacia la herida para que haga presión en ella—. Tal vez deberías sentarte tranquilo un rato.

Me agacho junto al chofer inconsciente, tratando de sentirle el pulso. Mi propia mano tiembla tanto que a duras penas logro localizar una vena. Al final encuentro los latidos, irregulares y débiles, pero ahí están.

Smitty se baja del tablero y me ayuda a arrastrar al chofer por el pasillo. Lo depositamos en el asiento trasero, de medio lado, en posición de recuperación. Su cara se ve fofa y gris. No parece que fuera a recuperarse pronto.

—¿Las puertas están bien cerradas? —Smitty vuelve hacia la parte delantera del autobús.

—Está bien así —grita Alicia desde la ventana, con los binoculares en los ojos—. Nadie nos sigue. Creo que los liquidaste a todos, Smitty.

—Sí, fue un truco muy peligroso, ¡qué sicópata! —dice Gareth con desprecio—. Hubieras podido incinerarnos a todos.

—Pero no fue así —reviro. Mi pierna está empezando a doler de verdad. Casi se me había olvidado que me la herí.

—No fue así —repite Smitty, y pasa a mi lado para enfrentarse a Gareth—. Y si no fuera por nosotros, las amiguitas de esta —señala a Alicia—, ya te habrían devorado a mordiscos. Y eso es peor que la muerte, aunque luego de eso te esperara la muerte. Así que trata de agradecer aunque sea un poco.

—¡Pedazo de…! —refunfuña Gareth.

—¡Oigan! —grita Pete desde el asiento del conductor—. ¡Tenemos señal!

Con eso logra atraer nuestra atención. Está encorvado sobre el objeto cuadrado y negro que trajo consigo al autobús: una computadora portátil.

—Este aparatito estaba junto a la caja registradora.

—Es la del jefe —dice Gareth—. La usa para los inventarios. Es una porquería de máquina, que ni siquiera puede conectarse a Internet.

—Lo siento, pero te equivocas —Pete la sostiene ante sí y se pone de pie lentamente, con los ojos fijos en el monitor—. Se puede conectar a redes inalámbricas, pero tenía esa opción deshabilitada. Probablemente para evitar que los empleados se dedicaran a descargar porno…

—¡Cállate! —ruge Gareth.

—Afortunadamente para nosotros, ya la habilité —sonríe Pete con malicia—. Ya podemos navegar.

—¿Por Internet? —Smitty corre hacia Pete por el pasillo—. Primero nos resulta mejor que piloto de Fórmula 1, y luego es el experto informático que nos salva a todos. ¿Quién hubiera podido pensar que este pobre acomplejado iba a convertirse en héroe? —intenta arrebatarle la portátil.

—¡Atrás! —Pete pone la computadora fuera del alcance de Smitty—. La batería está baja y la señal es muy débil. Más que señal es apenas el nombre del proveedor, cosa que al menos comprueba que hay una red aquí cerca. Solo tenemos que encontrarla —camina por el pasillo del autobús como esos ancianos expertos en encontrar pozos de agua, poniendo la portátil en diversos ángulos y posiciones por encima de su cabeza. Tras recorrer el autobús un par de veces de ida y vuelta, se sienta de nuevo en el lugar del conductor.

—¿Y bien? —pregunto.

Pete teclea algo y baja la tapa.

—Nada.

Gareth se levanta.

—¿Cómo que nada? Si acabas de decir que había una señal.

—Es demasiado débil.

—Dame la compu —y se lanza en dirección a Pete.

—Puedes probar si quieres —responde mirándolo con sus ojos verde pálido—, y pasarte los siguientes diez minutos agotando la batería. O podemos esperar a que se asiente la polvareda allá abajo —señala la cafetería, a través de los árboles—, y buscar la fuente. Si en la gasolinera no tenían red, la cafetería es el único lugar del cual puede salir esa señal. Pero con tan poca energía en la pila, no tenemos mucha opción.

—Hagamos una votación —digo—. Primero, todos los que quieran esperar —levanto la mano.

Pete sonríe sin ganas y levanta la suya.

—Ajá —Alicia no está muy convencida, pero la tenemos de nuestro lado.

—¡Que viva la democracia! Te ganamos —dice Smitty—. Vigilamos —le arrebata los binoculares a Alicia—, esperamos a que el humo se disipe, y luego allá vamos.

Gareth se ríe.

—Ustedes sí que no saben nada de nada. Ese incendio va a arder la noche entera. Es gasolina y no una fogata de jardín.

Miro las llamas que brillan muy anaranjadas al pie de la colina.

—Pues eso también es una buena cosa, atraerán la atención y alguien vendrá.

Capítulo 6

apar el agujero de la ventana trasera, cuyo vidrio explotó, nos ocupa hasta que ya ha oscurecido del todo. Pete saca un rollo de cinta adhesiva de su mochila (ya sé que es extraño, y debe ser propio de estos bichos informáticos, como los jeans planchados y la billetera con leontina al cinturón). Smitty se atreve a salir para abrir el compartimento principal de equipaje. Corta la parte superior de las maletas con una navaja que da miedo, y las lanza cual si fueran *frisbees* a la nieve, y yo corro por todas partes recogiéndolas, como si fuera algún personaje de Super Mario Bros. Luego viene la etapa compleja de usarlas para cubrir la ventana. Y a eso hay que sumarle que el chofer sigue inconsciente en el asiento trasero. Resulta más fácil hacer todo el trabajo por encima de él, que volverlo a mover, pero el inconveniente es que a veces se nos cae alguna cosa y aterriza sobre él. Pero parece que no lo nota. Encontramos un tramo de cuerda en uno de los compartimentos superiores y hay ganchos para cortinas a ambos lados de la ventana, pero en realidad las tapas de las maletas van quedando sostenidas con la cinta de Pete. El arreglo sirve tan sólo para protegernos del viento, y no nos salvará de nada más, pero es lo mejor que podemos hacer por el momento.

Formamos una cadena humana para sacar cualquier cosa que nos pueda ser útil, para asuntos de supervivencia, del compartimento de equipaje. Aunque ese "nosotros" no nos incluye a todos. Alicia está ocupada vigilando con lo binoculares y se niega a bajar del autobús, y Gareth encontró el botiquín de primeros auxilios y está en el asiento del chofer, atareado con diversas heridas imaginarias. A pesar de eso, las filas 20 y 21 del autobús están atascadas con esquís, palos de esquiar y ropa, y Smitty reemplazó su preciosa tabla de deslizarse en la nieve con otra, que perteneció a alguno de nuestros infortunados ex compañeros.

La noche va cayendo mientras la alarma de la gasolinera sigue sonando, el fuego continúa y una nueva discusión se va cocinando. Tiene que ver con la iluminación. Alicia quiere dejar las luces encendidas. Pete y Smitty las prefieren apagadas. Yo estoy de acuerdo en que tenerlas prendidas nos hace un blanco más fácil, pero tengo que reconocer a regañadientes, junto con Alicia, que eso también hace que rescatarnos sea más sencillo. Porque eso del rescate va a suceder. ¿Y si no? ¿Qué tal que tengamos que regresar cuesta abajo con el autobús y que la batería esté muerta porque dejamos las luces encendidas? Y también puede ser que necesitemos encender la calefacción. La actividad y la adrenalina nos han hecho entrar en calor, pero ahora que llega la noche vamos a sentir el frío, y quizás sea un frío insoportable. Terminaremos haciendo nuestra propia versión de esos documentales de televisión que tienen nombres tan bonitos cómo "No habría sobrevivido si no fuera porque me comí el cadáver de mi mejor amigo".

Hablando de comer…

—¿Tenemos algo de comida?

—Gareth al fin deja de jugar al doctor por el tiempo suficiente como para asomarse al pasillo.

—No —responde Smitty—. Qué lástima que no se te ocurrió tomar algo de tu tienda por andar tan ocupado dando batazos, Gareth.

—Tengo un sándwich que puedo compartir —intervengo antes de que se provoquen otra vez—. Y si miran en el compartimento justo encima de donde iba sentada la profe Fawcett, encontrarán papas fritas y refrescos, perdón gaseosas. Me imagino que planeaba dárnoslas más tarde.

—Ah bueno, si estaba planeando eso, no debe haber problema conque las tomemos, ¿no te parece? —Smitty me mira de manera burlona.

Siento que me sube la sangre a la cara. ¡Qué idiota fui al decir lo que dije! Como si algo de eso importara ahora.

Alicia va hacia el asiento de la profe Fawcett y empieza a distribuir paquetes de papitas y botellas de refresco entre todos. Pero no a mí.

—Supongo que tú estás bien con tu sándwich de crema de cacahuate con mermelada —me dice irónica.

¡Está bien! Guardaré el sándwich para más tarde, preferiblemente
para cuando Alicia se halle en estado de devorar su propio brazo, y
me lo comeré frente a ella, con premeditación y alevosía, y además
con efectos especiales.

Nos comemos todas las papitas. Alicia encuentra una caja con
huevos duros en alguna mochila. Y después no queda más que po-
nernos todas las prendas de vestir que nos quepan y esperar: esperar
a que llegue el ejército, o el sueño, o a que los pedos tóxicos de Pete
nos asfixien, lo que sea que suceda primero.

Tras quitarme mis desgarrados jeans y quedarme en unos cómodos *leggings*, me decido a revisar mi herida. Armada de botiquín y
unos pañitos antibacteriales que encontré en la mochila sin fondo
de la profe Fawcett, levanto la tela que cubre la pierna derecha. La
sangre ya se ha coagulado y la tela se adhirió a la piel. Entrecierro
los dientes y sigo levantando la tela. La sangre vuelve a brotar. Siento
nudos que se me forman en la garganta con el dolor… y me atrevo
a mirar. Hay un raspón grande y un corte pequeño pero que parece profundo. Alcanzo a distinguir algo muy blanco allá dentro. Me
toma unos instantes entender que es el hueso. ¡Aaagh!

—Eso necesita puntos —dice Smitty con tonito de experto, aso-
mando por encima de mi hombro, y me sobresalta. Siento el impulso de cubrirme nuevamente la herida, pero me resisto. No es algo de
lo que tenga que avergonzarme.

—No te hagas ilusiones —le digo—. Hay unas de esas venditas
con forma de mariposa en este botiquín —revuelvo en la caja—.
ésas me servirán.

—¡Qué lástima! —Smitty se sienta en el tablero y bebe ruido-
samente su refresco—. Porque soy buenísimo para coser y bordar.

Claro, como si fuera a dejar que me tocara.

—¿Y tú estás bien? —cambio el tema para hablar de él mientras
me aplico ungüento antibacterial y deposito una buena cantidad
dentro del agujero que tengo en la pierna.

—¿Es el momento de hacer una competencia con nuestras heridas, o qué? —se ríe, y eso me alegra un poco—. Ahí sí me ganas. No tengo nada, nada fuera de esta especie de viaje provocado por el azúcar.

—Me parece que Pete nos gana a todos con su cabeza abierta — echo un vistazo al pasillo, hacia donde está él.

—No me digas —Smitty me sonríe irónico—. ¡Oye, Pete, ven acá a ver a la pícara enfermera!

Toma un poco convencerlo, pero al final viene a sentarse en el escalón superior, y Smitty y yo le examinamos la cabeza. Tener el pelo casi blanco es lo mejor si uno quiere producir un efecto verdaderamente sangrienzzzto con una herida en el cráneo. La sangre ha teñido de rosa gruesos mechones, y en la parte donde se clavó el triángulo metálico hay una hinchazón nada bonita, pero la herida ya se ve cerrada con una costra. Procuro no tocarla y limpio alrededor lo mejor que puedo con un pañito húmedo. Pete no se queja y se muestra casi estoico. Completamente diferente del amasijo tembloroso que encontré en el piso del baño. A lo mejor todavía está recargado de adrenalina. O tal vez son los químicos que contiene su inhalador. Espero no estar cerca cuando colapse finalmente.

—Entonces… Antes de… ¿Cómo fuiste a parar en ese baño? — pregunto para hacer conversación, mientras le ajusto un trozo de algodón con un pañuelo estampado que creo que fue de una de las amiguitas de Alicia. Es color verde menta y blanco, y hace que Pete parezca uno de los Niños Perdidos de Peter Pan.

—Corrí —respira hondo y su pecho suena como un cascabel. Se lleva la mano al bolsillo y saca el inhalador.

—¿Estabas en la cafetería cuando todo… cuando todo sucedió?

Una sonrisa fugaz le cruza los labios, torcida y aviesa como de hombre mayor.

—Sí, en la tienda, un poco alejado mientras miraba las revistas.

Sonrío para invitarlo a que siga contando.

—Sí, me imagino que podría decir que estaba en mi propio universo —la mirada se le pierde—. La compañía Intellikit acaba de sacar un nuevo chip que parece ser la octava maravilla. Estaba leyendo el artículo en la revista PC World.

—Cállate, ¡qué cosa más fuerte! —se burla Smitty—. ¿Por qué no nos lo habías dicho antes?

—No te preocupes, no voy a aburrirte con los detalles —contesta Pete levantando una ceja—. Lo importante es que yo estaba muy metido en mi lectura.

—¿Todos los demás estaban en la cafetería? —pregunto.

—Sí, a unos cuantos metros —asiente despacio—. Aullando por hamburguesas como si fueran perros. Traté de no oírlos, como hago siempre.

—Sí, yo también —quiero que sepa que yo me siento igual, pero me mira de forma extraña. Smitty también—. ¿Y qué pasó?

—El profesor Taylor se me acercó —dice con el ceño fruncido—. Me preguntó si Smitty era alérgico a las nueces. ¿Por qué quería saberlo? No tengo idea.

Smitty suelta una risita.

—¿Y después qué? —quiero que siga.

—Ahí fue que colapsó.

—¿Quién? —pregunto—. ¿Taylor?

—Ajá. Estaba junto al dispensador de refrescos, titubeando, y de repente se desplomó al suelo.

—¿Qué hiciste?

Pete me mira sorprendido.

—Nada. Esperé a que alguien se diera cuenta, pero la mujer de la caja registradora no estaba por ahí y no apareció nadie más. Fue entonces cuando me di cuenta de que los gritos habían callado —se truena los nudillos—. Todo estaba en silencio, salvo un zumbido, las ollas freidoras tal vez, o quizás agua corriendo en la cocina —pone expresión soñadora—. Era un momento ideal.

—Idílico —dice Smitty con voz melosa.

—¿Y luego qué? —me inclino hacia delante.

—Después pasé a la cafetería —parpadea—. Y allí estaban todos, derrumbados sobre las mesas. Completamente inmóviles. Como el profe Taylor —traga saliva, y veo que la manzana de Adán le sube y le baja, apenas cubierta por la piel translúcida—. Como si todos se hubieran quedado dormidos de repente.

—Debe haber sido aterrador —comento.

—¡No! —le brillan los ojos y sus labios dibujan lentamente una sonrisa—. Era maravilloso. Estaban allí tendidos, indefensos. Imagínense el cuadro… —se inclina hacia nosotros—. Podía hacer lo que quisiera, y nadie podía impedírmelo.

—De verdad que eres caso aparte, Pete —suspira Smitty.

—Mmmmm, sí —le digo a Pete—. ¿Y qué hiciste entonces?

—Nada. Fue un momento maravilloso, que de repente se convirtió en algo horrible —se estremece—. Empezaron a despertarse. El profe Taylor primero… yo estaba ahí, inmóvil mirando a los demás, y apareció detrás de mí. Me tomó por el hombro. Me di vuelta, y ahí estaba él. Su cara era grotesca, distorsionada, y producía un ruido completamente sobrenatural. Me agarró y tiró de mí hacia él. Tenía la boca abierta y trataba de morderme.

—Cosa seria —opino—. ¿Y qué hiciste?

—Todavía tenía la revista en la mano. La enrollé y se la embutí en la boca, para después salir corriendo.

—¡Ja ja ja! —se ríe Smitty—. ¡Tienes unas salidas, Albino!

—¿Te fuiste de la cafetería? —pregunto.

Pete asiente.

—Corrí hacia el taller de la estación de gasolina. Estaba cerrado, así que di la vuelta por detrás y me encontré los baños.

Hay algo que no me acaba de cuadrar. Miro por el pasillo. Alicia está tendida en dos asientos a medio camino hacia atrás, cubierta con cinco o más chamarras de esquí.

—¿Viste a Alicia antes de huir? —susurro.

—No —contesta Pete.

—Ella dice que cuando salió de los baños tan sólo el profe Taylor estaba de pie. Cuando miramos por los binoculares, vimos que todos seguían derrengados sobre las mesas.

—¿Y entonces?

—Bueno, que dijiste que "empezaron" a despertarse, en plural —dice Smitty, comprendiendo adónde quiero llegar—. ¿Quién más se levantó antes de que salieras huyendo?

Pete cambia de posición, incómodo.

—No sé, no me fijé bien. Tan sólo oí un ruido, una especie de gruñido, que no venía de la dirección en la que estaba el profe Taylor —arruga la cara con un gesto—. Después se oyó un golpe, como una puerta que se cierra con fuerza, pero no me quedé para averiguar qué o quién era.

—¿Puede ser que hubieras oído a Alicia, que salía de los baños? —pregunto.

—Posiblemente, si dejó que la puerta se cerrara de golpe. Pero no creo que el gruñido fuera suyo, a menos que la voz le hubiera cambiado para volverse varias octavas más baja.

La cosa no tiene lógica. Alicia dice que todos estaban desmayados en la mesa o en el piso. A lo mejor Pete se equivoca. O a lo mejor había alguien a quien Alicia no vio, que se despertó y luego volvió a colapsar. ¿O tal vez salieron del edificio y todavía no nos hemos topado con ellos?

—Gracias por el vendaje, en todo caso —Pete me obsequia una sonrisa forzada, se levanta y regresa por el pasillo.

Smitty se queda un momento conmigo.

—¿Tú sí le crees?

Lo pienso un instante. —¿Y tú le crees a Alicia?

Se encoge de hombros.

—Sea lo que sea, estamos aquí prisioneros en un autobús con un grupo de chiflados. Eso es lo que son las excursiones de colegio.

Nos turnamos para dormir un poco. Yo estoy en el primer turno de guardia, con exceso de adrenalina que me impide descansar. Hace demasiado frío para mantener la escotilla abierta, así que me pongo un suéter y una chamarra extra y me lanzo al techo durante cosa de una hora. La nieve sigue cayendo suavemente y mi pierna está tan fría que ya no duele. Las llamas en la gasolinera se han extinguido hasta ser apenas brasas, pero queda el olor acre del humo. La alarma, que sonaba tan clara y estridente, ya se oye apenas como un zumbido ronco y errático, como un grillo patético que canta a pesar de que el verano pasó hace mucho.

Alguien vendrá. Tarde o temprano. Cuando el autobús no regrese a la escuela y ninguno de nosotros pueda ser localizado por teléfono, los padres van a empezar a atar cabos. Se formará un grupo de búsqueda, habrá noticias e informes… maldita sea, seremos celebridades de quinta categoría una vez que todo esto termine. Pero primero necesitamos sobrevivir a esta noche. Vigilo los rincones lejanos del estacionamiento para detectar cualquier movimiento. Sin embargo, todo sigue inmóvil. A través de los árboles y cuesta abajo, las luces de la cafetería acaban de encenderse. Probablemente tienen un temporizador.

No queda nadie.

Capítulo 7

Mi padre me está limpiando la cara con una pieza cuadrada de gasa que cubre algún objeto puntiagudo, y con agua muy fría. Al pasar alrededor de mi nariz y ojos me hace cosquillas y me despierta. Parpadeo para quitarme el agua de los ojos.

Hay mucha luz, tanta que molesta.

Pero no está Papá. No hay más que una mitad de mi cara que está muy fría.

Era un sueño. Por un momento pienso que todo fue un sueño hasta que me llevo una mano a la mejilla y veo que caen trocitos blancos, nieve. Es como si cada copo trajera recuerdos de lo que sucedió el día anterior. Sí sucedió.

Estoy tendida en dos asientos en la parte delantera del autobús, cerca de la puerta. Y la puerta está abierta.

El pánico me atenaza por dentro y me enderezo. ¿Dónde se metieron todos? Un pie enfundado en una bota negra que se asoma al pasillo me indica que Smitty está en un asiento mucho más atrás. La hechiza barrera que colocamos en la ventana sigue en su lugar. Alguien ronca levemente detrás de mí.

Pero la puerta está abierta.

Me levanto de mi asiento y muevo la palanca para cerrarla. Obedece a regañadientes. La tabla de nieve que habíamos puesto para mantenerla bloqueada fue movida hacia dentro, a los escalones. Rápidamente la vuelvo a instalar. Alguien ha decidido salir a dar una caminata matutina.

—¡Hey!

Me doy vuelta. Smitty está detrás de mí, con la cara pintada de sueño.

—¿Qué pasa? —se rasca la cabeza.

—¿Quién nos falta?

Frunce el ceño:

—Malicia y Pete están en el país de los sueños. ¿El idiota de la gasolinera? ¡Qué importa!

—Se supone que Gareth estaba de guardia —le respondo con el ceño fruncido—. Se fue y dejó la puerta abierta tras él.

Alicia aparece detrás de un asiento, con los ojos medio cerrados.

—¿Qué pasa?

—¡Pete! —grito.

—¿Aaah? —se sienta de repente, despeinado y confundido.

—¿Dónde está la portátil, Pete? —pregunto inquieto—. Por favor dime que te dormiste sobre ella.

Sonríe perezoso.

—Está bien segura.

—¿Sí? Porque el adulto responsable del grupo se fue y nos dejó solos —comento—. Y creo que no se fue con las manos vacías.

La sonrisa se borra.

—La compu está en mi mochila —se agacha veloz bajo su asiento y saca una mochila gris rata y anaranjada. Está abierta y parece vacía. La revisa por dentro.

La portátil no está.

Smitty deja salir un grito de guerra y corre hacia la puerta, tirando la tabla de nieve a un lado.

—¿Adónde se fue? ¡Lo voy a matar! —se lanza a la nieve y corre por el estacionamiento, dando vueltas alrededor del autobús, como si Gareth estuviera escondido detrás de algo cercano, riéndose.

—¡Smitty! —me quedo en los escalones, sin ganas de perseguirlo—. ¡Vuelve aquí!

Yo estaba dormida junto a la puerta. ¿Cómo fue que Gareth se escapó sin que me diera cuenta?

Smitty regresa al autobús, pone la tabla de nieve en posición y se derrumba en el piso, desanimado.

—¿Qué importa? —dice furioso—. Era un inútil. ¿Qué importa que se haya llevado la principal opción para pedir ayuda?

—No necesariamente —Pete se pone de pie y me lanza una va-
harada de mal aliento matutino—. Probablemente se llevó la portátil a la cafetería. Ése era el plan original, así que bien podemos
seguirlo.

Retrocedo un poco.

—Y si la cafetería tiene red inalámbrica, probablemente también
hay una computadora. No importa si encontramos la portátil o no.

Pete asiente.

—O está la posibilidad de captar la señal con el celular de Smitty.
Incluso puede haber un teléfono fijo que esté funcionando —se desliza al asiento del conductor—. Esperemos que esta cosa encienda
con el tufo de gasolina que tiene.

—¡Espera! —evito que su mano llegue al botón de encendido—.
¿Podemos ir cuesta abajo? La nieve va a estar más profunda que ayer.

Pete vacila.

—Entonces, ¿si no vamos en el autobús nos toca caminar? —pregunta Alicia—. En ese caso no cuenten conmigo.

—¿Pero qué pasaría si no podemos volver aquí? —le digo—.
¿Qué tal que haya más de esos… de esos personajes, y que el autobús
se atore en la nieve y no podamos escapar?

—Sí, tienes razón, va a ser mucho más sencillo ir a pie —responde
ella con desgano—. En todo caso, alguien tiene que quedarse aquí
para cuidarlo —y señala al chofer.

Siento una oleada de remordimiento. Lo hemos ignorado olímpi-
camente desde que terminamos de instalar la "cortina" en la ventana
trasera. Le toco la mano y la piel se le siente fría y cerosa.

Alicia me observa.

—¿Está…?

Muevo mi mano sobre su cara. Siento algo de aire tibio que sale
de su nariz.

—No. Todavía está vivo —pero tal vez no por mucho tiempo.
Algo en él ha empezado a oler mal, y tengo temor de examinarle la
otra muñeca y quitarle el vendaje provisional.

—Hagamos lo que hagamos, más vale que sea ahora —dice
Smitty—. Voy a revisar la carretera y a despejar una ruta para bajar

—toma los binoculares y me los lanza—. Tú mira a ver si tenemos posibilidades de que nos resulte compañía.

Salgo al techo con Pete y Alicia. Me siguieron y yo no protesté. Habrá más ojos para vigilar. La Madre Naturaleza está en lo suyo. La nieve ha dejado de caer y el sol está haciendo grandes esfuerzos para asomarse por detrás de una nube gris-lavanda. El aire está inmóvil, y se ve una tenue voluta de humo que sube desde la gasolinera. Una última y desesperada señal de humo. Trato de no pensar por qué nadie ha venido a buscarnos.

Smitty se desliza en su tabla carretera abajo, y se detiene en algunos lugares para limpiar la nieve y hacer un sendero.

Alicia está probando los teléfonos de nuevo. Se las arregló para acapararlos todos, incluso el *smartphone* de Smitty, y los sostiene en sus manos como si fueran una baraja de naipes. Toma uno, lo pone delante de los demás, prueba que tenga señal. A juzgar por el gesto de su boca, no tiene una mano nada fácil.

Detecto un movimiento por el rabillo del ojo y me doy vuelta. Ruido en los arbustos. Me alejo un poco, con los binoculares en los ojos. Un mirlo sale de entre el ramaje bajo y vuela lejos con un chillido alarmado. Es tan sólo un mirlo. ¿Pero qué lo asustó? Agarro con más fuerza los binoculares. No se ve ningún movimiento en el matorral. Probablemente se espantó cuando cayó algo de nieve de un árbol, o fue otro pájaro. Siento un escalofrío. Han pasado años desde la última vez que oí un mirlo, y de repente es como si volviera a estar sentada en un arenero en casa, nuestra casa de Inglaterra, muchos años atrás. Papá está desyerbando el jardín, y silba como el pájaro. Parece que fuera hace mucho mucho tiempo. En Estados Unidos no volvió a hacer jardinería, y allá los mirlos cantan diferente. Siento una punzada de dolor de tanto que lo extraño, repentina y cortante. Y no va a estar en casa cuando yo regrese. Si es que regreso. No puedo evitar pensar que si él hubiera estado con nosotros aún, esto no hubiera sucedido. Seguro que no habría sucedido si en el estúpido trabajo de mi tonta madre no la hubieran trasladado de vuelta a este estúpido país. Pero incluso si quisiera culpar a mi mamá porque Papá no esté ya con nosotros, sería un poco extremo llegar al punto de culparla también por todo este asunto de los monstruos.

Un golpe hace vibrar el autobús desde dentro.

Mi corazón da un salto.

Alicia suelta un gritito.

—¿Qué fue eso?

Pete pone los ojos en blanco.

—¿Tienes que gritar por todo? No hace falta que se te salga el corazón por la boca. Fue nada más algo que se cayó de un asiento.

—¿Estás loco? —grita ella—. Yo no grité —se vuelve hacia mí—. ¿Grité?

Niego con la cabeza, automáticamente.

Desde abajo nos llega otra vez el ruido.

Pete se hinca sobre el techo.

—Entonces es el chofer.

—Ya se había despertado antes, ¿no? —pregunta ella—. Lo había hecho, es lo que le sucede. Se despierta, se desmaya, se despierta, se desmaya.

Avanzo a gatas hacia la escotilla.

—Despacio —dice Pete con cautela.

Abro la escotilla apenas lo suficiente para ver dentro. Nos asomamos. Desde donde estoy, sólo tengo vista hacia la parte delantera del autobús, y ahí no hay nadie. O si lo hay se esconde tras un asiento. Levanto la cabeza y miro hacia la carretera. Smitty ya viene de regreso. Está entrando al estacionamiento y pronto llegará a la puerta del autobús.

—Voy a abrir la escotilla del todo —les susurro a Pete y a Alicia—. Tenemos que ver qué sucede en la parte trasera del autobús.

Alicia se sube el cuello de la chamarra. Pete asiente.

Con cuidado abro la escotilla. Los tres nos acomodamos, cual osos polares pescando en un agujero en el hielo, y miramos en todas direcciones.

Hay menos luz en la parte trasera del bus. La improvisada cortina hecha con tapas de maletas bloquea el sol que brilla, y me toma unos instantes acostumbrar la vista, pero alcanzo a distinguir algo cerca del asiento trasero. Una figura, que no mira hacia donde estamos nosotros, encorvada como si estuviera atándose los lazos de los zapatos. Se endereza lentamente, vértebra por vértebra. Reconozco el saco azul del uniforme de la línea de autobús, la camisa azul clara cuyo cuello sobresale, y el pelo gris y escaso.

—¡Es el chofer! —grita Alicia, con la voz alegre por el alivio—. ¡Gracias a Dios!

La cabeza del chofer gira hacia donde proviene el ruido, y da la vuelta completa, sin que el cuerpo la siga.

En ese momento Alicia sí grita de verdad.

La cara del conductor se distingue claramente como si de repente se viera por un lente de *zoom*. La piel entre morada y café, como fruta medio podrida. La mandíbula le cuelga, la cabeza se balancea un poco a los lados, y un líquido verde y viscoso le sale de la boca. Los ojos son lechosos, y parecen desenfocados hasta que endereza el cuello y el cuerpo para que quede todo en la misma dirección. Estira un brazo hacia nosotros y con eso, la bufanda más fina de mi madre sale volando y traza un arco ensangrentado.

Alicia grita nuevamente. Agarro la tapa de la escotilla, la cierro con fuerza y me siento encima.

—¡Hey!

Se oye un grito desde la parte delantera del autobús. Es Smitty.

—¿Qué sucede? Déjenme entrar, ¿bueno?

Me levanto de un salto.

—¡Siéntense ahí! —les ordeno a Pete y a Alicia, y me deslizo hacia el extremo del autobús. Smitty está frente a la puerta, con las manos en las caderas.

—¡Es el chofer! —le grito—. Se despertó, y es uno de ellos.

Smitty levanta la vista y me mira como si le estuviera hablando en otra lengua. Un golpe lo hace mirar hacia dentro del autobús y la expresión de su cara cambia para mostrar que ya entendió. Que no hacen falta más explicaciones.

—Estamos atrapados aquí.

—¿Qué tan rápido se mueve?

—No sé —me encojo de hombros, sintiéndome inútil.

—Veamos.

Smitty corre a lo largo del autobús, y con la agilidad de un zorro. Da una palmada contra un vidrio.

—¡Hey! ¡Oiga, señor!

—¿Qué estás haciendo?

Smitty vuelve sobre sus pasos y da una palmada en la siguiente ventana.

—¡Eso, así es! —grita. Se mueve a la siguiente ventana y da otra palmada—. ¡Aquí estoy!

—¡Déjalo ya! —Alicia se arrastra hasta el borde del techo del autobús sobre su estómago, como una salamandra de colores—. No lo pongas de malas.

—Puedo sacarle bastante ventaja corriendo, fácil —grita Smitty—. Puedo correr el doble que él.

—¡Sí! —grita Alicia—. ¡Hazlo ya!

Smitty llega a la última ventana, y luego presiona el botón para abrir la puerta desde afuera. Me doy cuenta de que eso será imposible, un segundo antes de que Smitty lo compruebe. Nuestro sistema de bloqueo con la tabla de nieve funciona de maravilla. Smitty empuja la puerta tratando de liberar la tabla.

—No funciona —grita hacia nosotros—. Alguien va a tener que abrirme desde dentro.

—¿Acaso perdiste la razón? —contesta Alicia—. Hazlo tú.

—¿Y cómo? —pregunta él—. No puedo llegar hasta donde ustedes —y salta para alcanzar uno de los espejos retrovisores para trepar hasta el techo, pero es demasiado alto, incluso para alguien con aptitudes de mono, como él.

—Entonces, deberíamos saltar nosotros —dice Alicia—, y lo dejamos encerrado ahí. ¡Vamos! —y empieza a enderezarse para descolgar sus piernas por el borde. La agarro para detenerla.

—¡No! Todo está dentro del autobús —trato de inmovilizarla y se sacude—. No podemos dejar todo eso y arriesgarnos sin nada así no más. Puede que haya más de estos en la cafetería. Y quién sabe qué tan lejos podremos llegar antes de saber que estamos a salvo. Tú eres la que dijo que debíamos quedarnos adentro, seguros.

—¡Pero esa cosa está dentro!

—No estará ahí mucho más tiempo —la suelto y me pongo de pie con aire decidido—. ¿Es tan lento como los demás? —le grito a Smitty.

Asiente.

—Lo mantendré distraído en la parte delantera hasta que tú logres entrar... y luego lo haré ir hacia ti, pero tú lo evitas.

—Muy sencillo —digo, tragando en seco.

—Exacto —hace un guiño.

Pete está tendido sobre la escotilla como si fuera una estrella de mar.

—¿Vas a entrar? —pregunta.

—Mantén la escotilla abierta —el corazón me late como un tambor—. Prométemelo.

Gruñe y se hace a un lado, con cara de aceptar lo que le pido.

Abro la escotilla.

—¡Estoy lista! —le grito a Smitty.

—Todavía lo tengo en la parte delantera —contesta—. Puedes entrar.

Tomo una última inspiración del aire frío y cortante de afuera y me meto al autobús.

Capítulo 8

Me escabullo detrás de un asiento. El chofer está en la parte de adelante, moviendo los brazos y golpeando el panorámico. Algo lo hace enojar. Es Smitty, que brinca como mono al otro lado del vidrio. Salgo al pasillo y voy hasta la fila 20, donde tenemos apilado el equipo de esquí. Con cuidado, saco un bastón de esquí. No es el arma ideal, pero tendrá que servirme. Dejé mi subametralladora en Estados Unidos, ¡ja ja!

Smitty deja de brincar y ya no lo veo más. Parece que el chofer tampoco lo ve. Se acerca todo lo posible al vidrio y luego retrocede un par de pasos, planeando su siguiente movida. Supongo que es mi momento.

—¡Hey!

Golpeo el suelo con el bastón.

—A que no me agarras.

La cabeza gira de nuevo. Es un truco increíble. Debe ser su sello personal como monstruo. Y seguro que es eficaz. Tengo que hacer un esfuerzo para no orinarme en los pantalones.

—Así es, señor. ¡Aquí estoy!

Definitivamente mi discurso para atraer muertos vivientes deja mucho que desear. Siempre me he preguntado por qué las heroínas de las películas de terror se pasan la mitad del tiempo haciendo bromas mientras luchan con sus rivales. Ahora sé que es para distraerse y no pensar en la inminencia de su propia muerte. Avanzo hacia la escotilla, que es mi única vía de escape. El chofer viene tras de mí. Arrastra los pies y se mueve sin mucha coordinación pero, ¿será que de repente se acordará de lo que es correr? Sostengo el bastón de esquí frente a mí y me obligo a seguir caminando hacia delante. De verdad, esto es una prueba para ver cuánto logro resistir mientras esta cosa se me acerca. ¿Quizás debía decirle a Pete que cierre la escotilla para no tener esa posibilidad de escape? Miro arriba un momento. Alicia y Pete me observan con la cara muy pálida y las quijadas tan sueltas como la del chofer. No puedo meter la pata ahora. Me vería como una fracasada total. Una fracasada muerta. O muerta viviente, más bien.

Olvídate de la escotilla. Me obligo a pasar bajo ella. Ahora es la puerta o nada. Golpeo de nuevo con el bastón, doy un paso adelante, con una mano en el respaldo de un asiento, lista para ponerme fuera de su alcance.

El chofer se tambalea hacia mí, y créanme que no me queda sombra de duda de que el tipo está muerto. No se ve nada en su mirada, ni compasión, ni rabia ni miedo. Cualquier parecido con lo que alguna vez fue ha desaparecido, y fue reemplazado por este ser torpe y hambriento que trata de capturarme. Y el gemido. Es un gemido gutural que sale de tan hondo de su garganta que parece que fuera a sacar petróleo de ella. ¿Tendrá esposa? ¿Hijos? ¿Alguien que lo pudiera reconocer ahora? ¿Cómo se sentirían si lo vieran así?

¡Contrólate! ¡Concéntrate! Mi papá siempre me dijo que tenía reflejos rápidos, cosa que me hacía una buena esquiadora, y ahora tengo que probarlos al máximo. El chofer está casi junto a mí. Nos separa poco más de medio metro.

¡Ahora!

Me acurruco en el asiento a mi izquierda, paso una pierna sobre los que están al frente, lista para pasar por encima. Pero el chofer no está lo suficientemente cerca como para agacharse, y sencillamente se hace a un lado para quedar en el asiento frente a mí, una fila más adelante, como una pieza de ajedrez bien entrenada. ¡Ay, caramba! De un brinco vuelvo al pasillo y cruzo hasta los asientos del lado derecho, tratando de saltar a la fila siguiente antes de que el chofer reaccione. Durante un instante pienso que lo logré, pero luego se me echa encima.

Sin pensarlo, le clavo el bastón de esquí en el pecho. Se hunde con facilidad asombrosa, tras hacer un sonido hueco, y por un momento hace que el tipo se asemeje a un escarabajo de insectario, prendido por un enorme alfiler. Se lo saca, y esa repentina fortaleza es irritante. Suelto el bastón y cae fuera de mi alcance. Me embiste de nuevo, y la saliva vuela de su boca en glóbulos viscosos y blancuzcos. Retrocedo hacia la ventana y mi espalda resbala sobre la patética cortina de nylon que no tiene más propósito que obstaculizar que sea fácil escapar de monstruos comedores de carne. Mientras me deslizo hacia abajo como un huevo aplastado, noto que el bastón de esquí quedó encajado entre mi fila de asientos y la que hay al frente, formando una irrisoria barrera entre el chofer y yo. Empuja el bastón, que frustra su intento de alcanzarme, y sus dedos pasan a centímetros de mi cara. Si llegara a morir aquí y ahora me sentiría muy avergonzada. ¡Qué fracaso! Vencida y devorada por un chofer de autobús, por favor, en Escocia, en una estúpida excursión escolar. Justo cuando el bastón empieza a curvarse y ceder, y sus dedos me tocan el pelo, me lanzo por encima de los respaldos al asiento más adelante, y ruedo hacia el pasillo.

Me tiro al suelo durante un milisegundo, con la esperanza de que se abra y me trague.

—¡Muévete! —me grita Alicia desde arriba.

Miro hacia lo alto. El chofer se me acerca, rechinando los dientes. Alicia grita de nuevo. Distraído, el chofer se endereza y manotea hacia la escotilla con su brazo bueno.

Es momento de ponerse de pie. Pero cuando lo intento, algo se enreda en mi chamarra. Mis manos buscan debajo de mí. Mi pase de esquí se enredó en algo en el piso. No puedo moverme.

Un golpe en el techo me indica que la escotilla se cerró. Me dejaron sola, pero resistieron más de lo que hubiera pensado.

Con desesperación tiro del pase plástico. Un anillo plateado surge del piso. Lo miro. Sé lo que es. Tiro de él con todas mis fuerzas y una puerta-trampa se abre en el piso, golpeando al chofer en plena cara cuando se inclinaba para alcanzarme. Abajo se abre un agujero negro y, sin pararme a pensarlo, me lanzo con la cabeza por delante.

Afortunadamente la caída es breve y aterrizo en algo blando. Estoy en el compartimiento de equipajes, sobre una maleta abierta… más bien, una maleta cuya tapa fue arrancada para formar la protección de la ventana posterior.

Está oscuro pero hay un rectángulo de luz sobre mí. La puerta-trampa no quedó en sus goznes sino que se abrió del todo y será solo cuestión de tiempo que el cerebro derretido del chofer se dé cuenta de que estoy a su alcance.

Me tambaleo por entre las maletas y me abro paso derramando su contenido al piso, para llegar hacia las puertas del compartimento. Las puertas de estas cosas no están diseñadas para escapar de su interior. Pego puñetazos en el lado del autobús, esperando que Smitty se dé cuenta de lo que sucede y me abra. Veo al chofer por encima de mí, mirando con sus ojos vacíos al agujero. El ruido lo atrajo. Estoy en problemas si hago ruido, y también estoy en problemas si no.

—¡Hey! —me desplazo más lejos hasta la parte trasera del autobús, entre ropa sucia y recuerdos del viaje, dando palmadas en las puertas—. ¡Aquí estoy! ¡Sácame de aquí!

Un crujido a mis espaldas me indica que ya no estoy sola en el compartimento del equipaje. El pánico, que me inunda como agua helada, amenaza con paralizarme. Apoyo la espalda en una maleta, para poder empujar una de las puertas con ambos pies. Golpeo una vez, y otra y otra. En la semioscuridad, el chofer empieza a atravesar el mar de maletas para llegar hacia mí.

Pateo de nuevo.

Justo cuando estoy casi convencida de que no veré de nuevo la luz del día, las puertas se abren y la luz invade el compartimento. Ruedo a ciegas hacia la luz y caigo sobre la nieve con un crujido.

Smitty está allí de pie, mirándome. Pero no por mucho tiempo más. Un gemido brota del compartimento y él se apresura a cerrar la puerta.

—¡Espera! —me pongo de pie—. Necesitamos sacarlo de ahí —lo alejo un poco del compartimento, y el chofer sale—. Mantente en movimiento, que no es muy rápido.

—¡A ver, flojazo! —le grita Smitty al chofer, que está tratando de enderezarse entre la nieve—. Búscate a alguien de tu tamaño.

Se tambalea hacia nosotros.

—Distráelo mientras yo me meto de nuevo al autobús —farfullo. Smitty me mira sin entender—. La puerta sigue bloqueada.

Cierra el compartimento una vez que me meta, y prepárate para meterte por la puerta delantera.

Aunque parezca increíble, Smitty hace lo que le digo. Salta por entre la nieve y hace girar sus brazos como si estuviera ejecutando una elaborada rutina de danza.

—¡Ven a mí! ¡Ven a mí! —canturrea, y se inclina para hacer una bola de nieve que lanza directo a la ennegrecida cara del chofer. Los gemidos que emite se callan momentáneamente, pero sigue avanzando hacia Smitty como si no pasara nada—. ¡Hey! —grita éste con fingida preocupación—. Disculpe, señor. No tengo idea de por qué lo hice.

¡Qué chiflado! Hago todo lo que puedo por mantenerme a su paso mientras el chofer se acerca tambaleante. Dos locos y un monstruo, galopando entre la nieve. No creo que mi mamá imaginara esta situación cuando firmó el cheque para pagar la excursión.

Cuando el chofer está a menos de metro y medio de nosotros, lo esquivo y salgo a la carrera hacia el autobús. Meterme de nuevo en ese espacio oscuro y encerrado va contra todos mis instintos, pero necesito entrar y desbloquear la puerta. Solo espero que Smitty no se distraiga tanto en su maniobra de mantener al chofer alejado que se olvide de cerrar las puertas del compartimento de equipajes.

De vuelta en el pasillo del autobús, cierro la puerta-trampa sobre el agujero en el piso, por si acaso. Luego, corro a la parte delantera, retiro la tabla de nieve y empujo la palanca para abrir la puerta.

En el estacionamiento, Smitty se arriesga cada vez más en su tarea de atraer al chofer. Lo embiste, y después da un giro rápido antes de que alcance a agarrarlo.

—¡Smitty, cierra la puerta del equipaje! —le grito, y siento como si en mi pecho se levantara un puño amenazante de miedo y frustración. Obviamente él no hace caso, pues se siente demasiado gracioso en su papel.

Decido hacerlo yo. Corro hacia el compartimento y cierro las puertas. Atraído por el ruido, el chofer hace su truco de voltear del todo la cabeza y se encamina hacia el autobús.

—¡Smitty! —grito—. ¡Aprovecha para escapar!

Vuelvo a la puerta del autobús, para encontrar a Alicia al final de los escalones de entrada, con la mano en la palanca.

—Estaba esperando que regresaras —dice con tono culpable—. No iba a cerrar todavía —mira hacia donde está Smitty, corriendo en círculos alrededor del chofer—. Eso va a acabar mal.

Me doy la vuelta, con las manos en las caderas, lista para gritarle de nuevo a Smitty, cuando sucede algo que hace que pierda el aliento por completo. Smitty se resbala y cae en la nieve, justo a los pies del chofer, que se abalanza sobre él.

—¡Smitty! —grito, paralizada donde estoy, incapaz de moverme o de despegar la mirada de ese nudo de extremidades que se agitan en la nieve. Antes de darme cuenta de lo que hago, tengo en la mano la tabla que estaba en los escalones y voy a toda prisa hacia el sitio donde están.

La cabeza y el cuerpo de Smitty están ocultos tras el chofer, pero sus piernas sobresalen, pateando frenéticas mientras el muerto viviente trata de morderlo. Levanto la tabla y le propino un golpe detrás de la cabeza. Eso ni siquiera lo hace parpadear. Las tablas de nieve no están diseñadas para dejar a nadie fuera de combate, cosa que me parece una grave falla en este momento. Le clavo el extremo de la tabla en el costado, con la intención de alejarlo de Smitty, que logra liberar una mano. Clavo la tabla de nuevo, y Smitty empuja, y de repente lo obligamos a hacerse a un lado por un instante. Es suficiente para recordar cuál es la parte peligrosa de una tabla y como usarla. La levanto por encima de mi cabeza y, con un impulso poderoso, de miedo y desesperación, ataco el cuello expuesto del chofer con el filo metálico de la tabla.

Ahí se queda, atorado en su garganta, como una pregunta inconveniente.

El chofer deja de moverse, con una expresión vacía de sorpresa en la cara. Smitty repta para salir de su abrazo y el conductor queda tendido de espaldas con la tabla clavada en el cuello.

Me hinco en el suelo, con las manos sobre la boca.

—¡Qué excelente trabajo, Roberta! —Smitty se endereza y se compone la ropa—. Aunque yo ya lo tenía dominado.

—No me llamo Roberta —susurro a través de mis dedos, y el frío se cuela desde el fondo de mis *leggings* hasta lo profundo de mi cuerpo.

—Lo que tú digas —Smitty se agacha a mi lado y sonríe, con los ojos brillando de una manera que me hubiera hecho sonrojar de no ser porque miraba más allá de él, a esa cosa, esa cosa que yo acababa de matar—. Nada mal para una conejita esquiadora.

Casi percibo el movimiento antes de verlo. La boca del chofer se abre, el brazo se dispara y los dedos capturan el borde de mi chamarra. Retrocedo veloz, con un grito que sale de mi boca mientras caigo en la nieve, y luego me apoyo en los codos, lista para patear, arañar, pelear...

De un tirón Smitty se pone de pie, levanta la pierna y con su enorme bota negra da un fuerte pisotón en la tabla de nieve. Se oye un crujido y un grito ahogado, y la cabeza del chofer se separa de su cuerpo.

—¡Por Dios! ¿Qué hiciste? —Alicia está detrás de nosotros.

—¡Eso fue increíble! —ovaciona Pete—. El mejor uso de una tabla de nieve que he visto en toda la semana.

—¡Nadie va a creerlo cuando suba este video a Internet! —Alicia sostiene un celular en lo alto. Ha estado filmando todo lo que ha sucedido.

Siento el mal sabor de la bilis en la garganta mientras quito los ojos de la cabeza. Casi espero que Smitty la levante por el pelo, o que la patee en el aire gritando "¡Gol!", pero aunque parezca imposible, se queda allí de pie, sombrío, casi como rindiendo sus respetos mientras mira al chofer y su cabeza. El instante pasa rápidamente.

Con suavidad me ayuda a levantarme. Me pasa un brazo fuerte por los hombros, y caminamos juntos hasta el autobús.

—Vamos a necesitar una tabla para bloquear la puerta.

Capítulo 9

Dejamos el cuerpo en la nieve. ¿Qué más se supone que hagamos?

De alguna manera Pete se las arregla para encender el autobús con el tufo de la gasolina, y sacarlo del estacionamiento para luego llevarlo cuesta abajo, más allá de la gasolinera, hasta la cafetería.

Me siento vacía. ¿Debía estar llorando, o a punto de enloquecer? Maté al chofer del autobús, o fue Smitty. O ninguno de los dos porque ya estaba muerto. Esto es mucho peor que lo del profe Taylor. Maté a una persona que pocas horas antes estuve tratando de salvar. He oído hablar del síndrome de estrés postraumático. ¿Será eso lo que estoy experimentando? Me siento, en silencio y sin asomo de temor, mientras Pete conduce el autobús colina abajo, Smitty le grita instrucciones y Alicia observa cualquier movimiento por los binoculares. Siento algo en la garganta… como una extraña especie de orgullo. Seguimos vivos.

El autobús pasa lentamente frente a la gasolinera, a una distancia respetuosa. El humo negro se ha disipado casi por completo. Busco cuerpos carbonizados en el suelo, pero no veo ninguno. ¿A lo mejor se desintegraron con la explosión?

De igual manera, el punto donde cayó el profe Taylor quedó cubierto de nieve fresca. Me parece que veo un bulto debajo, pero no puedo asegurarlo.

Mejor. Es más fácil no verlo.

Para cuando llegamos a la cafetería, siento que otra vez me corre la sangre por las venas. Éste no es el momento de detenerse a pensar, o de llorar, o de imaginar o preguntar el por qué. Eso vendrá más adelante. Ahora es hora de reunir hasta el último gramo de fortaleza, de cautela y de esperanzas. Entrelazo las manos hasta que lo blanco de los nudillos se ve a través de la piel.

Pete detiene el autobús frente a la cafetería.

—Última parada para todos los pasajeros —grita. Parece que lo estuviera disfrutando—. Final de la ruta.

—Ojalá así fuera —dice Alicia, en voz baja, pero igual todos estamos haciendo caso omiso de lo que anunció Pete.

El interior de la cafetería está algo iluminado, y hay un parpadeo errático, como una luz estroboscópica. No veo a nadie ni vivo ni muerto ni en ningún punto intermedio entre esos dos extremos.

"Jugo de verduras Carrot Man: ¡pon fuego en tu interior!"

La pancarta que colgaba de la entrada de la cafetería se desprendió de un lado. Aletea suavemente al viento, como invitándonos a entrar.

—Creo que podemos suponer sin muchas dudas que todos los que estaban allí dentro ya no están —dice Pete—. Probablemente quedaron vaporizados en la gasolinera, gracias a Smitty —pero sigue ante el timón, y el motor aún está encendido.

—¿Sí? —contesta Smitty—. ¿Qué tal si vas a demostrar esa teoría?

Pete apaga el vehículo, pero no se mueve de su sitio.

Todos seguimos adentro.

—No vamos a llegar a ninguna parte si nos quedamos en el autobús —trato de convencerme, así como a los demás. Miro hacia la cafetería. Hay lucecitas navideñas que se encienden y se apagan en el mostrador. Es 9 de enero, ya deberían haberlas quitado. ¿No es mala suerte acaso?—. Supongamos que nadie más va a venir —continúo—. Ya hubieran venido.

—¿Dónde está Gareth? —pregunta Alicia de repente—. Si venía para acá con la portátil, ¿por qué no lo vemos?

—Probablemente esté en algún cuartito en la parte trasera —añade Smitty—. Le voy a patear el trasero cuando lo vea.

—¿Y también el trasero de cualquier otra cosa que se esconda allí atrás? —Alicia se vuelve, parpadeando.

En eso tiene razón. Que no los podamos ver no quiere decir que no haya más muertos vivientes acechándonos, listos para devorarnos cual si fuéramos comida rápida. Pero el hecho sigue ahí: tenemos que movernos.

Sí, he visto las películas. Créanme, he gritado frente a la televisión con las mejores. ¡No se metan a esa casa, fracasados! ¡No atraviesen ese cementerio! ¡No vayan a ver qué fue ese ruido en el sótano! ¡Quédense en ese autobús tan cómodo y seguro en lugar de meterse a la cafetería! Ya lo sé, ya lo sé. Aquí estamos relativamente seguros, y tenemos cierto control de la situación. La profe Fawcett empacó más bebidas dulzonas de las que debería para viajar con un grupo de adolescentes. Todos tenemos nuestras cuatro extremidades. Hasta hay baño. Deberíamos sentarnos tranquilamente, ¿o no?

Lo que uno no sabe hasta que está en ese momento y ese lugar es que se siente una urgencia terrible por seguirse moviendo. A lo mejor son hormonas, o un deseo de morir, o la falta de acceso a las redes sociales de Internet, pero vaya si es difícil estar enclaustrados en un autobús. Y todos tenemos curiosidad. Nuestros circuitos dicen que deberíamos meternos a esa cafetería y enfrentar una muerte potencial, no hay otra manera de decirlo. Eso es lo que nos obligan a hacer. Es nada más un asunto de cuánto tiempo nos toma reunir el valor necesario.

—Voy a entrar —Smitty va hacia la puerta. No tomó tanto tiempo, entonces.

Les entrego a todos esquís, bastones o tablas, como armas... la vez pasada funcionaron muy bien. La puerta está abierta y todos marchamos fuera. Pete cierra una vez que salimos. Hay una capa de nieve recién caída en las escaleras, pero tiene las marcas de las muchas huellas de nuestros compañeritos muertos vivientes y llegamos a la entrada caminando torpemente, como los primeros hombres en la Luna. Miramos a través de los vidrios. Todo en calma. Smitty abre la puerta lentamente. Primero apenas una ranura, luego un poco más, y después del todo.

Cuando entra se oye un estridente timbre doble. El equivalente moderno de la campana junto a la puerta de la tienda.

—Fantástico —Smitty se detiene como si hubiera pisado una mina antipersona—. Hasta aquí llegó el elemento sorpresa.

Avanzo tras él. Biiiiip-biiiiip. Luego Alicia y Pete siguen, en rápida sucesión. Biiiiip-biiiiip. Biiiiip-biiiiip.

—¡Recontrafantástico! —dice Smitty despectivo—. ¿Por qué no intentan tocar una canción con el maldito timbre?

—Perdón —Alicia se disculpa, aunque no suena sincera.

—Pensé que era la puerta —murmuro.

Smitty señala el tapete de la entrada con su letrero de "Bienvenidos".

—Tiene un mecanismo que detecta la presión.

—¡Oh! —exclamo, como si de repente me importara tanto el silencio.

La puerta se cierra, Smitty levanta una mano y todos escuchamos atentos. Hay unos zumbidos irregulares en sincronía con el parpadeo de las luces. Y un penetrante olor a aceite quemado. Me imagino que los cocineros se olvidaron de apagar el horno antes de convertirse en muertos vivientes y babeantes. A nuestra izquierda están las mesas, con platos a medio comer y paquetes de sándwiches abiertos. Hay abrigos y chamarras sobre los asientos, abandonados, pues sus ocupantes ya no necesitan que les den calor.

Más allá de la zona de mesas hay una cocina estilo cafetería, con hornos y una parrilla. De allí viene la luz que parpadea.

A la derecha está la tiendita donde se venden cosas de comer y revistas, y frente a nosotros está el corredor que lleva a los baños y quién sabe adónde más. Aguardamos a que suceda algo. Nada sucede.

—A la cuenta de tres —dice Smitty—. Uno, dos...

—¿A la cuenta de tres qué? —pregunta Alicia.

Smitty pone los ojos en blanco, como si fuera tan obvio.

—Saltamos todos fuera del tapete.

Al unísono, damos un gran paso. Biiiiip-biiiiip otra vez.

—Si Gareth estuviera aquí... —empiezo.

—¡Qué! ¿Hubiera asomado su cobarde cabezota por la puerta para saludarnos? —me interrumpe Smitty—. No necesariamente —avanza hacia la zona de mesas y la cocina, blandiendo una tabla de nieve. Lo sigo, revisando la tienda al pasar.

Las buenas noticias, o tal vez son malas, es que no hay muchos lugares para esconderse. Reviso los rincones. Uno siempre tiene que fijarse en los rincones de un cuarto, es una de las cosas más elementales que deben hacerse en situaciones de peligro. Ahí es donde acechan los malos. Hay un teléfono anticuado en el mostrador de la tienda. Lo pruebo pero está muerto. No exactamente muerto, pues alcanzo a distinguir algo así como ruido de estática, como que tiene corriente pero no hay tono. Oprimo unos cuantos botones, y oigo que marcan pero la llamada no se conecta. Es como si estuviera hablando con alguien y la otra persona escuchara y no dijera nada. Es demasiado extraño como para ponerlo en palabras, y me doy por vencida, entre decepcionada y aliviada, y miro alrededor en busca de otras opciones.

Dejo a Pete y a Alicia de pie en el centro de la cafetería, espalda contra espalda como si estuvieran atados a un poste, y me interno por entre las mesas, aferrada al bastón de esquí mientras me asomo a revisar cada una de las mesas aisladas por particiones a media altura. No hay nadie.

Smitty me silba suavemente y señala el mostrador que hay frente a la cocina abierta, y me indica algo con elaborados signos de manos, como de escuadrón especial. Me parece que se los acaba de inventar, pero entiendo claramente lo que me quiere decir. Necesitamos revisar la cocina. No da la impresión de que hubiera nada allí, pero sería cosa de aficionados no vigilar mejor. Smitty se acerca desde el corredor, y yo desde la zona de mesas. Si algo salta sorpresivamente desde allá, tiene paso libre a la salida, mientras que yo me veré obligada a brincar por encima de todo un montón de mobiliario atornillado al piso. ¡Fantástico! Llegamos al mostrador. La luz fluorescente se enciende y se apaga con un tintineo metálico. Smitty levanta una mano con tres dedos estirados. Bien, otro conteo. No hay duda de que le gustan esas cosas. Tres, dos, uno…

Doy un salto a uno de los taburetes plásticos y aterrizo sobre el mostrador, con el bastón en alto y la mirada hacia abajo para revisar los rincones de la cocina en busca de un recoveco oscuro, un nicho donde el mal nos pueda estar acechando. La luz parpadea y transforma todo en monstruos.

Smitty se ríe por lo bajo. No se ha movido.

—¿No hay moros en la costa? —está doblado en dos de la risa. Mi irritación me da audacia y salto del mostrador a la cocina. Está vacía. Voy hacia la puerta del mostrador y la empujo.

—¿Quieres dejarme todo el trabajo a mí? —paso muy oronda a su lado, controlando mi respiración para que no se entere de lo molesta que estoy.

—A ver, fenómenos —susurra Alicia—. ¿y qué pasa con lo de más allá? —señala los cuartos al final del corredor.

Sin pararme a pensarlo demasiado, me encamino por el manchado tapete azul.

—Tú revisas el de hombres y yo el de mujeres.

—No, esta vez vamos juntos —está a mi lado. Odio reconocer que se lo agradezco.

No hay nadie en el baño. Tras revisarlo, esperamos a que Alicia haga lo que tiene que hacer. Se negó rotundamente a ir en el autobús. Sé por lo que ha pasado, sí, ¡pero eso es mucho control de vejiga!

Un cuarto-bodega que hay más allá del baño está vacío. Bueno, no encontramos gente ni computadoras portátiles ni monstruos. La puerta está entreabierta y la luz encendida, cosa que me parece anormal, pero no hay nada allá, nada más cajas de limpiadores y papel higiénico.

Al volver al corredor sólo nos queda un cuarto por revisar, y en la puerta hay un anuncio que dice: "Solo personal autorizado". Smitty trata de forzar la entrada, sin éxito.

—¿Qué diablos…? —la patea descorazonado. Hay un teclado numérico en la pared, con una lucecita roja. Parece que esta cafetería sí tenía algo de mayor valor que las paletas de premio por un platillo terminado. —¡Tú! —dice Smitty señalando a Pete—. ¡Haz algo!

—¿Yo? —Pete lo observa—. ¿Qué crees que soy? ¿Una especie de android e que se puede comunicar con las computadoras? Por el simple hecho de que yo sea el cerebro de este montón de ropa y huesos, no creas que puedo circunnavegar una cerradura con clave? —estira un dedo y se acerca al teclado—. Permíteme un momento mientras ingreso a los archivos de seguridad gracias a mis circuitos —pone el dedo en el teclado y se zarandea un poco, abriendo y cerrando los ojos. Es todo un espectáculo.

—Podrías ganarte un premio a la estupidez —Alicia lo hace a un lado—. En un sitio como éste, seguro que la clave es una cosa muy sencilla, pues los infradotados mentales que trabajan aquí no podrían recordarla —teclea 1234. Por un instante pienso que ha logrado algo. Pero la lucecita sigue siendo roja y la puerta no cede. Intenta con 0123, con el mismo resultado.

—Deberíamos destrozarlo —dice Smitty.

—¡No! —lo contengo—. ¿Qué tal que lo rompamos y la puerta siga cerrada?

Hace un gesto.

—A eso me refiero, a destrozar la puerta.

—¿Y después qué? —objeto—. Éste es un buen lugar para esconderse. Es menos frío que el autobús, tenemos comida y agua corriente y quién sabe qué haya tras esa puerta. Pero si la volvemos pedazos ya no podremos cerrarla de nuevo ni quedaremos seguros.

—Tiene que haber una ventana en esa habitación —dice Alicia—. O tal vez otra puerta —se vuelve hacia mí—. Sal a averiguar. Cuando logres entrar, nos abres esta puerta desde adentro.

—Como ordene, mi generala —imito un saludo militar—. ¿Y eso se debe a que soy la menos importante de todos? ¿Alguien más opina que debíamos votar para saber a quién arriesgamos aquí?

—No es para tanto —se muestra aburrida—. Llévatelo contigo —señala a Smitty con el pulgar—. Ya sabes que terminará yendo también. ¿Para qué perder el tiempo en decisiones? —hace un gesto despectivo. Tiene brillo de labios. ¿Cuándo tuvo tiempo de maquillarse de nuevo? Tiene sombra resplandeciente y largas pestañas renegridas. Definitivamente está chiflada. ¡Qué cosa con el maquillaje!

Tomo mi bastón de esquí. Me tienta la idea de convertir a Alicia en una brocheta con el bastón, pero después sentiría remordimientos por perder el tiempo en bobadas. Como era de esperar, Smitty ya va a medio camino de la puerta. Chasqueo la lengua mirándola y deseando que se me ocurra la respuesta que nunca me viene a la mente en su momento, y luego sigo a Smitty hacia la nieve, como la lunática que soy.

Tras el calorcito de la cafetería, el frío me golpea la cara como un cubetazo de agua helada. El viento sopla con más fuerza y la nieve se arremolina en la entrada. Lanzo un vistazo hacia el estacionamiento. Smitty no se para a revisar si algo se mueve, pero se agazapa al llegar al final del edificio, siguiendo un sendero hacia la parte trasera. Cuando estoy por seguirlo, diviso algo por el rabillo del ojo y me vuelvo. Miro nuestro autobús.

La puerta está abierta.

Capítulo 10

Retrocedo para pegarme a la pared. Pete cerró la puerta. Estoy segura de que lo hizo. Yo lo vi. Lo vi porque iba a hacerlo yo y él fue más rápido.

Observo el autobús. Todo parece en calma. Mi mirada baja hacia el suelo, a la nieve frente al autobús. ¿Alcanzo a distinguir huellas de pisadas? La nieve está demasiado revuelta como para ver con claridad. Pero la puerta sigue estando abierta, y eso quiere decir que alguien la abrió. ¿Gareth? No, no puede ser. Él la hubiera cerrado una vez dentro, ¿cierto? ¿Alguien vino a rescatarnos? Entonces, ¿por qué no veo nadie así? Ya han debido aparecer grupos de rescate. Miro por encima del hombro, hacia la cafetería. Alicia está en la tienda, hincándole el diente a un chocolate. Pete no se ve por ningún lado. Probablemente está tratando de encontrar la forma de abrir la cerradura de clave, o como él prefiera decirlo. Sea como sea, no me sirven para nada. Miro hacia el otro lado y prácticamente me salgo de mis botas por el susto.

—¡Hola! —es Smitty, agitando una mano casi frente a mi cara—. ¿Qué estás haciendo aquí? Hay una puerta en la parte trasera y creo que por ahí nos podemos meter… —se calla al notar mi expresión—. ¿Qué te sucede?

Señalo el autobús y él se da vuelta. La cara le cambia.

—Cerramos la puerta al bajarnos, ¿o no?

—Pete cerró —contesto.

Smitty se recuesta en la pared, junto a mí.

—¿Hay alguien adentro?

Niego con un gesto.

—No que yo haya visto, pero a lo mejor quien esté ahí no quiera que lo vean.

—Mierda —suspira—. Tenemos que averiguar, ¿no te parece?

—A lo mejor podemos encargar a Alicia de eso…

Suelta una risita tenue.

—Sí, ésa es una buena idea…

—Bueno —digo—, con todo el uso y el abuso que esa puerta ha tenido en las últimas 24 horas, a lo mejor no está funcionando bien y se abre sola, ¿no? Tal vez Pete no oprimió el botón hasta el fondo, o la puerta se enredó en algo y se abrió de nuevo y no nos dimos cuenta.

Contemplamos el autobús un ratito más.

—Pues ven —Smitty emprende el camino hacia el autobús. Sube los escalones y yo lo sigo, con las piernas pesadas como de granito y un lastre de terror en las tripas. Los asientos nos acogen en silencio, nuestro hogar, familiar y horrible a la vez. Nos detenemos en la primera fila. Es imposible saber si estamos solos, pero no se ven monstruos cuyas cabezas asomen de los compartimentos superiores. Sí, al menos eso ya lo sabíamos. Smitty se voltea hacia mí, se encoge de hombros, y antes de que pueda detenerlo, se lanza a la carrera por el pasillo, gritando y a toda velocidad, con tal estridencia que quisiera meterme toda bajo mi chamarra. Llega a la última fila y vuelve hacia mí, gritando todavía. ¿Qué diablos le pasa? Cuando regresa a mi lado gira sobre sí mismo, con las manos extendidas como un mago loco que mostrara un sombrero vacío.

—¡Ta-ráaaaaa!

—¿Qué haces? —pregunto entre jadeos, con los ojos puestos detrás de él a la espera de ver los monstruos que debe haber despertado.

—¿No te parece que ya fue suficiente de andar por ahí a hurtadillas? —un relámpago le atraviesa la mirada, como si estuviera totalmente fuera de sí—. Hay que hacerlos salir y destrozarlos.

La puerta del baño se abre con un golpe sonoro. Smitty se tira al suelo como un niñito que estuviera jugando.

El baño está vacío. Smitty se recupera, pero es demasiado tarde como para cualquier cosa. Empiezo a reírme sin parar, tanto que mis rodillas ceden y me agazapo en el piso. Él me mira sorprendido, pero luego comienza a reírse también, y los dos nos mecemos a las carcajadas en el piso, como si algún bicho nos hubiera picado.

Qué bien se siente. Pero me detengo justo antes de que la histeria risueña pase a ser la llorona, cosa que bien podría suceder.

—No hay nadie aquí —me pongo de pie y paso a su lado—. Debió ser algún problema con la puerta. Asegurémonos de que se mantenga cerrada.

Trancamos la puerta con un par de esquís apoyados en el borde de la banqueta, y volvemos a nuestra primera misión: la puerta trasera de la cafetería.

—Es un alivio saber que esta vez que nos alejamos, Malicia y Pete no han venido a asomarse —dice Smitty.

Me ajusto la capucha… mmm, sí, y atravesamos la nieve camino de la parte de atrás del edificio. Hay un ventanal, con las persianas cerradas, y una puerta común con una cerradura normal. No hay teclado para clave. Smitty se agacha para examinar la cerradura.

—Dame tu plástico —dice.

—¿Disculpa?

Me mira y hace tronar los dedos.

—Tu American Express servirá, pero deberías saber que, en general, aquí en Gran Bretaña no tiene tanta aceptación como en tu país.

Me sonrojo. ¿Cómo sabe que tengo una tarjeta de crédito?

—Muy bien, está helando y no es momento de enfurruñarse. ¿Te acuerdas que el primer día tuvimos que probarnos botas de esquiar? —hace un gesto con la boca—. Revisé tus cosas. Perdón. No tomé nada.

Se me sube la sangre a la cabeza, con furia.

—¿Que hiciste qué?

—No fue nada personal —se excusa encogiéndose de hombros—. Estábamos muriéndonos de aburrimiento en ese refugio de esquí, y no tenía un centavo. ¿Qué se supone que debe hacer un chico en esas circunstancias? —él supone que me lo está diciendo de manera tan enternecedora—. Iba a tomar prestado un billete para una cerveza, pero para mi mala suerte, no tenías nada. Oye, eso ya no importa ahora.

—No, claro que no —le respondo con rabia.

—Ni siquiera te conocía entonces —suspira—. En todo caso, dame la tarjeta.

Eso sí que no lo voy a hacer. La furia y la sensación de violación me azotan como la nieve que cae en remolinos, y me dejan inmóvil. Smitty se pone de pie y camina hacia mí, con expresión pasiva y los ojos azul-grisosos casi tristes.

—Soy un imbécil —posa una mano en mi brazo. Mi primer impulso es sacudirme, pero lo miro atentamente y me doy cuenta de que me dice la verdad, aunque cueste creerlo—. Jamás debí requisar tus cosas —no hay el menor dejo de sarcasmo, y créanme que lo estoy buscando con mucho cuidado. Deja que una sonrisita tímida se asome a sus labios—. Nada más pensé que como eras yanqui, ibas a estar forrada de dinero.

Mi primer impulso iba por buen camino. Sacudo el brazo y me libro de su mano.

—¡No soy yanqui! —le grito, como si ése fuera el problema. Voy hacia la puerta a trancazos, me abro la chamarra y saco mi billetera china de seda roja. Mi papá me la trajo de uno de sus viajes largos. Adentro encuentro la tarjeta de crédito, una curita, protector labial, un tampón, y un tubito con monedas de 25 centavos de dólar, que guardaba para casos de emergencia. Aunque de nada me servirían esas monedas en este estúpido país. Mientras me arde la cara y la ira me sigue borboteando en el pecho, deslizo con cuidado la tarjeta de crédito entre la puerta y el marco, y la zarandeo.

—Tienes que…

—¡Atrás! —le rujo. ¿Acaso cree que soy una pobre idiota que acaba de salir del monte? ¿Se imagina que nada más con poner mirada seductora y batirme sus pestañotas voy a reblandecerme y a perdonarlo? Logro meter la esquina de la tarjeta en el lugar donde el pestillo se acomoda en su agujero, y sacudo la perilla.

—¿Y por qué hablas como ellos, entonces? —pregunta Smitty. No le hago caso y me concentro en mis asuntos.

—Como los yanquis —dice, para precisar—. Suenas igual, o casi. No es que tenga nada contra ellos, tú me entiendes.

—¿De veras? —lo miro—. Qué bueno saberlo, gracias por decirlo —vuelvo a mi misión en la puerta—. Ya que preguntas, soy británica. Nací y me crié aquí. Nos fuimos a Estados Unidos cuando yo tenía nueve años, por culpa del maldito trabajo de mi mamá. Hace un mes volvimos. Hogar dulce hogar.

Smitty patea la nieve.

—Las cosas han cambiado desde que te fuiste hace años, ¿no?

—Para nada —inclino la tarjeta un tris—. Son exactamente como las recuerdo. Clima espantoso, muchachos pretensiosos —percibo que algo cede en la cerradura. ¡Lo logré! Una pequeña sacudida más y el pestillo retrocede. La perilla gira y Houston, Houston, despegamos...

—¡Lo lograste! —Smitty no lo puede creer, y sinceramente, yo tampoco.

—Ah, es un truquito que aprendí en mi barrio. —murmuro, y abro la puerta.

Entramos a empellones demasiado aprisa, a pesar de que no sabemos qué nos espera, pero hace demasiado frío para hacerlo con más cautela.

El cuartito está pintado de color verde grisoso, como hospital. Hay un sofá sucio, tapizado con tela estampada, y un caos de cosas sobre el escritorio. Huele a humedad, como si el cuarto llevara días cerrado, y hay una capa de polvo cubriéndolo todo. Hay cajas con grandes botellas azules de desinfectante, apiladas hasta el techo en ambos lados del cuarto. Resulta evidente que no hay nadie más que nosotros. Si hubiera alguien escondido tras el sofá, tendría que ser anoréxico. Reviso en todo caso, y luego cierro la puerta al exterior. El pestillo encaja en su lugar. Estamos a salvo. Claro, a menos que a alguno de estos especímenes babeantes y hambrientos de sangre se le ocurra aparecerse y usar su tarjeta de crédito para forzar la cerradura.

Buscamos las cosas más obvias: un teléfono que funcione, una computadora, unas cuantas armas, y nos quedamos cortos. Es muy descorazonador. Tanto como despertarse el día de Navidad y encontrar que los regalos que hay bajo el árbol son los mismos que uno recibió el año anterior, pero que además están rotos.

—¿Alguien vota por dejar a Malicia y a Pete encerrados allá dentro? —pregunta Smitty frente a la puerta que comunica con la cafetería.

No sonrío. Todavía no lo perdono por el asunto de revisar mis cosas. Falta mucho para que eso suceda.

—El problema es que la comida también está de ese lado —Smitty abre el seguro de la puerta. Pete sigue inclinado ante el teclado de clave. Apuesto a que ha estado dedicado a eso todo este rato.

—¿Gareth? —pregunta—. ¿Portátil?

—Ni lo uno ni lo otro —respondo—. Y tampoco una PC. Supongo que éste es un viaje en el tiempo a la época anterior a que se inventaran las oficinas como deben ser.

—Veo —contesta Pete—. La portátil hubiera sido una buena cosa, pero en todo caso la red inalámbrica ya no funciona. Traté de detectarla con el teléfono de Smitty cuando llegamos aquí. Ahora Alicia está trepada en las mesas, tratando de encontrar la señal —señala vagamente la zona de mesas de la cafetería—, sin éxito. ¿Hay un teléfono fijo?

—Como todo lo demás por aquí, está muerto —Smitty sostiene un auricular blanco en la mano—. ¿No podían dejarnos al menos una alternativa?

Pete se sienta en el sofá asqueroso, más pálido de lo que ya de por sí es.

—Creo que ellos quisieron dificultarnos las cosas lo más posible.

—¿A qué te refieres? —pregunto.

Se rasca la cabeza y me estremezco al ver que acaba de arrancarse un trocito de costra de su herida. —Quienes quiera que hayan hecho esto. Desmontaron todas las vías usuales de escape, haciéndonos imposible el contacto con el mundo exterior.

—¡Caramba! —Smitty se apoya en el escritorio—. ¿Y quiénes son estos personajes?

Pete se encoge de hombros:

—El gobierno. El ejército. El nuevo orden mundial. Quien fuera que coordinó todo este asunto y que nos utiliza como ratas de laboratorio.

Lo miro boquiabierta. Como no responde, volteo a mirar a Smitty, y veo que tiene la misma expresión atónita que yo. Me vuelvo hacia Pete.

—¿Estás bromeando? ¿Crees que todo esto sucedió con un propósito determinado? ¿Lo que les pasó a todos… contagiarse de eso?

—Te refieres a morirse y volver a la vida —me corrige Smitty.

—Bien, ¿entonces ahora sí vamos a hablar de esto? —me doy cuenta de que aún sostengo el bastón de esquí en el aire. Lo dejo en el suelo—. No sabemos si en realidad murieron. Por lo que nos consta, esto es una especie de virus loco, una influenza de algún tipo extraño —lo digo, pero no me lo creo del todo.

—Sí, o rabia —Smitty agrega con sarcasmo total—. O perdieron la chaveta bajo la influencia de alguna droga.

—¡Acepten los hechos! —grita Pete—. Vimos lo que le sucedió al chofer. Resultó infectado, murió, volvió a la vida, al igual que todos los demás.

—Eso no lo sabemos con certeza…

—Sí —me interrumpe—. Como sea, pueden creer lo que quieran, pero no podrán negar que estamos aquí prisioneros, y que algún poder extraño observa cada movimiento que hacemos, a la espera de qué será lo siguiente.

Smitty me sonríe.

—Este chico albino por poco se rompe el cráneo, no podemos olvidarnos de eso —se vuelve hacia Pete—. ¿Dices que nos observan?

Pete asiente.

—No te voltees ahora, pero hay una cámara de circuito cerrado de televisión en la pared detrás de ti.

Smitty y yo tenemos que hacer un esfuerzo para no voltearnos.

Pete se da cuenta y sonríe.

—En la cafetería también hay, y en la tienda. Ya lo revisé. No vi micrófonos, así que es sólo el video, sin sonido. Claro, no he tenido el tiempo de hacer un examen minucioso, pero es evidente que podríamos buscar todo el día y no encontrar nada si ellos no lo quisieran.

—¡Eso es una locura! —mi turno de meter la cucharada—. Por supuesto que hay cámaras. ¡Hoy en día las hay en todas partes! Pero eso no quiere decir que estén ahí para espiarnos justo cuando se produce un apocalipsis zombi.

Eso logra atraer su atención.

—Está bien, lo dije —me dejo caer exhausta en el sofá—. Pronuncié la palabra. ¿Quedan todos contentos?

—¡Ja! —dice Pete—. Entonces, reconoces que nos estamos enfrentando a zombis, ¿pero la idea de que alguien nos esté observando te parece demasiado descabellada?

Smitty niega con la cabeza y se ríe.

—No seas ridículo, Albino. Como si alguien pudiera estar interesado en observarnos.

Alicia entra al cuarto de prisa, con la cara colorada.

—Algo superextraño está sucediendo afuera.

Smitty levanta una ceja.

—¿Estuviste bebiendo jarabe de maíz otra vez, Malicia? —pasa a su lado y sale del cuarto—. Estás imaginando cosas.

—La puerta del autobús, ¡idiota! —le grita Alicia—. Alguien la trancó desde fuera.

—Fuimos nosotros —explico—. Pensamos que… —y algo me impide contarle toda la verdad—. Decidimos que sería mejor que estuviera trancada, en caso de que el viento llegara a abrirla.

—¡Sí, claro! —Alicia tiene las cejas tan levantadas que casi le llegan al nacimiento del pelo—. ¿Seguro que no es porque tienen enjaulado ahí a uno de esos personajes?

—Seguro —contesto—. Al fin y al cabo, ya tenemos a Smitty.

—Oí eso que acabas de decir —llega su voz desde algún lugar fuera del cuarto.

—Ésa era la idea —respondo.

Alicia pone los ojos en blanco.

—Ustedes dos sí que están hechos el uno para el otro —sale indignada de la habitación—. ¡Son un par de raros!

—Rara, tú —respondo incómoda, y me dedico a mi mochila que está en el suelo, mientras me arden las mejillas. Pete está revisando el desorden del escritorio. Deja caer una pila de papeles en el suelo, a mi lado.

—¿Qué estás buscando? —pregunto.

—Unas llaves —responde, revolviendo un cajón—. Del mueble archivador que hay allá.

Me doy la vuelta. Detrás de una pila bastante alta de cajas hay un archivero.

—¿Qué crees que hay allí?

—Pues no poseo la habilidad de ver a través de la materia sólida, así que no sé —dice Pete—, pero supondría que como esta habitación no tiene absolutamente ningún equipo, puede haber algo en ese mueble.

—¿Equipo? ¿Te refieres a una portátil? —exclamo.

—Ajá —vacía un portalápices—. O un enrutador inalámbrico, o un teléfono, o al menos un fax. Deben haberse llevado todo lo que podía ser mínimamente útil.

Me levanto y empiezo a buscar las llaves. Si fuera necesario, podríamos encontrar algo con qué forzar la cerradura, pero sería mucho más fácil abrir el archivero con… aaaay… me siento de repente en el piso porque el cuarto entero me da vueltas. Siento que me voy a desmayar. Pretendo que estoy mirando algo en el tapete, para que Pete no sé dé cuenta de que estoy mal.

—Entonces… —Alicia se sienta a horcajadas en la silla que hay en el cuarto—. Smitty planea comerse todo lo que encuentre, por si les interesa.

A mí me interesa. Siento como si mi estómago se doblara sobre sí mismo. Nada se compara con la adrenalina y las experiencias al borde de la muerte para acabar con el apetito, pero con eso uno no logra mantenerse en pie tanto tiempo. La cabeza me zumba con todas las cosas que hay que hacer y el orden en que deben ejecutarse. Sinceramente, necesito dedicarme a comer durante unos buenos veinte minutos y alimentar mis neuronas.

—Tenemos que abrir ese mueble —dice Pete.

—Después de comer algo —me pongo de pie tambaleándome y camino hacia la puerta—. Tenemos que atrancar la puerta principal y conseguir armas. Tenemos que comer. Y después tenemos que decidir qué…

Rayos de luz brotan de los límites de mi campo visual, y luego recibo una especie de puñetazo de oscuridad que me desvanece…

Capítulo 11

Algo aletea cerca de mi cara. Entreabro los ojos lo mínimo posible. Es una paloma, una paloma blanca batiendo sus hermosas alas y dándome aire en la cara. Cierro los ojos de nuevo. ¡Qué bonito!

Hasta el momento en que el mundo se precipita de nuevo en mi mente y me acuerdo de dónde diablos estoy y en qué circunstancias. Abro los ojos de golpe.

No es una paloma. Es Smitty, que me echaba aire con un fajo de servilletas de papel. Estoy tendida en el sofá mugriento y él está hincado en el piso, mirándome desde arriba y sonriendo. Más que revivirme, parece que quisiera molestarme. Nunca me hubiera imaginado que era posible atender a alguien de manera sarcástica, pero Smitty se sale con la suya.

—¿Estás mejor? —pregunta, evidentemente fastidiado porque yo no reaccione con el soplo de aire que me echa con las servilletas.

—Estoy bien —hasta yo me doy cuenta de que mi voz suena temblorosa. Muevo la cabeza. Alicia está sentada en el escritorio, rumiando todo el asunto y mirándome con mala cara. Pete está intentando abrir el archivero, pero no deja de mirarme de forma extraña. ¿Qué les pasa? Con trabajo logro sentarme. Lo hice demasiado rápido y veo sombras oscuras que me acechan por el rabillo de ambos ojos y amenazan con hacerme desmayar otra vez. No, les digo a las sombras. Desmayarse una vez ya es algo que me da vergüenza. Que me sucediera dos veces me mortificaría terriblemente.

—¿Estás segura de que ya estás bien? —pregunta Alicia.

—Te ves muy pálida —agrega Pete. ¡Este albino, como si tuviera derecho a hablar de palidez!

—Estoy perfectamente —repito, y descuelgo las piernas hacia el suelo. Mi vergüenza no disminuye, pero me conmueve un poco que se preocupen por mí. ¿Quién se lo iba a imaginar?

—Entonces, ¿no te sientes como si fueras a morirte y luego volver a la vida? —Alicia lo dice directamente.

Ajá. Así que para allá va todo este asunto.

Me pongo en pie de un salto.

—¡Claro que no! —el cuarto gira levemente a mi alrededor, pero decido no hacer caso—. Me desmayé nada más porque tengo hambre. No es la gran cosa.

—¿Estás segura de que el chofer no te dio un mordisco cuando estabas en el autobús? —insiste Alicia.

¡Por favor! Su mano, cuidadosamente oculta tras su espalda sobre el escritorio, sostiene un cuchillo. Un enorme y brillante cuchillo de carnicero con mango negro.

—¿Que si me mordió? No, no me mordió —le grito—. ¿Qué diablos estás haciendo con eso? —señalo el cuchillo.

Lo pone frente a ella.

—Hijos de la gran puta —Smitty se pone de pie—. Malicia tiene un filo.

—¿Y? —pregunta ella—. Tú misma dijiste que teníamos que armarnos.

—Pero no para atacarnos unos a otros —grito.

—Ajá —anota Pete amablemente desde el rincón.

—Baja el cuchillo —dice Smitty.

—¡No! —Alicia retrocede hacia la silla—. Puedo hacer lo que yo quiera.

—No si lo que quieres es rebanar y cortar en cubitos a tus amigos, eso no se puede —contesta Smitty.

Alicia sacude la cabeza.

—Ella no es mi amiga. Ninguno de ustedes es amigo mío. ¿Se supone que porque estamos todos metidos en esto nos tenemos que convertir en amigos del alma? Si es así, mejor me matan de una vez.

—Eso lo podemos arreglar, créeme —doy un paso hacia ella. Smitty está a mi lado.

—¿Quién tiene el cuchillo, babosos? —Alicia mece el arma frente a nosotros y se trepa a la silla que está justo en la puerta.

Esto es una locura total. Me quito a toda prisa la chamarra y me saco la sudadera térmica.

—¡Mírame! —extiendo mis brazos hacia ella—. Examíname —me arremango la camiseta—. ¿Dónde están las marcas de dientes, Alicia? ¿Dónde las ves? —me arremango los *leggings* en la pierna que no está herida y le muestro mi pantorrilla erizada de frío—. ¿Ves? Estoy limpia.

Alicia da un respingo.

—Te podrían haber mordido en algún otro lado.

—¿Dónde? —me levanto la camiseta para mostrar la barriga y luego la espalda. Pete hace un ruido ahogado en el rincón—. Ya ves —digo, con la audacia de un exhibicionista—. ¿Qué más te muestro para dejarte contenta?

—En realidad deberías quitarte toda la ropa, nada más para estar seguros —dice Smitty.

Hago un movimiento como para pegarle una bofetada, y él lo esquiva, riendo.

—Está bien —Alicia se baja de la silla, con el cuchillo todavía empuñado—. Pero si te pones morada y empiezas a babear, te liquido —entrecierra los ojos y me fulmina con la mirada, para luego intentar hacer un lance con el cuchillo, que se le cae luego pero primero le hace un corte en la mano—. ¡Auch!

Éste es el tope para Smitty, que se revuelca de risa en el piso. Recojo el cuchillo y lo planto con un golpe sobre el escritorio.

—Tengo demasiada hambre como para aguantar todo este asunto —anuncio, me trepo por encima de la silla que pusimos en la puerta y salgo del cuarto, lejos de todos ellos, para que no me vean temblando.

Nos sentamos en la cafetería, en una de las mesas más próximas a la oficina, por si acaso tenemos que correr a refugiarnos allí. Estamos más seguros en ese cuarto, o al menos esa impresión nos da. Es un refugio más pequeño y manejable. Smitty movió el sofá para que quedara trancando la puerta que da hacia el exterior, y en el lado de la cafetería se las arregló para instalar una barricada frente a la entrada principal. Me quito el sombrero ante lo que ha logrado, que no es cosa fácil cuando la mayor parte de los muebles están empotrados en el piso. La nieve está haciendo una especie de tornado extraño afuera. Por las ventanas parece como si los copos cayeran hacia arriba. No sé si vayamos a necesitar tanta barricada. Si el tiempo sigue así, la cafetería va a quedar convertida en iglú para cuando se haga de noche. Y no parece mala perspectiva.

Ya limpié una mesa con algo de desinfectante de las cajas que hay en la oficina, y me autodesigné mesera jefe. Gracias a mis esfuerzos, ahora estamos ante una mesa llena de paquetes de sándwiches. Hay de huevo con berros, de rosbif con cebolla, de queso con encurtidos, y de atún con maíz. ¿Por qué será que quienes preparan este tipo de sándwiches en este país están obsesionados con ponerles dos rellenos, ni uno ni tres? No lo sé, pero así son las cosas por aquí. Jugueteo con los bordes plásticos de mi paquete de "delicia de quesos".

Alicia me mira:

—Tú primero —podrá haber perdido el cuchillo, pero la actitud sigue ahí, sin alterarse.

—Les digo que podríamos asar unas hamburguesas —se queja Smitty, dejando caer su sándwich sobre la mesa.

Es como una ruleta rusa entre dos tajadas de pan. Nadie quiere comer. Estamos muertos de hambre. Bueno, en el caso de Alicia, está a mil revoluciones por todo el chocolate que estuvo devorando mientras andábamos ocupados afuera con todo el trabajo sucio. Pero ninguno quiere correr el riesgo. Y todo es culpa de Pete, que se atrevió a expresar lo que los demás estábamos pensando en el fondo. Smitty estaba atareado montando barricadas, yo estaba haciendo de cazadora-recolectora, Alicia se dedicaba a lo que quiera que ella suele hacer, y llegó Pete y lo dijo sin más:

—¿Y qué tal que la comida esté infectada?

—Estos sándwiches son de la tienda y vienen sellados —les señalé—. Me imaginé que debíamos evitar las cosas de la cocina, pues no sabemos en qué estado podrán estar.

—¿Y qué tal que los sándwiches sean el problema? —había respondido Smitty—. Al menos con las hamburguesas, al asarlas bien vamos a cremar cualquier cosa extraña que puedan tener.

Y así fue que empezó el debate. Un rápido examen de las mesas vecinas donde habían comido nuestros infortunados excompañeros de clase nos mostró que habían comido una muestra bastante completa del menú y los refrigeradores de la cafetería. Así que no podíamos descartar nada. Si queríamos estar seguros, no debíamos comer nada.

Y yo necesito comer algo, en serio.

—Pensemos con lógica en esto —digo—. Hasta donde sabemos, todos los que entraron a la cafetería, menos los aquí presentes —señalo a Pete y a Alicia—, resultaron afectados. El profe Taylor se convirtió antes que nadie, los demás tardaron un poco más. ¿Qué fue lo que comió él?

Alicia frunce el ceño con desaprobación.

—No comió nada. Entró y se fue directo a la tienda. Lo sé porque el único lugar disponible era en nuestra mesa, junto a Shanika, y ella dijo que se iba a morir del oso si venía a sentarse a nuestro lado.

—Cierto —dijo Pete—. Tampoco comió nada de la tienda.

—Entonces, como el profe Taylor fue el primero en zombificarse, no pudo ser por nada que tuviera la comida —tiro de la membrana plástica que envuelve mi sándwich—. Ya estaba infectado. Tenía gripa. ¿A lo mejor eso lo hizo más propenso a contagiarse de lo que fuera que había en la cafetería? ¿Tal vez por eso se transformó tan rápido?

Smitty hace malabares con tres sándwiches, sentado en el respaldo de una silla. El relleno de los tres se unta en la cubierta de plástico y me hace sentir enferma—. El chofer ni se acercó a la cafetería. ¿Qué fue lo que le pasó a él?

Atrapo uno de pavo relleno.

—La pregunta es quién lo contagió. Creo que lo que sucedió fue que lo mordieron, en la muñeca, donde le pusimos el vendaje. De pronto lo mordió quien fuera que chocó el autobús. ¿Así es como se propaga, no?

Pete levanta una ceja:

—¿Sí?

—Ajá —trato de mostrarme muy segura—. Por lo general.

Smitty se aplasta en el asiento y me mira fijamente con sus ojos grises.

—Pero ése no es el origen del problema. ¿Qué fue lo que los infectó a todos? —mira alrededor—. Tiene que ser algo que hay aquí, y por alguna razón el profe Taylor recibió una dosis mucho mayor.

—¡Oooh! —la cara de Alicia se contrae con el esfuerzo de tener que usar el cerebro—. El profe Taylor no comió nada, pero sí bebió. El jugo que esa estúpida zanahoria nos estaba entregando en la entrada.

La miro como si al fin la viera sin maquillaje y desarreglada, y luego entiendo todo.

—La zanahoria.

Los ojos de Pete se abren de sorpresa.

—¡Estaba ofreciendo muestras gratis en la entrada!

—¡Ay, qué belleza! —dice Smitty con un sonido que se oye mitad carcajada y mitad gruñido—. Eso sí que es perverso.

Siento como si las paredes de la cafetería se cerraran sobre nosotros. ¿Será verdad? ¿Será posible que algo en ese jugo haya hecho que todos se transformaran?

—¡Taylor se tomó un cartón completo del jugo! —recuerda Alicia golpeando la mesa—. Lo oí decir que lo necesitaba por la vitamina C.

Pete pasa saliva.

—Tiene razón. Tenía el cartón en la mano cuando entró a la tienda. Se zampó todo el contenido de una y le preguntó a la señora que estaba detrás del mostrador si tenía una papelera para botarlo.

—Entonces, el jugo estaba infectado —me muerdo los nudillos—. ¿Quién más bebió?

—¡Todos! —exclama Alicia, levantándose un poco de su asiento—. Entramos y la zanahoria estaba regalando esas muestras. Era tan patética. Yo estaba espantada. Shanika tomó una de las muestras, Em bebió dos (trató de darme una pero yo no quise). O sea, es que, qué oso, una botarga de zanahoria. No iba a tomar nada de eso. Pero creo que fui la única.

—¿Y qué pasó con todos los meseros y los demás? —pregunta Smitty—. O sea, ¿con toda la gente que había en la cafetería menos tú, Malicia?

Alicia lo taladra con la mirada y se prepara para contestarle, pero Pete se le anticipa.

—Dice la verdad. Recuerdo que la zanahoria entró después y le estaba regalando jugo a todo el personal. Hasta los cocineros se asomaron para probarlo. Todos decían que estaba delicioso.

—Pero tú no, ¿cierto, Pete? —pregunto.

—Yo soy alérgico —se encoge de hombros.

Me levanto de mi lugar y voy hacia la entrada.

—¿Y dónde anda este hombre-zanahoria ahora mismo? —busco lo que sé que no voy a encontrar: el carrito—. ¿Dónde están todas sus cosas? ¿Dónde está el jugo?

—Si tú estuvieras regalando jugo zombificador, ¿te quedarías por ahí a ver qué sucede? —pregunta Smitty.

Regreso a la mesa. Pete arranca el plástico de su sándwich y le hinca el diente.

—Entonces, eso comprueba mi teoría —dice mientras mastica un gran bocado de huevo duro con berros—. Esto fue una cosa planeada, y ahora escondieron el origen. Mi mamá siempre me ha dicho que no acepte nada de extraños.

Me siento lentamente y saco mi sándwich del paquete plástico. Smitty no demuestra el menor temor y se dedica a comer. Alicia toma el suyo y lo parte en tiras, como si eso sirviera de algo. De repente, Smitty se lleva las manos a la garganta y se desploma en el suelo, tosiendo y gimiendo. No le hacemos caso. Creo que estábamos seguros de que intentaría algo así. Se levanta y vuelve a la mesa, y masticamos en silencio.

Me como uno de queso con encurtidos, otro de pavo relleno, dos paquetes de papas fritas y un pastelito de melocotón, y acompaño todo con una coca-cola de dieta. Si estamos equivocados con lo del jugo, y voy a terminar contagiada, que al menos tenga el estómago lleno.

Luego de comer volvemos a la oficina, dejando la puerta abierta y trancada con una silla, para evitar que la cerradura automática nos deje presos adentro. Todos hacemos ruidos como gruñidos, pero no porque seamos muertos vivientes sino más bien porque estamos llenos hasta las orejas de lo que mi mamá llamaría "basura procesada". Alicia apenas se comió medio sándwich, pero luego fue a la tienda y se atracó de chocolates y dulces. Conté siete envolturas. Y luego desapareció en el baño. Espero que no fuera a devolverlos. Sólo eso nos faltaría en este grupo: una reina vomitona. A lo mejor no quería correr el menor riesgo de infectarse, pero más bien creo que le preocupaba el tamaño de su traste.

—Para poder predecir el futuro, tenemos que aprender del pasado.

Pete está de pie junto al archivero cerrado. Tengo la sensación de que nos va a echar una perorata y me acomodo. Creo que lo prefería cuando estaba completamente aterrorizado en el piso del baño.

—¿De qué hablas, Pete? —pregunta Smitty.

—Les dije que alguien nos observaba —Pete señala el archivero—. Ayúdenme a abrirlo. Les apuesto 50 peniques a que aquí dentro encontraremos equipo de vigilancia. Videos de lo que sucedió en este lugar.

—¿Cincuenta peniques? —Smitty avanza hacia un gabinete y saca una tabla de nieve—. ¿Te crees en kínder? Si hablamos de una apuesta de cincuenta libras entonces sí me interesa.

Pete hace un gesto con la boca.

—Hecho. Si esto de verdad es el final de la sociedad tal como la conocemos, el dinero va a perder su función. ¡En fin!

Smitty la emprende a golpes de tabla con la cerradura del archivero, como si fuera la cabeza de Pete. La cerradura se desprende y la puerta metálica se abre.

Dentro hay tres estantes. El inferior está lleno de cajas de archivo. El superior tiene una caja metálica para guardar dinero y una gran pelota de ligas elásticas. Y el que nos interesa es el del medio.

Allí hay seis pantallas de televisión pequeñitas y una gran caja negra que parece una videograbadora. Están encendidas. Vemos imágenes de la cafetería, la tienda, la entrada, el estacionamiento y la oficina. Y en la última nos vemos nosotros desde lo alto, apiñados alrededor del archivero.

Pete se vuelve hacia la cámara que está en el rincón. Sonríe y nos saluda en la pantalla.

—Ya me puedes dar esas cincuenta libras, Smitty —dice.

Capítulo 12

Mi vida vista a través de una lente. En pantalla, mi pelo se ve vergonzoso. Como si tuviera sarna. Me resisto al impulso de componerme un poco frente a la cámara. Alicia no se contiene, y eso que ella no tiene que arreglarse nada.

—Esto no prueba nada —Smitty sigue sin darse por vencido—. Que haya cámaras de equipo de vigilancia no quiere decir que alguien nos esté observando. Los videos sirven en caso de robo o algo así. El imbécil de Gareth dijo que eso sucedía todo el tiempo en este sitio.

Tiene razón. El equipo que encontramos no prueba nada. Peor aún: si alguien nos estaba espiando, ¿por qué rayos iban a dejar las televisiones aquí para que las encontráramos? Y aunque lo hayan hecho, es algo demasiado sofisticado para una cafetería de carretera. La piel se me eriza.

—Pero nos sirve para algo —Smitty les sonríe a Pete y Alicia—. Podemos confirmar sus versiones.

—¿A qué te refieres? —Alicia hace un gesto despectivo.

Smitty señala la videograbadora.

—Pete tiene razón. Todo está grabado. Lo que pasó aquí, cuándo y cómo sucedió.

Un escalofrío me recorre. Una cosa es que uno oiga la historia de lo sucedido, y otra muy diferente es verlo, de cerca y desde múltiples ángulos.

Pete manipula unos botones y se las arregla para devolver la cinta hasta el principio. Cada pantalla muestra una hora y una fecha al pie. Parece que graban la actividad de 24 horas y luego se regraban encima. Si hubiéramos llegado dos horas más tarde, ya no habríamos alcanzado a ver nada. Pero tuvimos la suerte de encontrar esto justo a tiempo.

Cierro la persiana para que podamos ver mejor, y nos agrupamos en semicírculo, sentándonos en cajas de desinfectante. Mi hombro derecho queda apretujado contra el hombro izquierdo de Smitty, enfundado en su chamarra de cuero, y al inclinarnos hacia las pantallas su mano roza la mía. La suya se siente tibia. No puedo evitar sentir a regañadientes cierto alivio por su presencia. Debo tener neurosis de guerra con todo esto. No se me ocurre ninguna otra razón para sentirme así.

—¡Que empiece el show!

Pete logró encontrar una regla que le permite señalar las pantallas para advertirnos la acción. Es un poco excesivo y molesto, pero supongo que es la recompensa que merece por estar en lo cierto.

Las pantallas muestran videos en blanco y negro, sin sonido.

—No es que el lugar tuviera mucha clientela, ¿no? —Smitty se roe la uña de su pulgar.

—Nadie vendría aquí a menos que no tuviera más opción —agrega Alicia.

La hora en las pantallas indica 1:43 pm, unos diez minutos antes de que llegáramos en el autobús, según me parece recordar. Hay una pareja joven pagando su cuenta en una mesa cerca de la entrada; una madre con un bebé de dos o tres años y una chica adolescente comiendo papas fritas; y dos hombres de camisa de cuadros y jeans, probablemente trabajadores de construcción de caminos. Detrás del mostrador alcanzan a distinguirse dos cocineros, un mesero y una mesera, y una mujer en la caja de la tienda.

Veo a un tipo que llega con un carrito y que tiene problemas con la puerta de entrada.

—Les apuesto que ese tipo es la zanahoria antes de ponerse su disfraz —comento.

Como si fuéramos uno solo, nos acercamos a la pantalla para verlo mejor. Atraviesa la cafetería, empujando el carrito y cargando una enorme bolsa, como las de basura.

—¿Qué hay en la bolsa? —pregunta Smitty.

El hombre que pronto se transformará en zanahoria entra al baño.

—Debe haber ido a cambiarse —murmuro.

—Afortunadamente no hay cámaras ahí dentro —dice Alicia.

—No seas tímida, Malicia —Smitty se inclina hacia ella—. Apuesto a que te encantaría. Que los disfraces de verduras gigantes te excitan mucho, ¿o no? —le lanza una mirada pícara y se ríe, y ella suelta un gritito de protesta sin exagerar la nota. Me doy cuenta de que no le molesta del todo la mofa. Siento una punzada de... ¿De qué? ¿Celos? Me envuelve una oleada de náuseas y de desagrado hacia mí misma. ¿Cómo? ¿Siento celos porque Smitty está coqueteando de forma patética con Alicia? Pero qué idiota soy.

El hombre-zanahoria sale del baño, completamente disfrazado, con las piernas flacas que salen de la botarga de peluche anaranjado.

—Que tu corazón no se acongoje, mi querida Alicia —Smitty se inclina hacia ella por encima de mí. Alicia lo aleja de un empellón antes de que yo pueda hacer lo mismo.

La zanahoria empuja su carrito por el corredor que atraviesa la cafetería. Al pasar junto a la señora de la caja en la tienda, le ofrece una muestra. Ella se ríe y toma el vasito.

—¿Y ése quién es? —Alicia señala a un hombre gordito de mediana edad, vestido con camisa y corbata, que entra en la cafetería justo cuando la zanahoria sale con torpeza. Le sostiene la puerta abierta y se estremece como si tuviera frío, con lo cual le dice a la zanahoria, en caso de que no lo supiera, que afuera hace frío.

La zanahoria le entrega una muestra, que el gordito se bebe.

—Ahí tienen a un condenado, ya no tiene remedio —dice Smitty.

—Debe ser el jefe de Gareth —anoto—. Tiene el mismo tipo de etiqueta con el nombre en la camisa.

Se mete a la parte de la tienda y habla con la mujer del mostrador, apoyándose en éste de manera que la camisa se le sale por detrás de los pantalones. Ella no se ha tomado su jugo aún, se ve que tiene el vasito lleno junto a la caja registradora. Él hace gestos e indica el teléfono. Ella toma el auricular y se lo lleva a la oreja, y luego niega.

—¡Para ese momento ya los teléfonos habían dejado de funcionar! —Pete golpetea entusiasta la pantalla con su regla.

Mientras tanto, la pareja joven ya terminó de pagar su consumo y van de salida. La zanahoria le da una muestra a cada uno al salir.

La mujer se lo toma de un trago. El hombre bebe un sorbito, hace un gesto de desagrado y tira el resto al suelo, en los escalones de bajada. Supongo que no le gustó mucho, y no puedo culparlo por eso. Van hacia el estacionamiento, buscando un camino firme en la carretera cubierta de nieve, y llegan a un Mini-Morris con una bandera británica pintada en el techo. ¡Qué casualidad! Ése fue el carro que chocó al autobús por detrás.

Muevo la cabeza de un lado a otro con incredulidad.

—Casi se salvan. Si se hubieran ido dos minutos antes, no les hubiera tocado degustación de jugo.

De vuelta en la cafetería, el jefe de Gareth va de salida. Se tantea el bolsillo trasero y saca un teléfono.

—No va a funcionar —predice Smitty.

Es evidente que no. Pero el hombre no parece tan sorprendido. Saca una cajetilla de cigarros, enciende uno y vuelve a toda prisa a la gasolinera, entre resbalones sobre la nieve. Antes de llegar a la plataforma, voltea y desaparece entre los árboles.

—¿Dónde se metió? —Smitty tuerce el cuello como si a través de la televisión pudiera ver al otro lado de las esquinas—. Anda, muéstranos dónde quedó.

Miramos, atentísimos, pero el jefe de Gareth desapareció.

De vuelta en la cafetería, la zanahoria se mueve para espantar el frío. El niñito da vueltas por el local, y ve a la zanahoria en la entrada. No se atreve a acercársele, pero está demasiado interesado como para volver con su mamá y su hermana. Avanza un par de metros más. La zanahoria lo ve a través de la puerta y lo saluda con la mano. El niñito devuelve el saludo. La zanahoria le ofrece su pequeña dosis de veneno en un vasito. No, por favor, pienso. Vete ahora, vete mientras aún puedes. La zanahoria abre la puerta y da un paso hacia él. El niño corre de regreso a la mesa de su mamá y su hermana. Vuelvo a respirar.

—¡Un momento! —grita Pete—. ¡Aquí llegamos nosotros!

En el extremo derecho de la primera pantalla aparece nuestro autobús, pasa frente al Mini de la pareja con el techo de bandera en su salida. Nuestro autobús se estaciona al fondo del estacionamiento. Las puertas se abren y todo el grado 11 desciende, optimista y alegre y temblando en el frío.

—¡Por Dios, ahí estoy yo! —Alicia no logra contener su regocijo—. ¡Huy, qué gorda me veo! —el regocijo se vuelve desaprobación—. Esta pantalla muestra las imágenes desproporcionadas.

—No, así es como te ves en realidad, Malicia —dice Smitty.

Alicia lo insulta; él se ríe.

Entre tanto, la mamá, su hija y el niñito se aprestan para salir. Hay cierta incomodidad entre ambas, como si hubieran tenido un altercado. Sí, me ha pasado, sé lo que es. Espero que estén demasiado molestas o distraídas como para aceptar el jugo en la salida.

En la puerta, la zanahoria se ve rodeada por nuestros compañeros, y aunque el niñito da claras muestras de querer esperar un poco, suspiro con alivio cuando su mamá y su hermana no hacen caso del ofrecimiento del jugo y se lo llevan con firmeza por entre la multitud hacia un carro que se ve ya viejo en un rincón del estacionamiento. Unos momentos después, la mamá está fuera de nuevo y va camino de la cafetería, más enojada que nunca. ¿Quizás olvidó algo? Deseo con todas mis fuerzas que se apure y recoja lo que olvidó y que se vaya en cuanto pueda del lugar, pero la pierdo entre el gentío.

La mayor parte de nuestro curso está en la cafetería ya, todos con sus vasitos de jugo, algunos haciendo fila para comprar algo ligero para comer, y otros en las mesas, esperando ser atendidos. Vemos a Pete en la tienda, tratando de pasar desapercibido, y al profe Taylor que nos deja en el autobús y convence a la zanahoria de darle todo un cartón de jugo cuando entra a la cafetería. La zanahoria lo sigue, es evidente que el frío fue más de lo que pudo soportar, y se pasea por entre las mesas repartiéndole jugo a cualquiera que no haya podido tomar su prueba. Los meseros también reciben su parte, los cocineros, todos. Tal como dijo Pete. Vemos a Alicia que va hacia los baños, como nos contó. Hasta ahora, sus versiones quedan corroboradas.

Afuera, un carro aparece en la carretera atrás de la cafetería. Es el Mini otra vez.

—¡Miren! —lo señalo—. ¿Por qué habrán vuelto?

Vemos que el Mini se acerca cada vez más al autobús, y se detiene de repente un par de metros detrás, desorientado. La puerta del chofer se abre y una figura sale. Es el hombre. Es difícil verle la cara desde esta distancia, pero resulta obvio que está aterrorizado. Mira desesperado al autobús y la cafetería, como tratando de tomar una decisión. Su novia la toma en su lugar, al salir por la puerta del copiloto. Se ve muy molesta. Pero además de molesta, tambaleante y babeante. El hombre tropieza entre la nieve camino del autobús, arrastrando una pierna como si estuviera herido, y ella lo sigue con sus pasos de zombi. Cuando llega cerca de la puerta del autobús, ella lo alcanza, y lo derriba al suelo. Lo muerde. Smitty y yo nos miramos. Ambos recordamos un charco rojo entre la nieve frente a la puerta del autobús. Después, el hombre se pone en pie de un salto y rodea la parte delantera del vehículo, perseguido por su enamorada.

—La mano contra el panorámico —susurro. Smitty asiente en silencio. Vemos que el autobús se zarandea, cuando uno o los dos se meten por debajo. No eran muchachos haciendo relajo, como pensamos en ese momento, sino un ataque. ¿Podríamos haberlo prevenido de saber qué era lo que estaba sucediendo afuera?

El hombre va camino de su carro ahora. Se cuela en el asiento del conductor en el preciso momento en que su amiga llega frente al carro... y justo cuando nuestro chofer desciende los escalones del autobús.

—¡Mil demonios! —dice Smitty—. Creo que aquí fue donde se contagió nuestro chofer.

De repente, las pantallas quedan en negro y la luz por encima de nosotros parpadea.

Alicia grita.

—¿Qué diablos...? —Smitty no termina la frase. Se va la luz y nos envuelve la oscuridad. Alicia suelta una exclamación, se oye un golpe y Pete grita. Me aferro a Smitty y él a mí, y durante un instante horrible y desesperadamente vergonzoso nos abrazamos cual si fuéramos Scooby Doo y Shaggy. De inmediato retrocedo, caigo sobre la caja en la que estaba sentada, y aterrizo en algo blando, oloroso y que grita.

La luz vuelve. Estoy tendida sobre Alicia. Smitty está de pie junto a nosotros, con expresión confundida y asqueada. Pete se las arregló para treparse al archivero y está allí sentado, temblando cual perro asustado. Seguimos inmóviles, esperando ver qué sucede. Nada.

—No se asusten —jadea Smitty—. La luz se va todo el tiempo en estos lados. Eso no quiere decir nada.

—¿Estás seguro? —pregunto.

—Ajá —Smitty nos sonríe desde arriba—. Caramba, eso de verlas a las dos así me recuerda un sueño que tuve anoche —me dedica un guiño.

—¡Quita de encima de mí! —Alicia me empuja con una fuerza que no hubiera creído posible en una chica tan delgada.

—Con mucho gusto —grito, sin mucho ingenio, poniéndome de pie mientras trato de evitar la mirada de Smitty. Me volteo hacia Pete, con las mejillas ardiendo—. Entonces fue un corte de luz. ¿Te parece lógico?

—Evidentemente —me sonríe y se baja del archivero. Como si tuviera derecho a disfrutar de mis momentos vergonzosos. Él fue el que saltó a un mueble cuando se fue la luz. Supongo que cuando uno es el motivo de las burlas diarias de todos, que lo descubran acurrucado y tembloroso sobre un archivero (o en un baño) no es nada. Mira las pantallas.

—Ya volvió la imagen, pero eso no es lo que estábamos viendo antes. La grabación volvió a empezar.

Observamos con atención y nos vemos en la pantalla en esa observación atenta. Estamos otra vez en tiempo real.

—Devuelve la cinta —le dice Smitty a Pete—. Justo estábamos llegando a la parte interesante.

—¿También quieres que te consiga unas palomitas de maíz? —Alicia se está componiendo con actitud vengativa, lista a contestarle a cualquiera que se atreva a molestarla.

—¿Creen que fue por el clima? —no le pregunto a nadie en particular. De verdad verdad quisiera que hubiera sido el clima. ¿Por qué otra razón iba a irse la luz?—. ¿Debíamos echar un vistazo a ver qué sucedió?

—Claro —Smitty está en la puerta antes de que yo pueda preguntar de nuevo, y me da gusto ver que puedo evitar toparme con su mirada. Por un momento pienso en sus brazos rodeándome. Qué vergüenza. Creo que llegué a rozarle el trasero con una de mis manos. Estiro la mano culpable como si hubiera tocado ácido, tratando de deshacerme del recuerdo. Espero que no piense que lo hice a propósito. En una de las pantallas de televisión lo veo caminar normalmente una vez fuera, y luego se encoge estremecido, con la cabeza entre las manos, y lo perdemos de vista. Pero no. Creo que le toma un segundo darse cuenta de que aún lo podemos ver y vuelve a encogerse. ¿Qué?, no puedo dejar de pensar enojada. ¿Fue tan desagradable que te tocara, Smitty?

—¿A lo mejor fue uno de los monstruos?

Alicia me está hablando una vez más. La miro sin entender, antes de darme cuenta de lo que está diciendo.

—No estarás pensando que fue una de esas cosas la que nos dejó sin luz, ¿o sí?

Pete niega en silencio.

—Es muy poco probable, por lo que hemos visto de ellos hasta ahora. Tienen destrezas motoras básicas, y parece que los atraen las mismas cosas que antes, en su vida anterior. Pero de ahí a sugerir que tienen los medios para cortar la luz de todo el edificio hay mucho trecho.

—Exacto, lo que Pete acaba de decir —la cabeza me martillea y me siento con cuidado en una caja. No es uno de mis momentos de mayor inteligencia, pero prefiero no mencionarlo en las presentes circunstancias, y menos después de mi desmayo de hace un rato. No quiero que nadie salte a ninguna conclusión. Me froto la cara con las manos. Debo verme muy mal. Sí, sé que así es. Me vi en las pantallas.

—En todo caso, no sabemos con certeza si hay más de esos allá afuera.

Pete aspira por entre sus dientes.

—Pero claro que sí, ¿o no? ¿Qué hay de la pareja? No se la toparon cuando rescataron al chofer, ¿cierto? ¿Adónde fueron? ¿Dónde están ahora? Suspiro.

—Necesitaríamos ver el resto de la grabación.

Pete asiente.

—Además de ese par, no tenemos garantía de que todos los que estaban en la cafetería hayan seguido al autobús hacia la gasolinera y resultaran vaporizados por Smitty —mira las pantallas—. Y en ese caso, ¿dónde está metido Gareth? Yo diría que hay muchas probabilidades de que haya más por ahí.

El viento hace resonar los vidrios en las ventanas. Ojeo las pantallas que muestran el estacionamiento. La nieve sigue cayendo, densa y rápidamente.

Alicia tirita.

—Esperemos que se mueran del frío —voltea a mirarnos—. O que se desmueran, lo que sea —sonríe con una sonrisa no del todo sincera, pero es un comienzo. Quiero seguir con eso pero un movimiento en una de las pantallas tras ella me distrae. Es la que muestra la entrada de la cafetería. Una silueta de gran tamaño pasa frente a la puerta. Prácticamente me caigo de la caja donde estoy sentada.

—¿Qué? —pregunta Alicia.

La silueta ya se fue. Me inclino hacia la pantalla. No se ve nada. Además, Smitty está en la cafetería, al otro lado del vidrio. Seguramente habría notado cualquier cosa afuera.

—¿Qué sucede? —pregunta de nuevo.

—Me pareció ver algo.

Pete me fija con su mirada.

—Yo no vi nada. ¿En cuál pantalla?

Niego con la cabeza.

—Fue impresión mía. Mi imaginación —puede haber sido cualquier cosa. Una bolsa de plástico, una rama de un árbol. ¡La pancarta! Sí, eso debió ser. La pancarta de la zanahoria que aleteaba frente a la entrada. Debió soltarse de un lado y aleteó a través de la puerta.

—Ningún monstruo a la vista —dice Smitty entrando, y nos devuelve la calma—. Las barricadas están en su lugar. El perímetro está intacto. Veamos el resto de la grabación antes de que se nos vaya la luz otra vez.

Lo miro sin mirarlo en realidad, obviamente.

—¿Tú crees que se va a volver a cortar?

—Podría ser, si la tormenta continúa.

Me pongo de pie.

—Entonces, debemos prepararnos. Buscar linternas o algo así —miro mi reloj. Ya son las tres. Falta menos de una hora para que se ponga el sol. El tiempo vuela cuando uno se la pasa bien. Levanto mi mochila del piso—. Debíamos recargar nuestros teléfonos, de manera que si encontramos algún punto donde haya señal podamos llamar. Tal vez debíamos empacar algunas cosas de emergencia, en caso de que tengamos que salir de aquí. ¡Más vale que estemos preparados para cualquier cosa!

—¿Nos vamos a ir de aquí? —dice Alicia—. ¿Y volveremos a eso? —apunta a la tormenta que vemos en las pantallas—. Me parece que mejor no.

—Puede ser que no sea sensato quedarnos —dice Pete—. Aquí fue donde empezó todo. ¿Quién sabe con qué nos pueden venir ahora?

—¿Quiénes nos van a venir con qué? —le grita Smitty—. Toda esa historia está en tu cabeza y nada más, Albino.

—Sea lo que sea —intervengo para tratar de calmar el ambiente—, tenemos que estar preparados. Reunir algo de comida, la ropa más abrigadora, un mapa. Por si acaso.

Smitty rechina los dientes.

—Está bien. Pero primero veamos el resto de la grabación.

En realidad no sé si quiero verla, pero ya llevamos como la mitad, y la verdad es que detesto salirme de una película antes del final. Meto mi mochila debajo del escritorio, me recuesto al lado de Smitty, con mucho cuidado para que ni un centímetro de mi cuerpo toque el suyo. Pete vuelve a su lugar junto al botón que dice "Play". Alicia voltea los ojos y finge que levantarse del sofá implica un esfuerzo enorme.

—Está bien —dice—. Veamos la grabación. Pero al menos dejemos que entre un poco de luz de día mientras aún hay, de manera que si se va la luz otra vez no me vaya a aplastar la elefanta que anda suelta por aquí —me echa una mirada, que le devuelvo. Está de espaldas a la ventana, estira una mano y tira el cordón para abrir la persiana. La luz inunda el cuarto.

Veo la forma oscura tras ella y mi cara se transforma en un grito.

—¿Y ahora qué? —Alicia me mira, enojada.

La zanahoria está al otro lado de la ventana.

Capítulo 13

Me pongo en pie de un salto. Hay gritos. No sólo los oigo. También los siento. Me perforan los oídos y el cerebro. Chillidos más allá de lo soportable. Al principio me parece que son mis propios gritos, pues tengo la boca abierta y la garganta contraída, así que podría ser. Pero luego me doy cuenta de que es Pete. Él también vio lo que yo vi. Smitty también. De hecho, la única persona que no lo ha visto es Alicia.

Ahí está, mirándonos, con gesto de incomprendida y el cordón de la persiana en la mano. Un relámpago de confusión, y finalmente el terror de entender que no le estamos gritando a ella, sino a algo que hay detrás de ella.

No se voltea a mirar. Instintivamente se lanza hacia adelante. Al saltar, suelta el cordón de la persiana y ésta baja otra vez sobre la ventana. Alicia se precipita sobre mí y me empuja contra Smitty que está detrás, y caemos los tres en una especie de horrible jugada de rugby.

Pete sigue gritando. Antes de saber cómo o por qué, estoy en pie de nuevo y los cuatro nos apiñamos contra la pared más distante, tan lejos de la ventana y de la zanahoria como sea posible. Todos miramos la persiana cerrada.

—¿Qué sucede? —murmura Alicia junto a mí.

Nadie le responde. Todos miramos la persiana, que se mece suavemente. En cualquier momento el vidrio podría estallar y esa cosa estaría con nosotros en la habitación.

—¿Qué…? —lo intenta de nuevo, ahora más alto.

—La zanahoria —susurra Smitty con brusquedad desde mi otro lado—. No hagas ruido.

—Claro, como si antes hubiéramos sido tan silenciosos —no lo puedo evitar. Smitty ahoga una risita baja, y siento que la delgada pared cede un poco.

La persiana deja de mecerse. Observo las tiras de plástico blanco con diminutas ranuras de luz que las separan. Ojalá tuviera visión de rayos x.

—¿Ustedes creen que ya se fue? —jadea Pete.

—¿Quieres asomarte a revisar? —Smitty vuelve la cabeza, invitándolo a hacerlo con un movimiento de cejas. Al no recibir respuesta de Pete, Smitty me lanza un guiño. Siento cómo su cuerpo se desprende de la pared.

—¡No! —estiro un brazo para detenerlo, con el puño apretado para no ir a agarrar accidentalmente ninguna parte de su cuerpo—. Ni se te ocurra.

—Alguien tiene que averiguar —se queda en el mismo sitio, contra la pared, a pesar de lo que dice. Siento que me sonríe de forma provocativa, pero me rehúso a mirarlo a los ojos.

—Espera un momento —dice Alicia tras de mí—. No estamos seguros de que la zanahoria sea mala, ¿o sí?

—Creo que el hecho de que fuera la zanahoria quien repartía los jugos de fruta es suficiente prueba —farfulla Pete.

—Jugo de verduras no de fruta —lo corrijo, como si eso marcara alguna diferencia. A lo mejor la zanahoria no sabía lo que contenía. A lo mejor se está congelando allá afuera y necesita que lo ayudemos.

—Si no sabía lo que contenía el jugo, es probable que lo haya probado —dice Smitty, con mucha lógica.

—De cualquier forma, no parece que sea uno del bando de los buenos —la lógica de Pete supera a la de Smitty.

—¡A ver! —dice Alicia molesta—. ¡No puedo creer que estemos aquí hablando de tonterías! ¡Necesitamos salir de aquí!

Pete se despega de la pared. —Creo que ya se fue.

—¿Por qué? —pregunta Smitty, dejando la pared también.

Pete entrecierra los ojos.

—La luz tras la persiana. Algo cambió.

Frunzo el ceño.

—No me di cuenta.

Pete asiente.

—¿Ves la luz en el marco de la ventana? Una sombra se movió a lo largo —da otro paso hacia la ventana.

—No —también dejo de apoyarme en la pared, pero me quedo en mi lugar—. Yo también estaba mirando y no vi eso.

—¡No vayan a tocar esa persiana! —suplica Alicia, y cuando lo hace, las luces parpadean de nuevo, para apagarse y dejarnos en la oscuridad una vez más.

Antes de que podamos reaccionar, el vidrio estalla en mil pedazos y la persiana se abomba hacia dentro del cuarto, dejando entrar luz de día por los lados. Por el rabillo del ojo veo a Smitty, iluminado momentáneamente por el brillo que alcanza a entrar, que se abalanza tras el cuchillo de Alicia que está en el escritorio, y algo enorme se derrumba en el piso frente a la ventana.

—¡Vámonos de aquí! —grito, y veo la sombra de mi mochila bajo el escritorio. Me agacho a recogerla y vuelvo a ponerme de pie. En la penumbra veo que Alicia y Pete ya salieron por la puerta de la oficina hacia la cafetería, y capto a Smitty en una posición agazapada de ninja, cuchillo en mano, a poca distancia de la forma que se retuerce en el piso.

—¡Smitty! —le grito, pues no quiero dejarlo allí. Y de repente lo veo delante de mí, en la silla que medio bloquea la puerta, su mano busca la mía y me saca casi a rastras de la habitación. Corremos a ciegas por la cafetería hacia la entrada. Alicia grita y Pete está tratando de desmontar la barricada de la puerta. Vamos a ayudarle, Smitty y yo, frenéticos por mover los muebles y las cajas que Smitty apiló con tanto cuidado para formar una barrera impenetrable. Jamás pensamos que la tendríamos que atravesar nosotros. Debimos tenerlo en cuenta.

—¡Apúrense! —sigue gritando Alicia, lo que no ayuda mucho, no mucho más que para servirnos de indicador del momento en que la zanahoria se presente. De repente sus gritos se multiplican al millón, y sé que la forma peluda acaba de aparecer en la puerta de la oficina.

—¡Éste es el último! —grita Smitty, y Pete y yo le ayudamos a sacar de ahí una gran caja de botellas de agua. Al hacerlo, el empaque se rompe y las botellas salen rodando por el piso. Veo que Alicia retrocede un paso, y una botella va a dar bajo sus pies en perfecta sincronía. Sus piernas vuelan en el aire, y cae de espaldas, sobre su cabeza, con un ruido seco, y queda allí. Cuando siento el soplo de aire glacial que me indica que Smitty ya pudo abrir la puerta, corro hacia Alicia y la tomo de los brazos para arrastrarla hacia la salida.

La zanahoria está aquí y tenemos que huir.

Smitty carga a Alicia y se la echa al hombro con una fuerza hercúlea asombrosa, salimos. Miro atrás. Los brazos de la zanahoria se mecen frente a él. Los agujeros de los ojos de su disfraz están sumidos en la sombra. Sus guantes verdes de zanahoria han desaparecido y de sus manos chorrea sangre. Gime y da un paso hacia delante, con pesadez.

Es uno de ellos.

Pete se las arregló para abrir la puerta del autobús y nos subimos. Vuelve a ser nuestro santuario.

—¡Enciende el motor! —grita Smitty, mientras le ayudo a subir a Alicia por los escalones.

—¿Qué crees que estoy haciendo? —le contesta Pete, a gritos también. Está en el asiento del conductor, manipulando las llaves, y doy gracias porque recordara metérselas en el bolsillo cuando salimos huyendo. ¿Quién sabe qué dejamos atrás en la cafetería? Agua, comida… pero no hay tiempo de pensar en eso ahora.

El motor se enciende con ruidos de petardo. Smitty arrastra a Alicia sin mayores ceremonias por el pasillo, y la planta en un asiento, mientras me grita:

—¡Vigila la puerta!

Fabuloso. Otra vez mi turno de ser escudo humano. Paso de largo junto a Pete, que lucha con el timón bloqueado, y obligo a mis piernas a bajar los escalones. Me pego a la puerta por el lado de adentro, brazos y piernas extendidos como si bailara tango con ella. Justo en ese momento aparece la zanahoria, con toda la fuerza de dos metros de peluche anaranjado que arremeten contra la puerta con tal ferocidad que quisiera llorar. El simple impacto me desequilibra. La puerta tiembla.

—¡Apúrense! —grito. Por favor, apúrate Smitty, por favor que las Fuerzas Armadas del Universo y Dios aparezcan para barrer esto con armas de destrucción masiva y nos salven.

La zanahoria se abalanza contra la puerta de nuevo. Empujo con mis hombros y mi trasero y mis brazos y mis piernas, preparándome para el siguiente impacto, con la esperanza de que el vidrio y el metal y mi espina dorsal sigan aguantando.

—¿Por qué no nos movemos? —le grito a Pete. Se ve como si fuera un niño sentado en un carro de juguete de esos que funcionan con monedas en la entrada de los supermercados, dándole vueltas como loco al timón, saltando en el asunto, y sin llevarnos a ninguna parte.

—¡La nieve está demasiado profunda y no tengo tracción!

Siento cómo giran las ruedas cuando Pete pisa el acelerador.

—¡Smitty! —grito, al percibir otra arremetida de la zanahoria contra mi espalda—. ¡Necesito ayuda!

—Aquí estoy —aparece al final de los escalones con una tabla de nieve. Me la lanza y la pesco al vuelo, giro hacia atrás y la afirmo atravesada contra las puertas—. Y otra —Smitty me pasa una segunda tabla, y la fijo en el mismo lugar, más abajo. Funciona. La zanahoria se da cuenta de que la puerta no va a ceder y se traslada hacia el panorámico, que procede a golpear. Estúpido villano anaranjado. Me apoyo en un escalón y pateo la tabla inferior para que quede más firme.

Pete mueve la palanca de cambios frenéticamente en otra dirección y las ruedas rugen debajo de mí. Pero seguimos sin movernos.

—¡Diablos! —Smitty sigue en el escalón superior, mirando por las ventanas de un lado—. La zanahoria tiene compañía.

—¿Qué?

La cara de Smitty se contrae en una horrible sonrisa.

—Y aquí tenemos a Gareth!

—¡No! —subo los escalones y miro en la misma dirección que él está viendo. Por allá, dando la vuelta a una de las esquinas de la cafetería, viene Gareth. Pantalón negro, camisa blanca, corbata y plaquita con su nombre, y una grotesca cara de devorador. ¿Y saben qué? Todavía lleva cargada la portátil… pero me toma unos instantes darme cuenta de que sólo tiene un brazo sano. De la otra manga asoma un muñón con un largo trozo blanco de hueso, como si alguien hubiera roído la carne alrededor, o como cuando alguien se come un elote entero. Siento el ardor de un sollozo que me atenaza la garganta.

—Nunca logró lo que quería —murmuro.

—No —dice Smitty en voz baja—, pero hizo algunos amigos.

Miro a través de la nieve. Cuatro o cinco figuras, posiblemente más, vienen hacia acá.

—¡Pete! —grito, y volteo hacia él—. ¡Sácanos de aquí!

Algo finalmente nos da agarre y el autobús avanza despacio, haciendo a un lado en su camino a la zanahoria.

—¡Agárrense, que no voy a poder frenar! —nos advierte Pete.

Se siente el olor característico del hule quemado, y me aferro a mi asiento mientras Pete conduce el autobús por entre la nieve. No hay manera de saber si estamos en la carretera o no, pero mientras podamos seguir adelante, no hay problema.

—¡Ve hacia la salida! —grita Smitty, señalando el camino que nos aleja de la cafetería para regresar a la campiña escocesa—. ¡Es nuestra única opción! —sus palabras quedan suspendidas en el aire, con su exceso de dramatismo, aunque si alguna vez hubo un momento adecuado para pronunciarlas es ahora. Va hacia la parte trasera del autobús, para ver qué tan rápido nos persiguen. Voy tras él.

Pego mi cara a un vidrio y observo a la zanahoria que lidera la carga a través del estacionamiento. Bueno, más bien un desfile caótico que una carga. El autobús se mueve lentamente entre la nieve, pero no podrán alcanzarnos si seguimos adelante.

Mierda. El tanque está vacío.

Me saco esa idea de la cabeza. El autobús arrancó, ¿o no? Incluso si sólo llegamos un par de kilómetros más allá, será suficiente para sacarles ventaja. Miro a la cabeza de Pete, desde atrás, y me doy cuenta de lo estresado que está: los hombros tan alzados y tensos que le llegan hasta las orejas. Pero no está hiperventilando, y se hace cargo del timón como si supiera lo que está haciendo. Si sigue así, no tendremos problemas.

Vuelvo a mirar afuera, a Gareth y sus compinches.

—¿Quiénes son los otros?

Smitty encontró los binoculares.

—¿Te acuerdas de la pareja del Mini? Y tres tipos más. Al menos hay uno que creo que es un tipo… oh, no. Le cuelga una teta hacia afuera.

—¿De dónde salieron? ¿Y dónde ha estado Gareth todo este tiempo? ¿Tú crees que lo contagiaron en la cafetería? —lo avasallo con preguntas—. ¿Por qué no los vimos antes?

—Nunca lo vamos a saber —contesta Smitty—. A lo mejor tendríamos algunas respuestas si hubiéramos visto el final de la grabación, pero…

El autobús se detiene entre los chillidos de un frenazo. Me golpeo la cara contra la ventana. El dolor y la indignación de una nariz aplastada me invaden. Las lágrimas me brotan, quemantes, y la nariz me arde. Tanteo a ver si todavía la tengo, y mi mano queda cubierta de sangre.

—¿Qué pasó?

Smitty recorre el pasillo hacia Pete gritando. Me repongo. No llores, que aún estás en una sola pieza. En la parte delantera del autobús se están gritando. Oigo un traqueteo y el silbido inconfundible de la puerta que se abre. Me pongo en pie de un salto y voy hacia el frente, ya olvidado el trauma de nariz. La sangre cálida me escurre por la cara y me salpica la chamarra. Pete está solo en los escalones. Por la cara que tiene ya sé lo que sucedió.

—¿Smitty salió?

Asiente.

—¿Por qué frenaste?

—Por eso —me señala.

A través del panorámico veo un bulto blanco que atraviesa la carretera. Al principio no tengo idea de lo que es, pero me voy dando cuenta de que tiene ramas y raíces. Es un árbol que cayó sobre la carretera y nos bloquea el camino. Smitty corre furiosamente alrededor como una hormiga, trata de sacar nieve de los lados con su tabla, apoya un hombro contra el tronco en un intento por empujarlo, o apalancarlo, o hacerlo rodar. Pero no hay manera de que lo logre. Ni diez personas podrían mover un árbol de ese tamaño. Sería necesario tener cadenas y un tractor y sus buenos treinta minutos para despejar la carretera antes de que llegaran los monstruos, pero no contamos con nada de eso.

Doy un vistazo hacia atrás, para ver dónde andan nuestros perseguidores. Tenemos un par de minutos, como mucho.

Bajo los escalones y Pete me sigue.

—¡No sirve de nada! —le grito a Smitty—. ¿No podemos rodearlo?

Pete se hace camino entre la nieve al lado donde está la raíz del árbol. La base del tronco hacia allá tiene casi el mismo diámetro que la altura de Pete.

Ya sé la respuesta antes de que él nos la diga. La carretera corre por una especie de cuneta, y la línea donde comienza el bosque está tan cerca que no hay espacio para pasar.

—No hay manera —Pete se sienta en cuclillas—. Además, ellos pusieron el árbol ahí.

—¿Qué? —Smitty tiene la cara roja y sudorosa.

—Mira, no hay agujero junto a las raíces —limpia su bota en la nieve—. Este árbol no se cayó. No estaba creciendo ahí. Lo movieron, probablemente unos minutos después de que nuestro autobús pasara. Lo dejaron ahí para evitar que escapáramos. ¿La pareja del Mini? Es por eso que volvieron, porque no podían irse.

Durante unos instantes tengo la impresión de que Smitty va a ensayar con Pete su truco de la decapitación con la tabla. Después baja la tabla y sube al autobús a trompicones.

—Tenemos que irnos de aquí —les digo con urgencia—. Caminemos hasta la carretera principal, arriesguémonos.

—Tal vez no sea la única salida —Smitty nos grita desde el autobús.

—Subamos de nuevo —contesta Pete—. ¡Ahí estamos seguros!

Me agacho en el extremo del autobús. La zanahoria, Gareth y su patota están casi en la carretera de salida del estacionamiento. En cosa de un minuto estarán con nosotros.

—De ningún modo —tomo la tabla que está a los pies de Pete—. Son siete, y todos adultos. Romperán esa puerta en cuestión de minutos y nos convertiremos en su cena.

—¿Y qué tal si nos escondemos en el compartimento de equipajes? —la cara de Pete pinta su angustia. Me está suplicando. No sé si debo abrazarlo o darle una bofetada.

—¿Durante cuánto tiempo? —niego con la cabeza—. Si vamos hacia la autopista, al menos nos estamos moviendo. No pueden ir más rápido que nosotros.

—¿Y qué hay con Alicia?

Maldita sea. Se me había olvidado Alicia, que sigue inconsciente.

—Algo se nos ocurrirá —tiro de él para llevarlo arriba—. ¡Vamos! Tenemos que tomar nuestras cosas, no tenemos tiempo —cuando llego a la puerta, el motor se enciende. Smitty está al timón. Saltamos hacia atrás, hacia la nieve, y el autobús retrocede, con el motor hiperacelerado.

—¡No! —gritamos Pete y yo, que sabemos lo que vendrá ahora.

Smitty no nos presta atención. Avanza y estrella el autobús contra el árbol a toda la velocidad que alcanza. El árbol escasamente se mueve. Smitty retrocede de nuevo, el autobús tiene la defensa abollada, y lo intenta una segunda vez. Esta vez, el árbol se mueve un poco. Creyendo que ha dado en el clavo, Smitty retrocede aún más y se apunta a la suerte que le traerá la tercera vez, para chocar el árbol con más fuerza aún. La parte trasera del autobús patina y se parte en el choque. El panorámico se agrieta y cae. De la parte delantera sale humo. Nuestro santuario sobre ruedas finalmente encontró la horma de su zapato.

Subo a bordo.

—¡Tenemos que huir! —le grito a Smitty, que sigue aferrado al timón—. Yo me encargo de tus cosas, y tú trae a Alicia.

Tiro nuestras mochilas a la nieve, afuera, y voy hacia la fila 21 para armarme con algo de lo que tenemos allí. Si pudiéramos arrastrar a Alicia en una tabla, o usar esquís para cargarla…

Miro afuera; ya casi están aquí. Tenemos apenas unos segundos. Tomo lo que encuentro y voy volviendo por el pasillo. Smitty ya levantó a Alicia. Lo vamos a lograr.

El piso se levanta ante mí. Alguien está saliendo del compartimento de equipaje. Me quedo inmóvil.

Una cabecita rubia se asoma. Un niño de no más de tres años, calculo. Y luego otra cabeza rubia. Una chica, un par de años mayor que yo. Por un instante me preguntó de qué los conozco, y luego caigo en cuenta. La adolescente temperamental de la cafetería y su hermanito. Levanto un bastón de esquí y me pongo en posición de ataque.

—¡Hola! ¿Chocamos? —la chica habla con el cantadito acento escocés—. ¿Están aquí?

—Me golpeé la cabeza —dice el niño.

Bajo el bastón.

La chica me mira con más detenimiento y le cambia la cara.

—Tú… tú no eres uno de ellos, ¿o sí?

Me limpio la cara con una manga.

—No, sólo una hemorragia de la nariz. Y sí, ya están aquí. Tenemos que irnos, ahora.

Capítulo 14

Cuando bajo del autobús con el par de aparecidos, las caras de Smitty y Pete son como de foto. Es un instante clásico, y cómo quisiera tener tiempo para saborearlo. Pete reacciona con retraso, tropieza y cae a la cuneta. El niñito se ríe y su hermana trata de hacer que se calle.

—¿Quién demonios…? —empieza Smitty.

—Está bien —digo—. No están infectados.

—¿Estás segura? —Smitty se recupera con rapidez. Está fijando los pies de Alicia a una tabla.

Pete se levanta, mirando con incredulidad.

—¿Estaban escondidos en el autobús? ¿De dónde salen ustedes?

—Me llamo Lily —dice la chica—. Y este es mi hermano Cam. Estábamos en la cafetería, pero cuando salimos…

Desde el extremo del autobús nos llega un gruñido que no presagia nada bueno. Aquí están.

—Encantado de conocerlos. Después nos contaremos nuestras historias —dice Smitty con una mueca, asegurando los pies de Alicia—. Tenemos que largarnos de aquí. Malicia no está en el momento, pero podemos cargar con ella —la levanta para que quede más o menos de pie, y se pasa uno de sus brazos sobre los hombros—. Ven a trabajar, Pete, y toma el otro brazo. Es más pesada de lo que parece.

—¡Dios mío! —grita Lily al ver que Gareth aparece detrás del autobús.

Me inclino y alzo a Cam, y sobre su carita cae sangre de mi nariz. Lily me lo arrebata porque empieza a llorar, y corren por entre la nieve hacia el otro lado del tronco caído. Gareth se ve muy muy molesto. Tal vez tiene ansiedad por la falta de nicotina. Eso sí que debe ser terrible: ser un zombi que no puede fumar.

Dos hombres aparecen tras él, tambaleándose, babeando y gruñendo. Uno lleva puesta una camisa blanca, desgarrada y salpicada de sangre, y pantalones de cuadritos, junto con un sombrerito de papel. El otro tipo parece un obrero de construcción, con los andrajosos restos de unos jeans recortados y un cinturón de cargar herramientas. Los tres me hacen pensar en figuras de Lego. "¡Aquí vienen el Chef Zombi y el Constructor Zombi de Lego, con sus manos capaces de agarrar y sus extremidades flexibles!"

—Roberta, ¿vienes?

El grito de Smitty me devuelve a la realidad. Me echo mi mochila al hombro, junto con otro par de bultos, tomo la tabla de nieve, y bajo a la cuneta para poder rodear el árbol caído. Smitty y Pete llevan a Alicia sobre la tabla sin mayores problemas, y a mí me queda la tarea de cargar con todas nuestras pertenencias. Tiro la tabla al suelo, meto un pie en el soporte de fijación, y me impulso. No soy una experta con la tabla, pero no hay tiempo de ponerse a buscar botas y esquís.

Es una persecución en cámara lenta, como en esos sueños en los que uno trata de correr pero no puede. La nieve no está muy profunda, pero me parece que hay una gruesa capa de hielo debajo. Avanzamos tan rápido como podemos, lo cual no es demasiado sino apenas lo suficiente para mantener la distancia con la pandilla de zombis. Lily va a la cabeza, llevando a Cam trepado a la espalda. Los gemidos detrás de nosotros se oyen cada vez más fuertes… es obvio que tampoco les gusta encontrar un obstáculo en su camino, pero no volteo a ver. Sigue tu camino y no podrán agarrarte.

Está oscureciendo y el frío se hace insoportable. En algún lugar de mi mente aparece una y otra vez la idea de que si no encontramos dónde refugiarnos, el frío bien puede vencernos antes de que los monstruos nos alcancen. Puedo ver la derivación que nos lleva a la autopista. Me impulso y rebaso a la chica y a su hermanito. Por favor, Dios mío, no dejes que me caiga, que Smitty no me dejaría olvidarlo nunca más. Llego a la derivación y trato de recordar por dónde veníamos en el autobús. ¿Pasamos por algún pueblo antes de llegar aquí? A la izquierda sólo se ve la carretera silenciosa y árboles, igual que a la derecha, sólo que para este lado hay una colina bastante pendiente. Me agobia mi incapacidad de observación. No logro recordar nada de lo que pasó antes de llegar a la cafetería. Afortunadamente, no tengo que hacerlo.

—¡A la derecha! —grita la chica—. Vivimos para ese lado.

—¿Hay una población? —le pregunto cuando me alcanza jadeante.

Niega con la cabeza.

—Es un pueblito minúsculo, en realidad. Pero estaremos a salvo en nuestra casa, y tenemos teléfono.

—¿Qué tan lejos está? —Smitty y Pete ya nos alcanzaron.

La chica se encoge de hombros.

—Un par de minutos en carro.

Smitty hace una mueca:

—¡Qué suerte que traje mi Ferrari!

Ella lo taladra con la mirada.

—¿Tal vez poco más de un kilómetro?

Veo a Pete que empieza a desfallecer.

—Eso no es nada —me esfuerzo por sonreír—. ¿Qué será? ¿Veinte minutos a pie? Podemos llegar antes de que oscurezca del todo.

—¿Cargando a Alicia? —Pete empieza a temblar—. ¿Por esa cuesta empinada? ¿Con ellos persiguiéndonos?

Miro hacia atrás. Todavía nos siguen: las figuras de Lego, la mujer del pecho a la vista, la pareja y Gareth. Todos menos la zanahoria. Algo me dice que probablemente se quedó atrapado en una cuneta.

—¡Hombre, mira lo lentos que son! —dice Smitty—. Sigamos, que no nos van alcanzar.

Así que empezamos a subir. Me concentro en el tope de la colina. El horizonte ondula ante mí, los árboles se apoyan uno en otro a lo largo de la carretera, y la carretera misma se mueve, como si yo estuviera en una cinta de correr infinita. Fijo la vista en ella, deseando que se acerque. Pero no se mueve.

Me detengo. Los demás también.

Smitty mira hacia la colina y frunce el ceño.

—¿Qué pasa? —pregunta Pete nervioso y mira hacia atrás.

Nuestros perseguidores no llegan todavía a la carretera principal. Smitty levanta una mano.

—Escuchen.

Hacemos el esfuerzo. Se oye algo. Algo diferente. Es como si la presión hubiera cambiado, como cuando uno monta en avión y se le destapan los oídos y empieza a oír de manera diferente. Es como un zumbido, tan bajo y constante que no notamos cuando empezó a sonar.

—¡Un carro! —dice Pete, entusiasta.

Un camión, a lo mejor. O un tractor. Algo más potente que un carro. Y viene hacia nosotros desde la colina. Mi mente se alborota y me imagino cargamentos de soldados que empiezan a aparecer. Nunca me han llamado la atención los uniformados, pero puede ser que cambie de idea en cuanto a eso.

—Quietos todos —dice Smitty, y no puedo dejar de captar una luz de esperanza en su voz.

—Aquí vienen —gime Alicia, con la cabeza caída sobre el hombro de Smitty.

—¡Hola, Malicia! —le dice Smitty, casi con cariño—. Ya era hora de que despertaras. ¡Arriba, muchacha! —le besa la cabeza, y una ridícula parte de mí se muere muy adentro en mi interior—. Apóyate en el viejo Pete un momento, ¿quieres? —y prácticamente la lanza en brazos de Pete para empezar a subir por la cuesta—. ¡Oigan! ¡Aquí estamos!

Luego se detiene. En ese preciso momento, entiendo por qué.

El borrón gris en el horizonte se aclara en el instante en que logro descifrar el ruido. No son camiones ni tractores ni soldados que nos vayan a salvar, sino cientos de figuras tambaleantes, que gruñen y gimen y jadean.

Un ejército de monstruos.

Lily deja escapar una exclamación ahogada.

—¿Susto, Lily? —murmura Cam desde su hombro.

—¿Qué hacemos? —susurra Pete. Su mirada barre desde el tope de la colina hasta abajo, donde Gareth y sus alegres muchachos han empezado a subir tras de nosotros, despacio pero sin pausa.

—Nada de pánico —se me sale esa frase que bien podría pasar a la historia como la más inútil de todas. Retrocedemos instintivamente hacia los árboles, arrastrando a Alicia con nosotros. Smitty sigue paralizado ante la vista de las hordas.

—Tenemos que retroceder —digo. Una vez que tomo la decisión, Pete se lanza colina abajo a toda velocidad y me deja sosteniendo a Alicia, semiconsciente aún. Lily lo sigue junto con Cam—. ¡Smitty! —grito, y él continúa mirando colina arriba, a las masas que se aproximan—. Necesito ayuda por aquí.

Me mira, totalmente alicaído. Mi corazón se rompe un poco, yo también me siento así.

La pandilla de Gareth avanza ahora en fila, hombro a hombro, atravesando la carretera. Lily titubea y se vuelve para gritarme:

—¡Podemos cortar por el bosque! ¡Y encontrar un camino hacia el pueblito cuesta arriba!

Niego con la cabeza.

—Vamos más rápido por la carretera. Además, te tengo malas noticias: el pueblo está infectado —agrego con crueldad—. No tiene el menor sentido que vayamos hacia allá.

—¿Pero y qué pasa con…? —señala con la mano a los seis que nos cortan el paso. Su cara se ve desesperada de angustia.

—¡Podemos evadirlos! —bajo con dificultad por la colina, arrastrando a Alicia en su tabla, y sí, es más pesada de lo que parece. Hay un pegote rojo de pelo enredado en la parte de atrás de su cabeza. Aparte de todo, es increíble que aún se tenga en pie. Y luego aparece Smitty y toma el otro brazo de Alicia, con la mirada enloquecida y la respiración entrecortada. Lo miro y paso saliva—. Toma mi tabla, lánzate cuesta abajo y haz lo que sabes hacer tan bien. Necesitamos que los distraigas mientras pasamos a Alicia y al niño.

No hace falta que se lo diga dos veces. De hecho, me parece que va demasiado rápido. Para cuando estamos listos, él ya va al pie de la pendiente. Pasa al lado de Gareth y lo hace perder el equilibrio sobre el duro suelo, antes de dar la vuelta y derribar a la mujer del pecho al aire.

—¡Apúrense! —les digo a los demás—. Bajen la colina tan pronto como puedan.

Alicia se sacude. Es como si estuviera borracha. De un par de
patadas libera sus pies, se sienta en la tabla como si fuera un trineo,
y antes de que pueda detenerla se recuesta y se impulsa. La tabla se
aleja cuesta abajo, pero ella es incapaz de controlarla bien y se lleva
por delante al Chef Zombi de Lego.

—¡Así se hace, Malicia! —grita Smitty al pasar frente a Gareth
de nuevo—. Esto no es sino un juego de boliche.

Pero eso no le quita lo aporreada. Resbala de la tabla y va a aterrizar en una pila de nieve blanda en la línea del bosque. Pete, Lily,
Cam y yo bajamos de prisa por el otro lado de la carretera, y el Constructor Zombi de Lego va hacia ella.

Pero Smitty ya se ocupó del asunto. Pone su tabla en acción y
llega donde está Alicia antes que de lo haga el Constructor Zombi.
La levanta frente a él, la monta en su tabla y los dos se deslizan en
ella como si fuera un ballet extraño.

Ya los pasamos. Miro hacia atrás, cuesta arriba. Las legiones de
muertos vivientes siguen avanzando, pero no tienen tablas de nieve ni cerebro, ni siquiera piernas que se muevan como las nuestras.
Al salir de entre las sombras, veo niños y abuelas, y probablemente
también estén ahí el cartero y el fontanero que fue a reparar las tu-
berías congeladas. ¿Cómo se convirtieron? ¿Tomarían del jugo ma-
léfico o los morderían? ¿Y por qué hay tantos? ¿Habrá sucedido en
todas partes? ¿Dónde vamos a estar sanos y salvos?

Corro torpemente detrás de los otros. Alicia ya puede caminar,
pero cada tanto estira un brazo para apoyarse en Pete y recuperar el
equilibrio. Ahora sé que está bajo el efecto de una conmoción, pues
de otra forma jamás lo hubiera tocado. Smitty se adelantó quién
sabe adónde. La carretera ante nosotros no da ninguna pista.

Ya está del todo oscuro. Si no fuera por la nieve y un cuernito
de luna, estaríamos en verdaderos problemas. Saliendo de Guate-
mala para entrar a Guatepeor, a lo mejor… pero bueno, cualquier
cosa es preferible a esto. Y si seguimos la carretera siempre existe la
posibilidad de que encontremos más personas vivas, no monstruos,
preferiblemente con vehículos y armas potentes.

Pronto saldremos del campo visual de los zombis. Por un instante me pregunto si podrán rastrearnos o si sólo pueden perseguir lo que ven u oyen.

Alcanzo a los demás. Están discutiendo hacia dónde iremos.

—¿Queda cerca? —Smitty está más adelante, cosa típica en él, con la tabla bajo el brazo.

—Ya les dije que no sé —dice Lily exasperada.

—Dijiste algo, que no entendí bien por tu acento —grita Smitty—. Y no tengo idea de a qué te referías.

—Yo tampoco —intervengo—. ¿Qué estamos buscando?

Lily se vuelve hacia mí, respirando pesadamente para mantener el ritmo del camino con Cam cargado a la espalda.

—Hay otro pueblo, no sé qué tan pequeño, creo que a unos cuantos kilómetros de aquí. No sé qué tan lejos porque nos mudamos aquí hace apenas unas semanas.

—¡Genial! —dice Smitty, bravuconeando—. ¡Los únicos sobrevivientes que encontramos tampoco tienen idea de dónde diablos están!

—¡Vengan! —nos grita Pete desde la orilla de la carretera—. Por aquí.

Nos apresuramos para llegar adonde él está limpiándole la nieve a un aviso de color café que señala a la izquierda. Además de la flecha, hay una imagen de lo que parece una pieza de ajedrez, y las palabras "1.5 km".

—¡Un castillo! —dice triunfante.

—¿Y eso qué? —pregunta Smitty.

—Una fortificación —los ojos de Pete brillan.

Smitty lo mira con el ceño fruncido. —¿De qué nos sirve?

—Gruesas paredes de piedra. Grandes puertas de madera con cerraduras sólidas. Ventanas pequeñas. Y armas, Smitty, armas.

—¿Dónde está? ¡Esperen! —les digo—. ¿Qué tal si mejor nos quedamos en la carretera, en caso de que alguien nos esté buscando? ¿Y qué hay de ese pueblito que podría estar a tres o cuatro kilómetros?

—Podría estar —dice Pete—. Bobby, hace frío, está oscuro, hemos tenido un día de aquellos…

—¡Deben tener un teléfono! —dice Lily, poniéndose de su parte—. Y algo de comer.

Se oye un golpe unos metros detrás de nosotros.

Alicia cae cuan larga es en la nieve. No puede caminar mucho más.

—Entonces, será el castillo —digo.

Smitty y Pete la levantan. El ramal que sale hacia el castillo tiene apenas el ancho para que pase un solo carro entre la nieve inamaculada.

Me detengo.

—¿Y qué pasa si encuentran nuestras huellas?

—Más bien olerán el rastro de sangre que estás dejando —contesta Smitty.

Me llevo la mano a la nariz. Ha empezado a gotear otra vez.

—Ni que fueran tiburones, Smitty —respondo cortante—. Hasta donde sabemos, son más bien tus apestosos pies los que los atraen.

Recorremos el camino en silencio, Smitty y Pete deslizan a Alicia en la tabla de Smitty, yo me siento cual bestia de carga con todos nuestros bultos. Los árboles tapan el cielo en algunos lugares. Siento que nos estamos internando en propiedad privada, y que en cualquier momento va a saltar algo de la oscuridad.

Pero no es así.

Todos echamos ojeadas hacia atrás de vez en cuando, con la esperanza de que nadie nos siga. Tras las primeras dos veces, la cosa parece de juego: veamos quién puede pasar el rato más largo sin mirar atrás. Pero el destino nos sonríe y parece que logramos escapar. La adrenalina de la huida ha desaparecido. Tengo frío y me siento exhausta.

Al final, la estrecha carretera da un giro repentino y nos deja ver una masa negra recortada contra un fondo titilante. Un castillo y un lago helado.

Y hay una luz encendida.

Capítulo 15

—**S**e ve luz —canturrea Smitty—, en casa de Frankenstein…

Estamos a las puertas del castillo. Casi todos estamos en pie. Alicia se derrumbó de rodillas, y nadie tiene las fuerzas para levantarla otra vez. Smitty es el único que aún conserva energía: frenético, con su toque musical. Ha venido cantando desde que vislumbramos el castillo. Al principio resultó chistoso y aterrador, pero ahora es sencillamente molesto. El viento empieza a arreciar y, al no tener guantes, siento que los dedos se me van a desprender de las manos. Las asas y tiras de todas las bolsas me cortan los hombros como si fueran un hilo delgadísimo. Me meto las manos bajo las axilas y miro hacia delante a ver qué fue lo que nos detuvo.

Las rejas de entrada son altas y una cadena pesada se enrosca en ellas como una culebra, junto con un gran candado viejo. Quienquiera que esté en el castillo no quiere visitas. La luz que nos atrajo hasta allí proviene de una ventana de la planta baja, situada al lado de una puerta grande y oscura que a duras penas distingo. Sólo hay una luz encendida, una sola.

Miro alrededor en busca de algún tipo de interfón en la entrada, pero esto es Escocia y no Beverly Hills. Sacudo las heladas rejas de metal, a riesgo de que se me quede pegada la piel, pero escasamente vibran. Son de herrería muy elaborada y no tienen lugares dónde apoyar pies y manos, y están unidas a un muro de ladrillo de igual altura, que Smitty ya trató de brincar al mejor estilo de Tigger, el amigo de Winnie-the-Pooh.

—¿Creen que podamos entrar por la parte de atrás? —pregunto.

—Eso acabaría con todo el punto de tener muros altos, ¿no te parece? —replica Pete.

—¿Y por qué no gritamos? —propone Lily—. Quien sea que esté dentro vendrá y nos dejará entrar.

—¡Nada de gritos! —dice Pete, al borde del alarido y mirando nervioso hacia atrás—. Hasta donde sabemos, la masa no debe estar lejos.

—¿Y por qué… no entramos por la puerta? —dice Alicia arrastrando la lengua. Logró ponerse de pie, y está apoyada contra una de las hojas. Manipula el candado y lentamente desenrosca la gruesa cadena, que se desliza al suelo con un golpe sordo.

—¿Cómo diablos…? —tartamudea Pete.

—¿Alicia? —pregunta Smitty—. ¿Forzaste el candado con un gancho del pelo?

Alicia pone cara sarcástica.

—El candado no estaba cerrado, pedazo de idiota —lo sostiene en la mano.

La miramos en silencio. A este punto han llegado las cosas. Se necesita que venga una chica con conmoción cerebral a mostrarnos lo que tenemos justo ante nuestras narices.

—No sé —farfulla ella—. A veces a ustedes, los fracasados, les gusta complicarse la vida más de la cuenta.

Smitty deja escapar una carcajada y le da una palmadita en la espalda a Alicia para luego abrir las rejas.

A todos se nos levanta el ánimo con este éxito, y tras poner la cadena de nuevo en las rejas, nos apresuramos a recorrer ya reconfortados el espacio nevado que nos separa del castillo.

La negra masa del edificio se agazapa ante nosotros, con un tejado con torrecillas y otra torre más grande, como para Rapunzel, que se eleva en el cielo nocturno. Subimos unos cuantos escalones bajos. La luz de la ventana arroja un brillo anaranjado a nuestros pies. La ventana está muy alta para alcanzar a ver algo en el interior. No tiene cortina, pero el vidrio está entrecruzado con líneas de plomo. No son exactamente barrotes de prisión, pero resultan mucho mejores que lo que podíamos esperar. Si logramos entrar, no habrá manera de que ningún muerto viviente nos siga, a menos que tenga un lanzacohetes, y todavía no he visto que saquen ese truco a relucir.

Smitty prueba la gran perilla redonda. Obviamente es sólo decorativa.

—¿Tal vez debíamos tocar el timbre primero? —señalo un discreto botón metálico junto a la puerta—. No queremos asustar a quien quiera que esté dentro.

Alicia ya está oprimiendo el botón con todo el peso de su cuerpo. Aguardamos, hacemos el esfuerzo de detectar pasos que se acercan. Smitty apoya la oreja en la puerta.

—Éste es el momento en el que el desquiciado verdugo del hacha que vive aquí me hace un tajo violento en la cara desde el otro lado de la puerta —me sonríe irónico.

—No digas eso —le pido. En serio, también eso podría suceder hoy.

Smitty intenta golpear la puerta. Alicia se derrumba en el suelo de nuevo, el pequeño Cam empieza a sollozar en brazos de su hermana, y Pete lanza más miradas aterradas hacia el camino. Pero nadie atiende la puerta.

—Entonces, vamos por atrás —Smitty ya se va alejando.

—¡No! —grita Lily. Deja a Cam en el suelo y saca una bolsa de plástico de su bolsillo, la pone sobre la nieve y se sienta—. Hemos venido lo suficientemente lejos. Tú ve por atrás. Cuando encuentres la manera de entrar, vienes hasta la puerta y nos abres, ¿está bien?

A Smitty le parece bien. Alicia y Pete están más que de acuerdo. Yo no me decido entre los dos bandos: parte de mí quiere quedarse aquí, y la otra parte no quiere que Smitty vaya solo. Pero la pausa que me tomo para pensar basta para que él se aleje en la oscuridad sin mí. Espero cinco minutos, pienso para mis adentros, y después iré tras él.

El viento cesó. Al sentarme en el escalón entre Alicia y Lily, algo me hace cosquillas en la nariz. Miro a lo alto: está empezando a nevar de nuevo. Unos cuantos copos.

—No —se queja Alicia—. Como si necesitáramos más de esto.

Cam empieza a gimotear y a retorcerse sobre el regazo de Lily.

—A ver, chiquito —le dice ella con suavidad—. En cualquier momento vamos a poder entrar y nos calentaremos frente a una tibia chimenea —él la abraza y ella le respira entre el rubio pelo—. Podemos hacer tostadas —continúa—. Eso te gustaría, ¿cierto? ¿Preparar

tostadas en el fuego como hicimos en Navidad? —el niño asiente—.
¿Y quién sabe? A lo mejor hasta tienen mavaviscos y todo.

No estoy muy convencida de que sea buena idea pintarle todas
esas maravillas, pero por el momento parece que la cosa funciona. A
Cam lo emociona la idea de los mavaviscos. Se baja del regazo de su
hermana y se queda al pie de los escalones, sonriendo.

—A ver, enséñame cómo es que vas a asar los mavaviscos como
todo un niño grande —dice Lily.

Estira la manita como si tuviera una brocheta en ella, y flexiona
las rodillas inclinándose hacia nosotros, como si fuéramos las llamas. Es demasiado lindo para describirlo con palabras. Todos reí-
mos, incluso Pete.

—¡Ten cuidado! —dice Lily, y mueve los dedos como si fueran
llamas—. El fuego llega más alto —sus manos se mueven hacia
él—. ¡Que no te vayan a quemar!

Cam retira la brocheta imaginaria antes de que sus dedos queden demasiado cerca del fuego, con un chillido de dicha. Elevo mis
manos también; el fuego llega más alto. Hace el mismo truco conmigo, y yo retraso el momento de que las llamas se aviven, para que
el juego tenga más gracia. Retrocede un par de pasos en la nieve, que
a él le llega hasta la cintura. Después es el turno de Alicia, y cuando
ella se acerca, Cam retrocede aún más, regresando por nuestras huellas entre la nieve que cae, con sus piernitas a toda velocidad.

—¡Ten cuidado ahora! —le advierte Lily, pero no se detecta
preocupación en su voz, sino que es suave. Cam no puede llegar muy
lejos ni lastimarse si se cae.

Como para demostrarlo, se deja caer mientras trata de volver a
los escalones. Queda de espaldas, nadando en un mar de blancura,
y se ríe sin parar. Nosotros también, y me pregunto cómo puede ser
que en un momento determinado Cam tenga que huir para salvarse
y al siguiente esté jugando como si nada más importara en la vida.

—Es una preciosidad de niño —le digo a Lily—. ¿Tienes más
hermanos?

—Sólo a él —me sonríe—. Es tremendo, a veces. Obviamente no
tienes hermanos menores, porque si no, lo sabrías.

—No, sólo soy yo.

Su expresión se endurece.

—Sí, como nosotros ahora. Mamá estaba en la cafetería.

—Lo sé —digo—. Lo lamento mucho.

—Desde que nos mudamos aquí, a ella le gustaba traerlo allí todos los sábados, porque le gustaban las malteadas —dice en voz baja—. Por eso estábamos allá —niega con la cabeza—. Mamá decía que era como una nueva tradición familiar.

—¿Y dónde se escondieron todo este tiempo? —pregunto sin presionar—. Cam y tú estaban en el carro, ¿cierto? Y tu mamá volvió a la cafetería. ¿Qué sucedió?

Lily deja salir el aire con ruido, mira la oscuridad y veo que sus ojos se llenan de lágrimas.

—Habíamos estado discutiendo. Lo último que le dije es que era una estupidez llevarnos allá.

—¿Y qué pasó?

—Ella había dejado su bufanda en la cafetería. Papá se la había regalado en la última navidad. Le dije que bien podía dejarla, igual que Papá nos había dejado a nosotros, pero ella decidió volver.

—Lo siento —digo otra vez—. ¿Y después?

Lily hace una pausa para asegurarse de que su hermano no alcance a oír. Pero él sigue jugando en la nieve, construyendo una especie de nido a su alrededor.

—Cam estaba llorando. Subí el volumen de la radio todo lo que pude, cerré los ojos y esperé. Cuando vi que no volvía, pensé que quería darnos una lección. Que quería que fuéramos a buscarla o algo así. La calefacción estaba encendida y yo debí quedarme dormida. Lo siguiente que supe era que la gasolinera explotaba y que el autobús de ustedes desparecía colina arriba.

—¿Se quedaron en el carro toda la noche? —pregunta Alicia incrédula.

—No —dice Lily—. Nos metimos a la cafetería, buscando a Mamá. Después nos topamos con uno de esos… de esas cosas, y nos escondimos en un armario toda la noche. La cosa esa estuvo rascando la puerta la noche entera, y luego se dio por vencido y se fue. En la mañana, volvimos al carro y traté de encenderlo, pero no pude. Vi que ustedes volvían en el autobús y pensé que si lográbamos ocultarnos dentro, ustedes nos sacarían de allí.

—Y dejaste la puerta del autobús abierta —digo—. Smitty y yo pensamos que habían sido los zombis.

—Estuvimos en el compartimento de equipajes todo el rato —Lily casi sonríe—. No queríamos salir, en caso de que ustedes no nos dejaran quedarnos.

—¡Qué valiente! —trato de parecer tranquilizadora—. Te hiciste cargo de Cam.

Lily niega con la cabeza.

—Nunca debimos estar en ese lugar. Malteadas de porquería en una cafetería de porquería.

—Tu pueblo estaba completamente infectado, según parece —interviene Pete—. Si te hace sentir mejor, probablemente todos se hubieran contagiado de haberse quedado en casa.

—¡Pete! —exclamo.

—¡Cállate! —Lily se pone en pie, enfurecida—. ¡Cam! —lo llama—. ¡Ven aquí ya! —se vuelve hacia Pete—. Ten cuidado con lo que dices o te doy un buen par de bofetadas —le dice con odio—. Jamás vuelvas a decir cosas como esas frente a mí o a mi hermano, ¿me entiendes? —mira en dirección a Cam—. Ven acá, ¿me oíste? ¡Ya!

—Un perrito —dice Cam, entre la nieve.

—Perdón —Pete también está de pie—. Tan sólo estaba tratando de ser realista. Pensé que podía ayudar.

—Pues no —contesta Lily—. ¡Cam! ¡Ven acá!

—Perrito —dice Cam otra vez—. Ven acá, perrito.

Cam está sentado en su nido de nieve. Y a un par de metros se encuentra un perro negro y enorme que le muestra los dientes.

Capítulo 16

ily emite algo que suena mitad a grito y mitad a jadeo, y yo instintivamente estiro un brazo para impedir que salga corriendo hacia Cam. El niño le tiende su mano gordezuela y mueve los deditos, como ofreciéndose a hacerle cosquillas al perro en la quijada.

—¡Cam! —grita Lily—. ¡Quédate quieto!

Del hocico le escurre baba.

—¡Mierda! —dice Pete—. ¿Estará infectado?

—Y si no lo está, se ve enfurecido —miro nuestras cosas. Hay dos tablas al pie de los escalones, pero si hago el intento de alcanzar una, puede ser que el perro ataque.

—¡Haz algo! —Alicia está encogida detrás de mí.

Parece que Cam empieza a sentir el frío y la humedad en su nido de nieve, y tal vez también percibe que el perro no tiene muchas intenciones de ser amigable. Comienza a lloriquear y se da vuelta, mirándonos y le tiende los bracitos a Lily, pidiendo que lo venga a cargar. Al perro no le gusta esto y empieza a ladrar. Cam se pone a gatas, y el perro salta hacia él, para detenerse justo antes del nido del niño.

—¡Oye, muchacho!

Antes de darme cuenta de lo que estoy haciendo, bajo las escaleras de un salto hacia la nieve y voy alejándome a zancadas del castillo, tan de prisa como puedo. Aplaudo para atraer al perro:

—¡Ven aquí!

El animal retrocede y se mueve maquinalmente en un círculo cerrado, como si se persiguiera la cola. Se comporta de manera extraña. Y la suerte es que logré captar toda su atención. Pliega las orejas contra la cabeza y corre en círculos más amplios alrededor de mí. Por el rabillo del ojo veo que Lily alza a Cam, y Pete y Alicia toman las tablas. Todos van hacia la puerta y empiezan a golpearla, llamando a Smitty. El perro sigue corriendo alrededor de mí, cual perro pastor que procura vigilar su rebaño. Ya dejó de gruñir, pero sigue comportándose raro, como loco. Y no veo que nadie me vaya a ayudar a distraerlo para huir. Ahora estamos frente a frente yo y el sabueso de los Baskerville.

Se oye un crujido desde el castillo. Veo que la puerta se abre y Pete, Alicia, Lily y Cam prácticamente caen en el interior. Smitty aparece en el umbral, y se nota la confusión en su cara.

—¿Qué haces? —me mira, y luego divisa al perro—. Ah, ¡hola otra vez, muchacho! Así que aquí te metiste —se agacha y aplaude unas cuantas veces. El perro deja de correr, levanta las orejas y bate la cola. Sin siquiera mirarme, entra al castillo y a duras penas se detiene para recibir una palmadita en la cabeza de parte de Smitty.

—¿Algún problema? —me sonríe Smitty.

—No, para nada —camino de prisa hacia él—. Sólo que ese perro quiere hincarle el diente a Cam —paso a su lado veloz y entro al castillo. Alicia, Lily y Cam están escondidos tras la puerta. Pete está de pie en medio de un recibidor oscuro y enorme.

—El perro se metió allá —Pete señala el cuarto del cual sale la luz, y nos muestra una sonrisa chueca y orgullosa—. Lo encerré.

—Gracias a Dios —dice Lily con un estremecimiento—. Iba a atacar a alguien.

—Nooo... ¿Ese perrito tan manso? —pregunta Smitty—. A lo mejor no le gustan los niños pequeños. Les pasa a muchos perros, ¿y, sinceramente, quién los puede condenar por eso? Sea como sea, ahí es donde tiene su cama. Probablemente quiere echarse una siesta —tantea la pared—. Debe haber un interruptor de luz en alguna parte.

—Te tomaste tu tiempo, ¿no? —murmuro—. ¿No resististe la tentación de revisar todo el castillo antes de molestarte en ver si nos estábamos helando o algo peor?

Smitty me mira con gesto de regañado, pero en sus ojos veo una chispa, a pesar del ambiente lúgubre.

—Solo revisé el piso de abajo, por precavido.

Si alguien iba a aparecer, ya lo hubiera hecho para este momento, me imagino. Hemos hecho suficiente ruido.

—¿Cómo lograste entrar? —le pregunta Pete a Smitty.

—Con astucia e ingenio —contesta él—. Y por la puerta de atrás. No estaba cerrada. La gente que vive en el campo hace las cosas más disparatadas.

—Lo encontré —Alicia enciende las luces y todos quedamos boquiabiertos.

Estamos parados sobre un piso de madera oscura y pulida, y la luz proviene de tres candelabros de cristal que cuelgan del alto techo. Frente a nosotros hay una escalera como de palacio y de las paredes cuelgan tapices de aves, perros y caballos. Hay repisas, armarios y aparadores. Estatuas grandes y chicas. Una de esas bicicletas anticuadas, con una rueda muy grande y otra pequeña. Y un enorme globo terráqueo, con los países en diferentes tonos de amarillo y verde, y el mar de un morado profundo y tormentoso. Cam corre hacia donde está y lo empuja, divertido. Los colores se mezclan en uno al girar.

—¡Con cuidado! —dice Lily en voz baja.

Es como el set de una película. Uno podría organizar unas fiestas increíbles aquí.

—¡Dios mío! —exclama Alicia señalando—. Un ataúd.

Nos acercamos a verlo. Es alto y negro, y está apoyado verticalmente contra una pared cerca de la escalera. Hay un cuadrado de vidrio en la tapa.

—Una ventana —dice Alicia—. Eso sí me parece grotesco —se voltea a mirarnos, con cara de incredulidad—. ¿Será que aquí viven vampiros? —susurra.

Smitty suelta una risita.

—Apuesto a que te encantaría, ¿o no? ¿Qué tal un muchacho de grandes ojos, piel blanquísima, que se acercara para chuparte el cuello? —se asoma a la ventanita—. No, pero Edward no está en casa en este momento. Lo siento, Alicia.

Ella le hace una mueca incómoda, y él le responde con una sonrisa.

—En todo caso, no es un ataúd sino lo que en inglés se llama una *iron maiden*, en español, una dama de hierro —agrega.

—Sí, claro —contesta Alicia.

—En realidad, tiene razón —dice Pete—. Es genial ver una de verdad.

—¿No estabas prestando atención en clase de historia, Malicia? —pregunta Smitty—. Es una caja llena de púas. Ahí te metían y cerraban la tapa si te habías portado mal.

—Claro que me acuerdo —responde ella—. Pero, ¿quién guarda una de esas cosas? ¿Y por qué tiene el mismo nombre que esa vieja banda de rock pesado?

Smitty se crispa al oírla. Interrumpo antes de que la destroce en pedacitos. Al fin y al cabo, la pobre ya tuvo su golpe en la cabeza.

—Más bien muéstranos el lugar —le digo—. Necesitamos saber que estamos a salvo antes de retirarnos a descansar el resto de la noche.

Smitty está en su salsa. Toma una espada de esgrima, la prueba con su estatura, y se la pasa a Pete.

—Ésta es más bien de su estilo —encuentra algo que parece un hacha decorativa—. Mmmmm, ésta me servirá.

—Sí, seguro —gruñe Alicia—, si lo que quieres es parecerte a algún enano del Señor de los Anillos.

Creo que Smitty queda muy impresionado porque Alicia haya siquiera oído hablar del Señor de los Anillos. Sea como sea, su dicha con el hacha sigue intacta.

—¡Síganme! —grita, y abre la puerta a mano izquierda del recibidor. Vamos tras él.

—La disposición es simétrica —le susurra aparte a Alicia—, lo cual quiere decir que lo que hay a ambos lados de la escalera es igual —ella pone los ojos en blanco—. A excepción de la torre, que está detrás de la cocina. No revisé allá, porque está cerrada y no había llave —enciende una luz y finge un acento escocés muy afectado—. Éste es el estudio.

Es de estilo exageradamente escocés: papel de pared aterciopelado, de cuadros azules y verdes, una alfombra muy mullida y todo un surtido de muebles antiguos que parecen incomodísimos. Al lado está el comedor, con una larga mesa muy pulida y gabinetes llenos de chucherías y jarrones de plata. Luego, Smitty nos lleva a la cocina, donde hay uno de esos grandes hornos campesinos que parecen sacados del Arca de Noé.

—¡Está tibio aún! —dice Alicia, y mueve las manos sobre él.

—Esos hornos siempre se sienten calientes —dice Lily. Tiene a Cam en sus brazos otra vez. Después de su despliegue de actividad, quedó fuera de combate y ronca levemente—. Eso no quiere decir nada.

—¿Y esto qué es? —Alicia levanta un postigo en la pared cercana al horno y mete la cabeza dentro—. ¡Aaagh! —lo cierra de nuevo y se limpia polvo imaginario de las manos—. Es un pasaje secreto.

Smitty llega al lugar como un rayo, abre el postigo, se asoma dentro, mira bien.

—No —dice—. Es una de esas cosas anticuadas, una especie de ascensor para mandar la comida al piso de arriba.

—Un montaplatos —anoto.

—Si tú lo dices, Roberta —contesta Smitty—. No soy tan fino como para saberlo.

Pete nos llama desde el otro lado de la habitación.

—Aquí hay una despensa. Y dos refrigeradores atestados de comida —levanta una botella de leche medio llena—. Todavía está fresca.

—¡Comida! ¡Dénme comida! —el día anterior, Alicia se hubiera muerto antes que correr tras la comida, pero eso fue hace un día. Y una vez que ella se abalanza, todos los demás hacemos lo propio.

La despensa es un cuarto increíblemente grande y fresco, con anaqueles y anaqueles de cosas de comer. Algunas tienen buena pinta y el resto son un montón de cosas raras en conserva y enlatadas que probablemente la gente comía en tiempos de la segunda Guerra Mundial. Manitas de cerdo encurtidas, manteca de ganso, y cosas en gelatina. Pero también hay galletas y papas fritas y pan razonablemente fresco y, en el refrigerador, queso y rebanadas de carnes frías ¡y mousse de chocolate con crema encima! Nos apiñamos encantados, devorando lo que encontramos, sin siquiera molestarnos en buscar platos, cubiertos o dónde sentarnos.

Hay refrescos en uno de los refrigeradores y tomo uno.

—Pásame el jugo —dice Alicia, señalando un cartón. Lo levanto y se lo entrego. Está a punto de recibirlo cuando ambas notamos el nombre.

"Jugo de verduras Carrot Man: ¡pon fuego en tu interior!"

Alicia grita, yo grito, y dejo caer el cartón como si estuviera caliente.

—¿Qué pasa? —pregunta Smitty—. ¡Huy! —ya vio qué es lo que pasa.

Retrocedemos para alejarnos del cartón como si fuera una bomba de tiempo… o una serpiente venenosa… o un cartón de jugo zombificador.

—¿Está abierto?

—¿Gotea?

—¿Qué está haciendo eso aquí?

—¡Deshágase de eso!

—¿Qué sucede? —Lily nos mira como si estuviéramos locos. Claro, ella no sabe.

—Si pruebas ese jugo, te conviertes en uno de ellos —resumo.

Contemplamos el cartón. Está ahí tirado, con su zanahoria sonriente que nos saluda desde el empaque.

—Jugo malo —Cam menea su dedito señalándolo.

—Así es, Cam —dice Lily, apretándolo contra sí—. No tocamos el jugo del malo.

—¡Alguien va a tener que hacerlo! —grita Alicia.

Es Pete el que encuentra los guantes de hule. Se ve que no le incomodan. Desaparecemos en la cocina, mientras él empapa una toalla y se envuelve la cara con ella, busca tres bolsas de plástico y las usa para meter dentro el cartón, antes de hacer un nudo doble. Lleva el paquete letal lo más lejos posible de su cuerpo a través de la cocina, se sube a una silla, y abre la ventana emplomada. Un soplo de aire helado entra. Pete lanza el cartón por el aire hacia la nieve. Después se desata la toalla que le cubre la cara y se quita los guantes, y tira todo eso afuera también.

—Esa maniobra no fue muy sana para el medio ambiente, ¿no? —dice Smitty.

—¿Qué pasa si un animal se encuentra ese jugo? —pregunto—. No sabemos cómo lo puede afectar.

—Oooh, conejitos asesinos, puercoespines zombis —apunta Smitty—. Me encantaría ver eso.

—¡Toneítos sesinos! —dice Cam en su media lengua, y bate palmas.

—Entonces, ¿quieres que vaya a recuperarlo? —dice Pete, sin rodeos—. Porque puedo hacerlo si es lo que prefieres. A propósito, estaba cerrado. Y no creo que el sello de seguridad lo hubieran roto. Quienquiera que metió eso en el refri, no lo había probado aún.

—Esperemos entonces que éste no fuera el segundo de dos cartones —Lily alza a Cam y se encamina a la puerta—. Tenemos que buscar dónde pasar la noche. Ha sido un largo día.

Exploramos el resto del castillo. Bueno, tal vez explorar no es la palabra adecuada, porque hace que suene como algo divertido. O como una actividad minuciosa y concienzuda, cosa que tampoco es. Hacemos caso omiso de la torre, junto a la cocina. Hay una gran cerradura con su ojo, pero sin una llave para abrirse. No vamos a entrar y, si hay algo allí dentro, no puede salir.

Lo mismo sucede con el sótano, sólo que esa puerta sí tiene su llave puesta. Smitty la abre y mira hacia abajo por las escaleras descendentes. No hay más que silencio. Vuelve a cerrar la puerta con llave, y movemos un gran baúl de madera para dejarla trancada y así sentirnos mejor.

En la planta baja, además de las habitaciones que ya revisamos, hay un cuarto al lado de la cocina para botas y abrigos, una biblioteca, un baño y otro cuarto con una mesa de *snooker*, que se parece a la de billar pero es más grande. Y además está la habitación donde encerramos al perro, que también es la que se ve más cómoda. Tiene tres sofás mullidos y una enorme chimenea de piedra dentro de la cual cabríamos todos de pie. Es obvio que debemos quedarnos en ese cuarto, todos juntos. Smitty se lleva al perro a la cocina, atrayéndolo con unos trozos de jamón, y le deja su cama al lado del horno, donde no tendrá frío. Mientras sea Smitty el que vaya a buscar la comida en caso de que nos dé hambre, no habrá problema.

Lily se queda en esa sala con Cam y Alicia, que ya se apropió del más mullido de los sofás. Smitty, Pete y yo hacemos un reconocimiento de la planta alta.

Arriba está oscuro y da miedo, pero no hay nada más que dormitorios. Cuento doce. Y dos baños. Así que podemos invitar amigos a dormir, pero seguirá habiendo discusión sobre quién se baña primero. Revisamos debajo de las camas y en los armarios. Los rincones oscuros y tras las cortinas. Los procedimientos básicos de la cacería de monstruos que todo niño conoce. En algunos de los cuartos las camas están sin hacer, hay ropa en las sillas, y efectos personales en los tocadores. Es tentador jugar a los detectives y tratar de imaginarnos quién vive o vivió aquí, pero no tan tentador como para mantenernos más tiempo alejados de nuestras camas. Ya tendremos más de un momento mañana.

Después del reconocimiento, reunimos ropa de cama y la tiramos por encima de la baranda de la escalera para recogerla abajo, tratando de no estremecernos de alivio por estar nuevamente ahí.

En la sala, Cam y Alicia ya duermen, y Lily está removiendo las brasas. Nos ayuda con la ropa de cama y cubre a su hermano con una cobija. Después hace lo mismo con Alicia. Es una buena chica. Un par de años mayor que nosotros, pero en cierta forma no hay ninguna diferencia. Supongo que lo que hace crecer y envejecer a una persona son las cosas por las que pasa. Y el cielo sabe que las últimas treinta y horas han sido suficientes para convertirnos a todos en despojos.

Trancamos una de las puertas con una cajonera, otra con un aparador, y revisamos que las ventanas tengan los cerrojos puestos. Rezo porque no me den ganas de ir al baño en medio de la noche. Afuera todo está silencioso. La nieve cae más deprisa ahora, sin parar. Tras cumplir con los deberes, nos ponemos cómodos mientras Lily acaba de encender el fuego.

—Las brasas estaban todavía tibias cuando las removí —comenta.

—¿Alguien estuvo aquí recientemente? —pregunto.

—Sin duda alguna —dice ella—. En casa, las cenizas de la chimenea siguen tibias al día siguiente cuando nos despertamos —lo piensa un poco—. Como diez o doce horas después.

—Eso quiere decir que alguien encendió la chimenea y se fue de aquí esta mañana —dice Smitty.

—Vieron el humo —digo—. El humo negro de la gasolinera. Probablemente fueron a ver qué había pasado.

—¿Cómo? ¿A pie? —pregunta Pete—. No los vimos en el camino. Obviamente no lograron llegar.

—¿Dónde estabas tú, Lily? —Smitty se recuesta en un sillón de cuero desvencijado—. Cuando todo sucedió, digo. Tú y Cam aparecían en la cafetería en los videos del circuito cerrado de televisión. Nosotros estábamos afuera, en el autobús, pero no los vimos correr al exterior. Y lo siguiente que supimos es que estaban escondidos entre el equipaje.

—Ya les conté —me señala con un gesto de cabeza—. Estábamos en el carro primero, después escondidos en la cafetería y luego volvimos al carro. —Lily se envuelve en una cobija y se estremece—. No quiero hablar de eso ahora.

—¿Por qué no? —Smitty se ve tranquilo, pero me doy cuenta de que no va a darse por vencido tan fácilmente con este asunto.

—Porque no —se inclina hacia él, con sus grandes ojos azules, un mechón de pelo rubio que cae artísticamente frente a su cara. Por primera vez me doy cuenta de lo atractiva que es. No como figurita de porcelana, como Alicia, sino con una belleza más adulta, atrayente, de labios llenos y ojos soñadores. Sensual. Creo que Smitty también se da cuenta. Se encoge de hombros.

—Creo que tienes la responsabilidad de contarnos con todos los detalles —empieza Pete, y me da gusto que lo haga porque yo también quiero saberlos. Pero Smitty lo corta.

—Mañana podemos intercambiar historias —propone—. ¿Quién sabe cuánto tiempo vamos a estar aquí metidos? Es muy posible que nos haga falta entretenimiento.

Alicia hace ruiditos y resoplidos en el sofá al lado del mío. Alguien debió revisarle el golpe de la cabeza antes. Me río para mis adentros: Alicia necesitaba que le revisaran la cabeza mucho antes, a decir verdad. La calidez de la chimenea es tan agradable, y tengo todo un edredón de plumas para mí. Desde cualquier ángulo que se mire, estamos mucho mejor aquí en el castillo que en el autobús. Por primera vez desde hace una eternidad, o eso parece, me permito relajar los hombros, destrabar la mandíbula, y estirar las manos para que no siempre estén empuñadas, que es lo que me ha sucedido en los últimos dos días. Una oleada de cansancio desciende sobre mí, como una acogedora cobija de oscuridad.

—¿No deberíamos hacer turnos de guardia? —la voz de Pete se oye lejana.

Que se ocupen de eso ellos, por una sola vez. Sucumbo al cansancio.

Capítulo 17

Se oyen los ladridos de un perro y tengo frío. Abro los ojos. La luz del día entra a raudales por las ventanas. La razón de sentir frío es evidente. Cam reunió toda la ropa de cama que encontró y está haciéndose una cama gigante en medio de la sala. Mi edredón forma parte de esa especie de capullo. Se mueve adentro, y de pronto un manojo de pelo rubio y un ojo se asoman por la parte superior.

—Hola —dice.

—Buenos días, Cam.

Me siento en el sofá. No hay nadie más. La cajonera ya no está trancando la puerta que lleva a la cocina. Me pongo en pie de un salto y me asomo a la ventana. Aún nieva. Los copos son tan finos que más parecen neblina. En alguna parte, el perro sigue ladrando.

—¿Dónde están todos, Cam? —le pregunto, pero él está muy ocupado en su capullo y no responde. Pongo la mano en el pomo de la puerta y lo giro—. Vuelvo en un momento, ¿está bien?

Pero la puerta no se cede. La perilla gira pero no abre. Alguien me dejó encerrada dentro.

—¡Oigan! —grito—. ¿Me pueden dejar salir?

Silencio. Hasta el perro se calla.

—¡Hey! —lo intento de nuevo, y golpeo la puerta con mi puño—. Estamos aquí encerrados.

Nada más que silencio. Atravieso el cuarto hacia la otra puerta. El aparador sigue en su lugar, y tras unos cuantos intentos logro moverlo lo suficiente para abrir una rendija.

—¡Smitty! —grito por la abertura—. ¡Pete! ¡Lily! ¿Dónde están? Cam y yo estamos atrapados aquí —no hay respuesta. Pruebo un último recurso—. ¡Alicia!

Al oír su nombre, Cam reaparece en su cama gigante, y por primera vez se ve más consciente de nuestra situación. Trato de calmar mi voz:

—Todo está bien, chiquito —le aseguro—. En un instante saldremos de aquí.

Qué mala hermana mayor sería yo. Cam no me cree ni por un momento. Su cara se transforma en llanto. Gatea hacia mí y una mano gordezuela se levanta.

—Tengo caca —lloriquea.

Fantástico, me digo. La cosa se complica aún más, y me obligo a sonreír.

—No te preocupes. Ya vamos a salir de aquí —la voz de mi madre me llega como un eco. Promesas vacías. Cam tampoco me cree a mí. Se arrastra hasta su cama del suelo y mete la cabeza bajo una cobija, como si todo esto fuera demasiado para él. Y en cierta forma lo es.

Pero me da una idea. Salto del aparador al piso y voy hacia Cam. Le acaricio la cabeza y me mira con ojos lacrimosos, sospechando algo.

—Necesito que me prestes tu cobijita un segundo, Cam.

Niega con la cabeza y se aferra con más fuerza a la cobija.

—Vamos, Cam. La necesito ahora pero te prometo que te la devuelvo después. ¿No prefieres una de estas? Son más suavecitas que ésta que tienes, que se le sienten las hebras.

Pero el niño no va a ceder y no me queda más que obligarlo a que suelte la cobija. Se enfurece y grita como si le estuviera cortando las manos con una segueta a la altura de las muñecas. El ruido es tanto que miro nerviosamente alrededor, casi con temor de que Lily aparezca y me encuentre atacando a su hermanito. Pero incluso con este alboroto, nadie aparece a rescatarme a mí, o a Cam.

Logro quitarle la cobija y Cam se tira al suelo en pleno berrinche, pateando y gritando. Soy mala, pero no me importa. Envuelvo la cobija en un extremo del aparador y uso parte para cubrirme las manos también, y luego apoyo todo mi peso en el mueble y afirmo los pies. Cede un poco, lentamente, luego otro trecho más, y con un empujón, otro poquito más. Es suficiente. Tomo aire y logro pasar por la puerta. Estoy por alejarme cuando miro atrás, a Cam. Maldita sea. No puedo dejarlo ahí, donde seguramente podrá encontrar al menos una docena de cosas con las cuales lastimarse. Además está todo el asunto ése de que "tiene caca".

Entro de nuevo, lo cargo, y de alguna manera me las arreglo para volver a salir con él.

De vuelta en el recibidor, noto con gran alivio que la puerta principal sigue cerrada y con pestillo. Qué bien. Eso quiere decir que nadie ha llegado durante la noche, al menos no por esa puerta.

Ahora, a encontrar dónde están todos. El lugar más obvio es la cocina. Estoy a punto de llamarlos a gritos, pero algo me lo impide. El recibidor está frío y lleno de sombras, como una catedral. No parece muy adecuado gritar en un lugar así. Anoche no lo noté, a lo mejor por la oscuridad y el agotamiento y el síndrome de estrés postraumático, pero hay una inmensa ventana con vitrales sobre la curva de las escaleras. Un sol débil alcanza a atravesar el vidrio coloreado, y arroja rayos rojos, azules y verdes en la habitación. Es muy bonito. En un día verdaderamente soleado, debe ser asombroso. Claro, suponiendo que alguna vez llegue a brillar tanto el sol en Escocia.

—Popó —dice Cam entre mis brazos, en voz baja, y finaliza su petición con un fuerte pedo, en caso de que yo pudiera dudar de sus intenciones. Hago un esfuerzo por no reírme y me muevo de ahí antes de que el olor nos alcance.

Me acuerdo de dónde está el baño de la planta baja, y los dos hacemos allí lo que tenemos que hacer. Cam no sabe muy bien lo que debe hacer una vez que termina, y me doy cuenta, horrorizada, que espera que yo le ayude. Literalmente. Me envuelvo la mano con una buena cantidad de papel higiénico y trato de no hacer gestos mientras lo limpio. De todas las cosas que me han sucedido en los últimos días, no puedo evitar pensar que ésta es la más asquerosa. Y después me siento culpable por haberlo pensado así. Pero de nada sirve, ya se me cruzó por la mente. Los dos nos lavamos las manos con litros de agua helada y océanos de espuma de jabón líquido, y sólo entonces puedo superar el asco y el remordimiento.

Cam tiene un nuevo impulso después de su gran cagada. Ahora está efervescente y lleno de fuerza y vigor. Corre al atravesar cada cuarto camino de la cocina, y me cuesta seguirle el paso. Llegamos a la puerta de la cocina y es sólo la manija de la puerta, difícil de abrir, la que lo detiene. Lo tomo de la mano y abro la puerta despacio, con cuidado.

El olor es lo primero que me llega. Y después, una escena aterradora me asalta. Smitty, con un delantal, preparando huevos con tocino.

—Caramba, Bob. Pensamos que tanto dormir era una especie de acto patriótico hacia Inglaterra —agita sus pestañas al hablarme—. O hacia Escocia —se encoge de hombros—. O hacia Estados Unidos, esa tierra de donde vienes.

Pete y Alicia están sentados a la gran mesa de la cocina, comiendo. Lily está detrás de Smitty, haciendo tostadas. Cam la ve y corre hacia ella. En ese instante oigo un gruñido feroz e instintivamente me lanzo hacia el niño y lo alzo, para retroceder fuera del cuarto. Nos cierran la puerta en las narices y Cam empieza a llorar. Se oyen ruidos tras la puerta, la voz de Smitty haciendo llamados tentadores, y al minuto o poco más, Lily nos abre.

—¡Cammy! —le dice con voz melosa y me lo quita de los brazos—. Este perro loco ya se fue, corazón —me hace un guiño—. ¿Quieres unos ricos huevos?

Cam asiente y ella nos guía hacia la cocina. Pete y Alicia siguen dedicados a devorar. Smitty voltea tiras de tocino en la sartén como si no hubiera pasado nada malo en el mundo. Voy hacia él.

—¿Dónde está el perro? —susurro.

—En la biblioteca, con un plato de tocino —contesta—. Se había portado amigablemente con nosotros hasta que Cam apareció —baja la voz y se inclina sobre la sartén—. De verdad que no le gusta ese muchachito.

—¿Y por qué no me despertaron? —trato de mostrarme indiferente, pero me tiembla la voz—. ¿Y por qué me dejaron atrapada en la sala?

—Lily no quería que Cam pudiera escabullirse y se perdiera —dice, y rompe un huevo—. Y tú, era como si estuvieras muerta —se le dibuja una sonrisa en la boca—. Además, pensé que te gustaría el desayuno en la cama.

Me sonrojo más que el tocino que tiene en la sartén.

—¿Huevos estrellados? —me mira atentamente. Al no recibir respuesta, sirve la comida en un plato blanco y me lo entrega. Huele tan bien. Mi hambre supera la vergüenza y la rabia que siento, y me veo dar la vuelta en silencio y sentarme junto a Pete en la mesa. Los huevos con tocino están sabrosísimos. Ni siquiera me gusta comer cerdo, porque los cerdos son inteligentes y tiernos y me gustaría tener uno de mascota. Pero en esta ocasión única, me veo recogiendo la grasita con pan y mantequilla y con ganas de más.

—¿También te quieres comer el plato? —dice Alicia con ironía desde el otro extremo de la mesa. Aaahhh, qué bueno saber que su golpe en la cabeza no tuvo efectos de largo plazo. Iba a ofrecerme a echarle un vistazo, pero ahora que se pudra. Y hablando de eso, deberíamos examinarnos las heridas hoy. De sólo pensar en el hueco en el cráneo de Pete y el hueso de mi pierna, me siento mal.

—Entonces, el plan de acción —dice Pete dándose aires de importante.

—¿Tenemos uno? —Smitty se sienta con su plato de comida. Me llama la atención que haya esperado para servirnos a todos y coma al último.

—Yo sí —Pete se adelanta antes de que lo podamos detener—. Cuando me desperté esta mañana, había dejado de nevar y estuve mirando afuera. Por las ventanas, claro —dice rápidamente—. Hay una línea telefónica, definitivamente sí. Un cable que entra, y parece intacto.

—Pensé que habían dicho que no había teléfonos en este sitio —comenta Lily.

—No encontramos ningún aparato —contesta Pete—, pero no quiere decir que no haya un teléfono desconectado en alguna parte, en un cajón o en un armario.

—¿Y por qué querría alguien ocultarlo? —pregunta Alicia.

—En principio, por numerosas razones —dice Pete—. Pero lo que estoy diciendo es que hay un cable de entrada. Y no olviden que hay más cuartos detrás de esa puerta cerrada —apunta en dirección de la torre a la cual no pudimos entrar anoche—. Y está todo el bloque de los establos y otras edificaciones más por investigar.

—No se olviden del aterrador sótano —agrega Smitty con la boca llena de huevo.

—Yo tengo todos los celulares —dice Alicia—. Si podemos subir a esa torre, a lo mejor allá hay señal. O encontramos el otro teléfono, el fijo.

Frunzo el ceño.

—¿Qué hacemos primero?

—¿Por qué no me quedo yo aquí con Cam, recojo todo esto del desayuno y busco la llave de la torre? —dice Lily con voz alegre—. Será muy divertido —seguro. Ella recalca la maravilla de los quehaceres domésticos para que Cam no se asuste. O tal vez para que ella no se asuste—. Vayan ustedes a revisar todo lo demás. Aquí nos encargamos de la llave —mira a Cam—, y a lo mejor más tarde nos comemos unas galletitas.

—Mmmm, fantástico —dice Alicia.

—Pero no vayan a consumir demasiada comida, pues no sabemos cuánto tiempo tendremos que quedarnos aquí —dice Pete.

—Por favor —añade Alicia—. Si no salimos de aquí en 24 horas, no me importaría dejarme morir de hambre —le hace una mueca sonriente y grotesca a Cam—. Oh, la lá, la lú, la lá —afortunadamente Cam opina que Alicia es divertidísima, y los dos se mueren de risa. Ella pone los ojos en blanco también, la muy odiosa.

Me levanto de mi silla y voy a la ventana.

—¿Y qué pasó con el jugo?

Está aún allá afuera, seguro. La nieve lo ha cubierto casi por completo, pero hay un asa de plástico azul de una de las bolsas que sobresale entre la blancura.

—Estará congelado —Smitty eructa sonoramente—. Así que a menos que a alguno se le antoje una paleta de jugo para el desayuno, creo que estamos a salvo si sigue ahí —se para de un salto y me toma fugazmente de la cintura—. ¡Te apuesto una carrera al sótano!

Suelta su mejor carcajada malévola y sale a toda prisa de la cocina.

Smitty lleva su hacha de enano del Señor de los Anillos, Pete su florete de esgrima. Vi a Alicia ojeando un cuchillo de carnicero en la cocina, pero afortunadamente prefirió un palo de golf. Debe ser uno de niño, porque me parece muy corto. Pude percibir que Smitty se moría de ganas de mofarse de ella por eso, pero logré hacerlo cambiar de idea. O sería tal vez porque lo distraje al escoger el atizador de la chimenea como mi arma. A lo mejor se está reservando para las incontables ocasiones cómicas que habrá conmigo armada de un atizador. Fabuloso, algo que nos produce expectativa si logramos sobrevivir a la mañana.

—¡Al sótano aterrador! —dice Smitty, saboreando las palabras—. Y después podremos encontrar un ático espectral y un cementerio sombrío para vagar, y tendremos el escenario completo.

Estamos en la parte superior de las escaleras, mirando hacia la oscuridad de abajo. Smitty enciende la luz, y es un solo foco que se mece sobre unas cabezas, titilante y de mal agüero. Hay un estante en la pared, a mi izquierda, y entre las chucherías allí acumuladas veo una linterna. La tomo y la prendo. Funciona.

—Asegúrense de que la puerta se quede abierta —murmura Alicia—. No quisiera quedarme encerrada aquí.

—Sí —dice Smitty—. Sería típico que nos pasara.

Pete tranca la puerta con una caja de clavos que toma del estante, y lentamente bajamos por las escaleras.

Capítulo 18

La escalera es menos larga de lo que me imaginé. En otras palabras, durante esos primeros escalones pareció que de verdad nos internábamos en los recovecos del infierno, o que íbamos camino del centro de la Tierra. Esperaba ver esqueletos y antiguos murales, antorchas encendidas o escarabajos o algo así. Pero no hay nada de lo anterior, sino un tramo de escalones de piedra y luego llegamos a un sótano que huele a humedad mezclada con fertilizante de jardín.

Es una habitación como del tamaño de la sala en la cual dormimos anoche. Pete encuentra otro interruptor, y un tubo fluorescente se enciende en el techo después de un par de intentos infructuosos. Miramos alrededor. Las paredes están tapizadas de estanterías que tienen de todo y de nada. Macetas y herramientas de jardinería. Cajas de libros y pilas de la revista *Vida campestre*. En el centro de la habitación hay un par de taburetes y una cortadora de césped cubierta con una lona impermeable. En un rincón hay una puertecita con un montón de carbón apilado al pie. Asomo la cabeza tras la puerta y veo un conducto diagonal que lleva hasta una ranura de luz de día de unos cuantos centímetros. Cierro la puertecita de nuevo. En la pared más alejada cuelgan costales y trapos, delantales y malla.

—¿Esto es todo? —dice Alicia—. ¿Una montaña de basura? ¿Nada útil? —saca una cadera y apoya una mano en ella—. Supongo que ya me debía haber acostumbrado a esto. O sea, debí pensar que ustedes serían capaces de encontrar el único edificio en toda la zona que no tiene teléfono.

—Mmmm, ¿sabes qué, Malicia? —Smitty camina hacia ella, balanceando su hacha—. Vinimos aquí nada más por ti —señala la cabeza de ella con el hacha—. Si no te hubieras golpeado en la cafetería, habríamos podido caminar varios kilómetros y hacer todo un *tour* de castillos.

—Eso no es exactamente cierto —interrumpe Pete.

—A propósito, ¿cómo va esa cabeza? —le pregunta Smitty sonriendo a Alicia—. Si te molesta todavía te la podemos cortar, ¿quieres? —levanta su hacha de nuevo.

—Aléjate, malo, matón —grita Alicia, y empuña su palo de golf para evitar el hacha.

—¿Matón? —se ríe Smitty—. Pero si tú fuiste la que escribió el manual de la matonería, Malicia.

—Ya te he dicho que no me llames así —y se abalanza sobre Smitty, con palo de golf y todo.

Él se agacha antes de que ella lo pueda golpear. Pero ella ya lleva mucho impulso como para interrumpir el movimiento. En lugar de caer sobre Smitty, va a dar contra la pared. Me preparo para reírme hasta las lágrimas.

Pero nunca llego a reír. Alicia no aterriza contra la pared sino que desaparece. Completamente. En la pared donde cuelgan los costales y sacos. Se oye una especie de grito amortiguado y luego nada más.

Smitty, Pete y yo nos miramos, y miramos la pared, sin cruzar palabra. No puedo evitar desear haber lanzado a Alicia contra una pared antes si éste iba a ser el resultado. Observamos el punto por el cual se desvaneció y esperamos.

Pero era algo demasiado bueno para ser verdad. A los pocos segundos reaparece, su cabeza brota de entre los sacos, y luego un hombro y un brazo y una pierna. Lo más sorprendente de todo es que viene sonriendo.

—Una vez más, encontré algo bueno —dice—. Sin mí, ustedes estarían perdidos —sale de entre los sacos y levanta un brazo. Donde llevaba antes su palo de golf infantil ahora se ve una gran botella de champaña. La menea hacia nosotros—. Pero como yo me la encontré, es mía —canturrea, y desaparece nuevamente.

Y la seguimos. Obvio, no es una pared. Detrás de los sacos hay una cortina color piedra hasta el suelo, con un corte en la mitad. A través de la cortina se llega a otra habitación. Hay una lámpara en la pared, bajo la cual se encuentra Alicia, con la champaña en la mano. Detrás de ella hay estantes y más estantes de botellas de vino, oscuras y cubiertas de telarañas. Los estantes cubren las cuatro paredes de la habitación, del piso al techo.

—Algo más que bueno, buenísimo —murmura Smitty, perplejo. Saca unas cuantas botellas y examina las etiquetas.

Pete suspira.

—¡Y yo que estaba convencido de que habías encontrado algo realmente interesante!

—Pues lo hizo —digo desde el rincón más alejado de la habitación. Hay un espacio entre dos de los estantes, y justo en ese lugar hay una puerta. Giro la perilla y miro al interior. Un largo corredor se pierde en la oscuridad. Enciendo la linterna otra vez y me obligo a dar un par de pasos hacia esa negrura. El pasillo es escasamente más amplio que la puerta. Las paredes de piedra están húmedas y se sienten resbalosas a ambos lados.

Se oye una especie de disparo y algo pasa rozándome una oreja, con lo cual me detengo.

Me doy vuelta, sin atreverme a respirar. Pero es Alicia, nada más. Descorchó una botella de champaña. La sacude y grita al ver que sale a chorros por el aire, empapándola a ella y a Smitty. Pete pasa al lado de ambos, suspirando.

—¿Otro pasaje? —pregunta—. Podría ser un túnel de escape. Muchos castillos y mansiones señoriales los tenían, de tiempos en que los ataques eran cosa de todos los días y los habitantes del lugar podían necesitar una manera rápida de huir.

—Ah, qué buenas épocas en comparación a éstas —Smitty estira la mano para tomar mi linterna pero no se lo permito—. ¡Qué susceptible! —me sonríe—. Apuesto a que por aquí debe haber una luz.

Tantea la pared y encuentra algo. Se oye un clic pero no se enciende nada. Apunto la linterna hacia delante y empiezo a caminar decidida. Smitty, Pete y Alicia me siguen, como figuras de dibujos animados en un desfile de espectros.

El pasillo se ensancha a los pocos metros, y luego se amplía más. En el círculo de luz de mi linterna distingo algo en el piso. Es el corcho de Alicia, en el lugar donde uno de los muros parece terminar y sólo hay oscuridad más allá.

Veo un interruptor en la pared. Funciona. Una luz anaranjada se refleja débilmente en las paredes húmedas. Examino el espacio ante nosotros.

Celdas como de cárcel, alcanzo a contar tres, a lo largo de un lado del pasillo, con gruesos barrotes de hierro al frente.

—Todo castillo debe tener sus calabozos, ¿cierto? —dice Smitty. Se acerca al primero y tira de la puerta hacia sí. Entra—. Aquí debe ser donde guardan las cosas realmente buenas.

Camino hacia los barrotes y miro hacia dentro. Más estantes, más botellas.

—Igual aquí —Pete está revisando la segunda celda. Avanza hacia la tercera y se detiene.

—¿Qué sucede? —le pregunto.

—Nada —contesta.

Voy hacia la celda.

—Nada, o sea que aquí no hay nada, aparte de una silla, una cubeta y un montón de trapos en un rincón.

—¡Extraño! —opino.

—¿Me llamabas? —aparece Smitty—. Pues ésta debe ser la celda de la resaca. Aquí es donde uno se sienta y vomita lo necesario tras haberse tomado media bodega de Chateau Miedo en el Lago o lo que sea.

—Harías bien en tener eso presente —dice Pete.

Alicia vino por el corredor y se está riendo con Smitty de la cubeta a través de los barrotes. De repente, ese par son los mejores amigos del mundo.

—Y aquí termina el pasillo —Pete frunce el ceño.

—¿Estás seguro? —paso de largo frente a la celda para llegar donde Pete está tanteando el muro.

—Piedra sólida —da palmaditas contra la superficie—. Nada de palancas ni botones —raspa el piso de piedra con un pie—. Es posible que si era un túnel, lo hubieran tapiado en algún momento del siglo pasado, porque ya no había necesidad de huir.

—Probablemente eso sea bueno —anoto—. No queremos que nadie entre por aquí mientras estamos arriba, durmiendo tan tranquilos.

—¡Buuuu! —grita Smitty, acercándose sin hacer ruido detrás de mí, porque claro, ésa es la gracia.

—Muy gracioso, Smitty —le digo. Noto que hay algo que sobresale de la cerradura de la última celda. Una llave moderna, metálica, pequeña. Qué raro que sea nueva. De hecho, ahora que me fijo en los detalles, esta cerradura se ve diferente de las demás, como si la hubieran sustituido. Giro la llave, abro la puerta y le hago señas a Smitty para que entre—. ¿Quieres que te haga una reservación mientras estamos aquí abajo?

—Sólo si vas a ser el ama y señora encargada de los calabozos —se inclina hacia mí y yo me esfuerzo por no parpadear—. ¿Trajiste tu látigo?

—¡Guac! ¡Alarma contra pervertidos! —grita Alicia y finge una arcada de vómito.

Mientras me sonrojo bajo la luz anaranjada, Smitty abre del todo la puerta de la última celda. Corre hacia el fondo, más allá de la silla y las cajas. Se voltea para mirarnos de frente, junto a la pila de trapos, y se levanta la camiseta para mostrar el pecho desnudo, con las piernas y los brazos extendidos a los lados.

—¡Oh, mi ama! ¡Castígame por mis pecados! ¡Castígame!

—¡Qué asco! —exclama Alicia, apoyándose en los barrotes.

Smitty le saca la lengua en forma lasciva, se da la vuelta, deja caer sus pantalones, se agacha hacia delante y nos exhibe su trasero. Antes de darme cuenta de lo que hago, lo estoy iluminando con la linterna, como si necesitara ver mejor. Ahora creo que pudo habernos dejado ciegos a los tres para toda la vida.

—¡Grotesco! —grita Alicia—. ¡Voy a vomitar!

Y luego es justamente lo que Smitty hace. Vomita hasta el último resto de lo que tenía en las tripas, con sonido envolvente de las paredes que lo rodean. Huevos con tocino convertidos en catarata. Me llevo la mano a la boca, y siento que mi propio estómago se encoge a la vista de eso. Alicia grita y Pete se queda ahí no más, paralizado. Smitty se sube los jeans y camina dificultosamente hacia nosotros, con una expresión de absoluto terror en la cara.

—¿Qué diablos te pasa? —le grito.

Está mascullando palabras de grueso calibre como un chofer de camión o un chef famoso.

—¡Eso…! —señala el fondo de la celda, al montón de trapos.

—¿Qué sucede? —entro en la celda lentamente.

—¡Ve a ver! —me espeta. Avanzo hacia los trapos—. ¡No! ¡No mires! ¡No vas a querer mirar!

Pero es demasiado tarde. Vi algo que se asoma entre los trapos. Un pie. Un pie con su calcetín, con la protuberancia del tobillo y un tris de piel rosada con vellos negros. Ahora que miro con atención, entreveo la forma de una pierna y la cadera de una persona tendida de lado… y la elevación donde deben estar los brazos y los hombros. Y luego todo se acaba ahí.

Donde debería estar la cabeza no hay nada, nada más que un muñón ensangrentado.

Éste no es mi primer muñón sanguinolento, ni tampoco el primero que ve Smitty, pero entiendo por qué tuvo que aliviarse vomitando.

Hay gusanos moviéndose en ese pozo carnoso que solía ser la garganta.

Siento que toda la sangre huye de mi cabeza y lo siguiente que sé de mí es que voy corriendo por el pasillo hacia la cava, que atravieso la cortina y llego a la otra parte del sótano. Los demás vienen cerca de mí. Alicia y Peter no necesitaron más explicaciones que mis pasos apurados.

Al llegar al tope de las escaleras hacia el recibidor principal, la puerta se abre. Lily entra y la veo a contraluz, con Cam en brazos. Se da vuelta y cierra la puerta, bloqueando nuestra huida.

—¡Tenemos que salir de aquí! —le pongo la mano sobre el brazo y trato de obligarla a que suelte la puerta—. Hay un cadáver allá abajo.

—¿Un cadáver? —grita Alicia desde unos cuantos escalones más abajo—. ¡Por Dios! —llega hasta arriba y trata de hacer a Lily a un lado.

Lily bloquea el paso.

—¿Muerto? ¿Cómo una de esas cosas?

—No, ya no —Smitty pasa junto a mí y a Alicia—. Sin cabeza y empezando a podrirse, pero si quieres hacerle compañía, por nosotros no hay inconveniente —lanza la mano a la perilla de la puerta pero Lily es más rápida y le da una palmada.

Niega con la cabeza:

—No podemos salir de aquí.

—¿Y por qué no? —Pete está jadeando y se ve desesperado. Lily lo fulmina con una mirada de acero:

—Porque sea quien sea que viva aquí, acaba de volver a casa.

Capítulo 19

—**S**on tres —susurra Lily. Estamos en una especie de sánd-wich diabólico, entre el sótano del agusanado hombre sin cabeza y los extraños que acaban de llegar.

—Dos hombres y una mujer, me pareció. Deben haber entrado por la puerta de atrás. Cam y y yo estábamos en el baño de abajo y pudimos oír sus voces en la cocina.

—¿Pudiste verlos? —le pregunto.

Lily se encoge de hombros.

—Traté de ver algo por la rendija de la puerta, pero no podía quedarme ahí —hace un gesto para señalar a Cam, que está sentado a su lado jugando con la caja de clavos que habíamos usado para mantener la puerta abierta. Normalmente no se consideraría el mejor juguete para un niño de tres años, pero cualquier parámetro de normalidad quedó atrás hace rato—. Me parecieron estudiantes —Lily arruga la nariz—. Uno tiene barba.

—Suena aterrador —Smitty se pone de pie—. Dame una buena razón para no poder salir y saludar. No es que no haya suficiente espacio para nosotros ahí afuera.

Asiento.

—Mientras más seamos, mejor. Y a lo mejor ellos saben qué está pasando o cómo ayudar.

Lily mueve la cabeza vigorosamente de lado a lado.

—Saben que hay alguien aquí y están muy molestos —se inclina hacia delante—. Los pude oír revisando la cocina y la despensa para ver qué nos habíamos comido. Y estaban furiosos, gritando de verdad por alguna cosa. Empezaron a buscar en los demás cuartos. Creo que también vieron la ropa de cama que dejamos en la sala. Se oían tan enfurecidos.

Smitty suspira y se acomoda en el escalón.

Pete se pone de pie, como si estuvieran jugando alguna versión alocada de sillas musicales.

—Si lo que dice ella es cierto —la pálida cara de Pete relumbra en la escasa luz—, vendrán a revisar por aquí pronto.

Todos lo pensamos un momento. Es cierto. Si creen que estamos escondiéndonos, este será el primer lugar donde nos busquen.

—¿Ustedes creen que mataron a ese tipo que estaba en la celda? —pregunto.

Se hace un silencio. Es una idea bastante aterradora. No sé por qué salgo con esas cosas.

—A lo mejor se lo buscó —dice Alicia, a fin de cuentas—. A lo mejor se había transformado, y lo encerraron y le cortaron la cabeza.

Es más fácil creer que ésa sea la versión verdadera. La alternativa podría ser que el difunto estaba en sus asuntos, viviendo en su castillo, cuando se desató un apocalipsis zombi y un grupo de estudiantes desalmados irrumpió en su hogar y lo mató para convertir el castillo en su propio santuario. O sea, uno pensaría que al enfrentarse a un ejército de muertos vivientes, los sobrevivientes humanos encontrarían buenas razones para llevarse bien, pero eso en realidad no ha sucedido en nuestro pequeño grupo de prueba. No, es más fácil creer que el cadáver agusanado era un monstruo feroz, que unos cuantos estudiantes valerosos encerraron y liquidaron. Porque de otra manera, nosotros también podríamos acabar sin cabeza y con gusanos en muy poco tiempo.

Recuerdo que tengo la fría llave de la celda en mi mano. Miro a Smitty. —¿Te acuerdas si cerraste la celda antes de que saliéramos corriendo hacia aquí? —y tan pronto como hablo me doy cuenta de que es una pregunta ridícula. Smitty pone los ojos en blanco.

—¿Qué? —exclama Alicia—. ¿El muerto no está encerrado bajo llave? —se pone en pie de un salto—. ¿Cómo pueden ser tan estúpidos? Puede ser que ahora mismo venga hacia nosotros.

Todos miramos hacia abajo.

—¡No tenía cabeza! ¡Eso los mata! —pero no me oigo tan segura de mi afirmación.

—Esto sí es la estupidez más grande —Alicia hace demasiado

ruido—. Podríamos estar esperando que nos rescataran, y en lugar de eso, ¿estamos metidos en un sótano con un cadáver sin cabeza? —sube los escalones a zancadas—. Voy a arriesgarme con los estudiantes raros y barbados, ¡muchas gracias!

Pete está tras ella, y supongo que todos asumimos que va a detenerla y a traerla de vuelta, pero no lo hace.

—¡Pete! —lo llamo, pero ya tiene la mano en la perilla.

Se vuelve hacia mí.

—Saber es poder, Bobby.

Con eso, Alicia y él se retiran.

Smitty, Lily y yo nos miramos.

—¿Qué se supone que quiso decir? —pregunta Smitty.

—A lo mejor tiene razón —dice Lily—. Tal vez debíamos darnos por vencidos. A lo mejor ellos pueden ayudarnos.

La miro con el ceño fruncido.

—Pensé que habías dicho que estaban muy enojados porque alguien se había tomado su sopa y había dormido en su cama, como en casa de los tres osos.

Lily suspira.

—Así es. Pero entre más vueltas le doy, creo que estaban molestos porque buscaban algo. Algo que habían perdido.

—¿Como qué? —pregunta Smitty.

Lily pone cara culpable y se lleva la mano al bolsillo trasero.

—¿Como esto tal vez? —sostiene una cosa metálica y brillante—. Es la llave de la torre. La encontré cuando estaba recogiendo los platos del desayuno.

Smitty trata de tomarla, pero Lily lo esquiva.

—No —dice poniendo la mano con la llave tras su espalda—. Esta la guardo yo, por el momento.

—Está bien —responde él con una sonrisa—. Pero hazme un favor: no le digas a nadie que la tienes, ¿bueno? Ni siquiera a Alicia y a Pete. Hasta que sepamos qué tipo de gente son estos tres, y por qué quieren encontrar la llave con tanta premura.

Lily asiente satisfecha.

—Es lo mismo que yo pensaba.

—¿Eso quiere decir que vamos a dejar de ocultarnos? —miro hacia la puerta, un poco más arriba.

Smitty asiente.

—Bien podríamos hacerlo. No podemos confiar en que Alicia no nos delate si es lo que le conviene. Vamos tú y yo, Bob. Y que Lily y Cam mejor se queden aquí por ahora, hasta que sepamos que no hay ningún peligro.

A Lily le parece bien. Casi del todo bien. Sonríe levemente.

—¿Podrían bajar y cerrar la celda donde está el cadáver sin cabeza, por favor?

Es una petición razonable.

Vamos. Yo aún tengo mi atizador, Smitty su hacha… pero algo en mi interior me hace sospechar que si la decapitación no funciona, nos veremos en una batalla perdida.

En cada esquina tengo el temor de que el cadáver nos salga al encuentro, con gusanos y demás. Pero todo está tranquilo. El vino sigue en los estantes, bueno, casi todo, el pasillo se ve igual de oscuro y húmedo, pero no implica riesgos, y para cuando llegamos a la última celda, se nos antoja una decepción que el cuerpo envuelto en trapos siga exactamente en la misma posición en que lo dejamos. Y claro, nadie había cerrado la puerta. Está abierta, la llave sobresale de la cerradura. La cierro con cuidado, sin hacer ruido, y hago girar la llave. Smitty estira la mano, toma la llave de la cerradura y se la mete al bolsillo. Lo miro intrigada.

Se encoge de hombros.

—Uno nunca sabe…

Cuando llegamos de vuelta a las escaleras de entrada, Cam ya se las ha arreglado para vaciar toda la caja de clavos y los ha ido alineando con cuidado, como una delgada culebra que se interna en un laberinto invisible. Lily está en la puerta, con la oreja pegada a la madera.

—Está todo cerrado —le susurro—. ¿Has oído algo?

Niega en silencio. —Todo parece en calma.

—Si las cosas están en orden, vendremos a buscarte —le digo—. Si oyes algo amenazante, escóndanse en el conducto de la carbonera.

Smitty ajusta la manera en que lleva su hacha y pone la mano en la perilla de la puerta.

—¿Lista?

Trato de pensar en una respuesta ingeniosa, o inspiradora, o ambas cosas, pero no lo logro. Lo que me sale es una mezcla de asentimiento y resoplido. Smitty me responde con una ceja levantada y abre la puerta.

Estamos afuera, en el pasillo.

No alcanzo a oír ninguna voz. Nos detenemos un momento, y luego pasamos de puntillas frente a la escalera monumental, donde la luz se filtra por la ventana de vitral, con lo cual el recibidor adquiere cierto aire celestial de iglesia.

Smitty ha decidido que él va a la cabeza, adelantándose a mí para luego detenerse de repente en las sombras. Se ve más que ridículo. Ni que fuéramos *marines* o algo así. Levanta una mano, y escucho. Hay un ruido como de rasqueteo en el piso de madera.

El perro aparece ante nosotros. Luego de un instante de sorpresa, le lame la mano a Smitty y trota hacia mí. Se sienta, con la larga cola en movimiento como si fuera a pulir el piso y la cabeza ladeada, a la espera de una golosina.

—Al menos a alguien le agrada vernos —susurro.

—Guau —dice el perro.

—¡Shhh! —trato de callarlo.

—¡Guau guau! —contesta el perro.

—¡Genial! ¿Por qué no gritas para llamar la atención de todos y así acabamos pronto con esto? —dice Smitty. Esperamos un instante, quietos en ese lugar, con la expectativa de oír pasos apresurados y figuras extrañas que aparezcan en cualquier momento. Pero nadie viene. Smitty avanza sigilosamente hacia la puerta del salón, y el perro opina que Smitty es más entretenido que yo, así que va tras él. Yo los sigo.

Alguien, presumiblemente uno de nuestros nuevos compañeros de castillo, ha movido el gran aparador del sitio donde lo dejamos frente a la puerta de la sala, y entramos sin ningún problema.

—Vamos a la cocina —dice Smitty, y lo sigo fuera de la sala y a través de la biblioteca, y es ahí cuando oigo las voces amortiguadas.

Nos paramos a escuchar.

Suena como si Alicia estuviera presidiendo audiencia. Eso parece prometedor, en lugar de oír que los están volviendo pedacitos a ella y a Pete. Pero también, sólo se han visto cosa de unos momentos... hay que darles tiempo. Acerco mi oído a la puerta de la cocina y alcanzo a distinguir las palabras "ese estúpido autobús de porquería" y "con los sesos colgando". Les está contando la historia completa, y aderezándola con leves toques de su propia cosecha. Todo parece indicar que Alicia finalmente encontró un público que está dispuesto a oírla durante más de un minuto sin sentir que quisiera saltar desde el cerro más cercano.

Smitty se recuesta contra la puerta junto a mí.

—¿Tocamos a la puerta? —susurro.

Lo piensa.

—Tal vez sí. Las sorpresas no son bienvenidas en estos días —levanta una mano y yo aguanto la respiración mientras él da unos golpes ligeros a la puerta. Las voces adentro callan. Smitty me mira y, a pesar del factor miedo que está en juego, siento una risita que me sube por la garganta. Ambos levantamos el puño y golpeamos otra vez.

Se oye movimiento de sillas y revuelo general. Como si fuéramos solo uno, retrocedemos un paso. La puerta se abre y asoma una cabeza. Cabello oscuro y rizado, piel de tono amarillento, ojos muy oscuros y barba. Debe tener menos de veinticinco años, y pinta de que le gusta la música. En otras circunstancias bien podría haberme enamorado a primera vista de él.

Los ojos demuestran sorpresa, pero la mirada se endurece rápidamente. La puerta queda abierta y ante nosotros se ve la cocina.

—Pensé que habías dicho que estaban sólo ustedes dos —dice Barbuchas, con sarcasmo.

Alicia está sentada frente a la mesa de la cocina, dándonos la espalda, en la cabecera, nada más ni nada menos. Pete está sentado a su lado, con los brazos pegados a las costillas. Alicia se voltea para mirarnos.

—¿Eso dije? No lo creo —nos sonríe, sin que su cara traicione lo que piensa.

¡Caramba! ¿Malicia no dijo nada sobre nosotros? ¿Quién se lo hubiera imaginado?

—¿Más muchachitos de excursión escolar? —pregunta Barbuchas. Asiento—. Pasen —señala adelante con el índice estirado y el pulgar encogido, haciendo que su mano tenga forma de pistola. Entro a la cocina, no demasiado de prisa, como si yo estuviera bajo control de todo y fuera la desenvoltura personificada. Mi actitud no tiene nada qué ver con la de Smitty. Su caminar ladeado parece sacado de un pabellón de urgencias, y toma tanto tiempo para dar tan pocos pasos que empiezo a sospechar que debió sufrir un derrame de algún tipo.

En el otro extremo de la cocina está una mujer rubia con el ceño fruncido. Parece un poco mayor que Barbuchas, entre veinticinco y treinta, y se ve fría como el hielo y bellísima, con cejas arqueadas y un gesto mohíno en la boca. Al igual que Barbuchas, lleva ropa para el frío pero en la parte superior se quitó todo menos una ajustada camiseta térmica de color negro que deja ver unas curvas voluptuosas. Por el rabillo del ojo veo que Smitty la mira y trata de ocultar su reacción.

Detrás de Pete, de pie, está el otro hombre. Digo hombre, pero apenas lo es. Tiene la piel morena y el pelo negro, pero podría decirse que es un Pete de otro color, pues encorva la espalda y se truena los nudillos nerviosamente. El parecido es casi cómico.

—Entonces, ¿quiénes son ustedes y qué hacen en nuestro castillo? —pregunta Smitty.

—¿Su castillo? —sonríe Barbuchas—. Y supongo que también te crees el rey del castillo, ¿o no?

Smitty se sienta en el aparador, con las piernas colgando, como si nada en este mundo le importara mucho.

—¿No dicen por ahí que la posesión es lo que cuenta?

Barbuchas se ríe de la misma manera que los malos de las películas cuando no están tan divertidos pero no se les ocurre nada inteligente para responder en ese preciso instante.

—Qué chico más inteligente. Desafortunadamente para ti, hemos recuperado la posesión de lo nuestro.

—Eso es lo que ustedes creen —Smitty lo mira fijamente—. No necesariamente es verdad —tamborilea sobre el aparador—. ¿Deca-

pitaron a alguien recientemente? Yo sí, apenas ayer. Al menos tenemos algo en común.

Barbuchas levanta una ceja muy negra.

—Han estado explorando el castillo, ¿no? También se toparon
con nuestros trapos sucios, ¿cierto?

Smitty resopla.

—Creo que en este momento estoy mirando la mancha más
grande de todas.

—Miren —interrumpo, porque la verdad es que esto no nos está
llevando a ninguna parte—. Ustedes llegaron primero, ¡genial! Si
nos muestran dónde está el teléfono será suficiente.

—No hay teléfono aquí —dice el que parece hermano de Peter
desde el rincón—. ¿No creen que si hubiera uno ya lo habríamos
usado?

—Eso depende de si habían entendido cómo es que se usa uno
—dice Smitty.

Barbuchas se ríe otra vez y menea la cabeza, como si Smitty de
verdad lo estuviera haciendo perder la paciencia y no quisiera que
se notara.

—¿Ustedes saben qué es lo que está sucediendo? —me vuelvo
hacia la rubia—. ¿Adónde fueron? ¿Tienen algún medio de transporte? ¿Alguien viene en camino para ayudarnos?

—Cuántas preguntas tienes, ¿cierto? —la sonrisa de Barbuchas
desaparece de repente—. Creo que lo mejor será que ustedes res-
pondan a las nuestras primero.

—Me pareció que ya estaban al tanto de nuestra historia —hago
un ademán para señalar a Alicia—. No tenemos intención de causar
problemas. Sólo queremos estar a salvo, como ustedes.

—¿Estaban escondidos en el sótano igual que Alicia y Peter?
—Barbuchas viene hacia mí y me interroga con su oscura mirada.
Levanta la mano y apoya el dorso en mi frente, para sentir mi tem-
peratura—. ¿Cómo te sientes? ¿Con un poco de frío por pasar tanto
tiempo allá abajo? —se me escapa un escalofrío involuntario—. No
estarás contagiada de ningún mal extraño, ¿cierto? —Barbuchas me
examina la cara y vuelve la mano de manera que sus dedos siguen la

línea del nacimiento de mi pelo desde la frente hasta la mejilla. Me muero de ganas de sacudirme su mano de encima, pero por alguna razón mis brazos se mantienen pegados a mi tronco.

—¡No la toques! —grita Smitty, y se levanta de un brinco vigoroso del aparador, con lo cual hace caer al piso un cajón lleno de cubertería. Antes de que alcance a darme cuenta, derriba a Barbuchas al suelo y lucha con él para intentar darle un puñetazo. Retrocedo, demasiado atónita como para reaccionar. Pero la Rubia llega en un instante.

—Levántate y aléjate, chico —le dice a Smitty con firmeza, pero él no va a darse por vencido, y Barbuchas tampoco—. Hablo en serio —dice la Rubia.

El combate entre los dos se ve muy parejo, pero finalmente Smitty logra liberar una mano y le lanza un gancho derecho. Se oye el impacto satisfactorio y la cabeza de Barbuchas gira hacia un lado.

La Rubia grita:

—¡Dámelo! —y el gemelo diabólico de Pete le tira un objeto largo y delgado. Ella lo sostiene ante sí y toca la espalda de Smitty. Se oye un chisporroteo, y Smitty se arquea y grita, separándose de inmediato de Barbuchas. —No te muevas o te doy otro toque —dice la Rubia, y Smitty queda tendido, atontado y dando vueltas sobre su espalda.

—¡No te atrevas! —grito, y estiro una mano hacia la picana eléctrica que sostiene.

Se vuelve hacia mí, blandiendo la picana.

—Atrás —me dice con calma—, o tu noviecito las pagará.

Abro la boca para corregir su evidente error, pero me parece que sería un poco grosero.

Barbuchas se pone de pie, llevándose la mano a la mandíbula y con la mirada encendida.

—¡Enciérrenlos! —grita con dificultad—. ¡Métanlos en el maldito sótano!

Somos cuatro, y ellos sólo tres, pero a Smitty lo lleva Barbuchas a rastras, y la Rubia tiene la picana y no teme usarla. Alicia y Pete pasan ante mí, para salir de la cocina. Alicia me obsequia una mirada matadora, Pete protesta en voz alta y trata de esgrimir cualquier razón lógica para que no nos encierren abajo, o al menos que no lo encierren a él. Por el gesto frío de la Rubia y la furia que Barbuchas a duras penas puede disimular, sé que nada de eso nos llevará a ninguna parte, pero me uno a las protestas mientras llegamos a la puerta del sótano, aunque sea para que Lily y Cam nos oigan acercarnos.

—¡Por favor, no nos metan ahí! —me arrojo contra la puerta cual heroína de película de matiné, y golpeo la superficie con las manos de una manera que espero no sea excesivamente obvia para advertir a los que están dentro. Smitty va recuperándose, y algo hace por retardar nuestro encierro, aferrándose a cuanto mueble o alfombra se le cruza en el camino, pero el perro, que reapareció y lo ataca con lametazos y olfateos, se lo impide.

La Rubia me despega de la puerta con una mano de hierro que he debido predecir, abre la puerta y me empuja dentro, sin rudeza pero firmemente, hacia la oscura escalera. Alicia y Pete vienen después, y luego hay un forcejeo de brazos y piernas cuando Barbuchas nos arroja a Smitty.

—¿Cuánto tiempo nos van a mantener aquí abajo? —gime Alicia.

—¡Todo el que sea necesario! —grita Barbuchas y cierra de un portazo.

En la oscuridad, mis oídos se llenan con los jadeos indignados de Smitty, la respiración dificultosa de Pete y los sollozos forzados de Alicia. Pero lo único que se me viene a la mente es que las cosas podrían ser mucho peores.

Me alegra que no nos hayan tratado como lo hicieron con la última persona con la cual discutieron.

Capítulo 20

—**G**race liquidó a Smitty con la picana para vacas —Alicia, sentada en un bote de plástico, tras recuperar su actitud de siempre, cuenta su versión para deleitar a Lily y Cam. Se habían ocultado en el conducto del carbón, como les dije, y sentí una punzada de orgullo cuando vi salir a Cam con una mancha de tizne en la nariz y expresión desenfadada y sonriente.

—No me liquidó, Malicia —dice Smitty, recostado en la podadora de césped recubierta de lona impermeable—. Y no era una picana para ganado, sino una de las que usa el ejército.

—Tonterías —dice Alicia—. Picana para vacas, y te dejó muerto.

—Las vacas dicen muuuuu —interviene Cam.

—¿La Rubia se llama Grace? —me vuelvo hacia Alicia—. No sabía que ya le tuvieras tanta confianza como para llamarla por su nombre.

—Todo iba muy bien hasta que ustedes dos aparecieron y lo echaron todo a perder —Alicia me fulmina con la mirada—. No podían confiar en nosotros para salir de esta, ¿no?

Smitty responde con agresividad.

—No, Malicia. No podíamos estar seguros de que no ibas a meter la pata con el primero que preguntara cualquier cosa.

—Pero no metí la pata, ¿cierto? —le espeta ella. Y es cierto. No la puedo acusar por eso—. Además, Michael nos dijo que no iba a lastimarnos. Fue lo primero que dijo.

—¿Quién? ¿Cara de nalga peluda? —gruñe Smitty—. Michael es un sicópata. Estoy seguro de que estaba impaciente por ponerte las manos encima, Malicia.

—¿Son tres en total, cierto? —pregunta Lily.

—Ajá —responde Alicia, arrugando la nariz—. Está también este otro tipo, bajito y con pinta de enclenque. No me acuerdo de su nombre… ¿Era Shag?

Smitty resopla.

—Shaq —murmura Pete—. Desde mi punto de vista personal, él es nuestra opción si queremos acercarnos a ellos. Es el eslabón débil, el vulnerable.

—Lo tendré en cuenta si alguna vez nos dejan salir de aquí —anoto.

—¿Qué nos van a hacer? —pregunta Lily.

—Probablemente nada —dice Pete—. Smitty acaba de meter la pata en serio al golpear innecesariamente a Michael.

—¿Innecesariamente? ¿Meter la pata? —grita Smitty—. ¿De qué hablas, Pete? Ese sicópata estaba tratando de manosear a Bobby. Él es el que debía estar encerrado.

—¿Qué más supieron de ellos? —le pregunto a Pete.

—No mucho —se muerde el interior de una mejilla—. Me da la sensación de que llevan un tiempo aquí, pero tampoco son los dueños. A lo mejor estaban pasando vacaciones, o en temporada de estudio.

—Tal vez son un grupo de Alcohólicos Anónimos —Smitty se fuerza a soltar una carcajada sarcástica—. Sí, eso es. Estaban todos desintoxicándose en este castillo, y hubo una extraña cura experimental con un jugo de verduras, pero resultó que su efecto es convertir a la gente que lo prueba en zombis. Y esos tres, estaban ocupados con el sótano lleno de trago, abriéndose paso entre los estantes, y no tomaron el elíxir curador. Así que vivieron para contarla.

Es una idea estúpida, pero ha habido ideas más estúpidas que resultaron ser verdad. Son un grupo extraño. No me parece que sean amigos, o que hubieran escogido pasar tiempo en compañía. Y a pesar de eso, tuve la sensación de que entre ellos había una estructura de poder. Michael actuaba como mandamás. Pero la Rubia, perdón Grace, como que tenía la última palabra respecto a todo.

—Es obvio que no consiguieron ayuda, o si no, no habrían regresado —continúa Pete—. Y también parecían muy molestos con lo de no sé qué llave —se frota la cabeza—. Shaq estaba literalmente en cuatro patas buscándola cuando llegamos. Y creo que los otros lo culpaban por haberla extraviado.

La cara de Alicia palidece, pero luego sonríe.

—Dios mío, la llave de la torre. ¡Ésa debe ser la que buscan! —la sonrisa desaparece tan pronto como surgió—. Debe haber algo realmente importante allá arriba. ¡Lástima que nosotros no la encontramos primero!

Miro a Lily y noto que Smitty también lo hace, pero ella evita cualquier contacto visual ocupándose de Cam, que ha decidido construirse un nuevo nido, esta vez en una caja de cartón.

—Me pregunto por qué será tan importante para ellos subir a la torre —continúa Alicia—. ¿Creen que allá adentro habrá algo que signifique que podemos conseguir ayuda? —queda boquiabierta—. ¡A lo mejor es que saben que allá podemos captar una señal de celular! ¡Eso fue lo que pensamos cuando llegamos a este castillo! —se pone en pie—. Debíamos ofrecerles nuestra ayuda para buscar. ¡Imagínense si todo lo que nos separa de quedar a salvo en casa es una estúpida llave!

Lily la mira con fijeza.

Alicia aplaude.

—Si todos nos proponemos buscarla, ¡seguro la encontraremos! Si son alcohólicos, es probable que no tengan muy buena vista.

Smitty gruñe:

—¡En realidad no son alcohólicos, Malicia!

Pero Lily se pone de pie.

—Tal vez tenga razón con lo de la torre. Podríamos llamar pidiendo ayuda.

—Pero, ¿por qué no llamaron ellos desde la torre en cuanto empezó a suceder todo? —digo.

Alicia se encoge de hombros.

—¿La llave ha estado extraviada todo ese tiempo? No, más bien… no tenían un celular, porque no se les permitía en este programa de rehabilitación —parece sorprendida con sus propios poderes deductivos—, y fueron a la cafetería de la carretera para buscar uno y ahora sí pueden probar en serio.

Fantástico. Primero tuvimos la teoría de Pete, de la conspiración del gobierno, y ahora Alicia está hilando historias con el chiste estúpido de los zombis borrachos que Smitty comentó. Hay una cierta leve posibilidad de que tenga razón en lo de la torre, pero esa llave es nuestro único elemento de negociación y no quiero que Lily la entregue mientras no estemos del todo seguros. Además, empiezo a pensar que debe haber una muy buena razón para tener esa torre cerrada. No sólo para tener a la gente a distancia… sino para mantener algo allí dentro.

Se oye un ruido en las escaleras. Miramos todos hacia arriba. El tipo enclenque, Shaq, está allí de pie.

Diablos. Lily y Cam. Hubiera sido mejor mantenerlos escondidos a los dos… por más de una razón de las que se me ocurren ahora.

—¡Hola! —saluda Cam alegremente, y Shaq lo mira, horrorizado.

Smitty se pone en pie.

—¿Qué quieres? —le grita a Shaq—. ¿Cara de Nalga Peluda vuelve al ataque?

Shaq levanta una mano.

—¡No! —baja dos escalones vacilando—. No saben que vine aquí, así que no griten, ¿está bien?

Alicia se levanta y suspira.

—¿Quieres algo de vino? No le diremos a nadie.

Shaq sigue bajando, con cara de confusión.

—Eeeem, no —nos mira, y sus ojos se detienen en Lily—. ¿Cuántos más de ustedes hay?

—Somos todos los que estamos aquí —y me aseguro de no sonar muy convincente.

—Muy bien, muy bien —su mirada se desvía hacia la cortina. Hasta donde le consta, bien podría haber un autobús entero de adolescentes ahí detrás. Señala un taburete de madera junto a las estanterías—. ¿Les importa si me siento?

—¡Para nada! ¡Ponte cómodo! —Smitty gesticula exageradamente—. ¡Más vale que descanses un poco antes de decapitar al siguiente prisionero!

Shaq se sienta con cuidado y se lleva la mano al puente de la nariz.

—Eso fue… un accidente lamentable.

—¿Te parece que vayamos a verlo ahora? —Smitty está desbocado—. Puedes presentarnos con todas las de la ley. Me sentí muy mal de no tener idea de su nombre cuando nos encontramos. A lo mejor tú tampoco lo conoces. ¿Le cortaron la cabeza sin preguntárselo?

—¡Smitty! —Pete, que hasta ahora ha guardado silencio, se inclina hacia Shaq desde su silla—. Cuéntanos de eso. ¿Quién era?

Shaq se aclara la garganta.

—Sí, lo matamos. Bueno, fue Michael quien lo hizo. En eso tienes razón —se acomoda en su taburete y mira a Smitty—. Pero tú dijiste que lo habías hecho. Ya sabes cómo es la cosa… cuando se transforman. No nos quedaba otra opción.

—¿Quién era? —repito la pregunta de Pete.

Los fríos ojos color caramelo de Shaq se encuentran con los míos.

—Era nuestro profesor. Era… mi mentor. Yo… —parece que estuviera sufriendo un colapso interno, y deja caer la cabeza entre las manos. Se queda así unos instantes. Y un poco más. No sé si estará llorando, pero es evidente que se está derrumbando por dentro de alguna manera. Alicia suelta una risita, avergonzada. Shaq se endereza. El momento ha pasado.

—Lo siento mucho. Es horrible recordarlo. Era nuestro profesor. Estábamos trabajando en… en un proyecto de la universidad, y nos estábamos quedando aquí unas semanas, una especie de vacaciones de trabajo. Hace dos días una de esas cosas se apareció en el castillo y lo mordió. El profesor se desmayó, luego volvió en sí y… bueno, ya se imaginarán el resto —mueve la cabeza de lado a lado—. Michael hizo lo que tenía que hacer…

Smitty se acerca a Shaq y le da palmaditas en el hombro, y éste se estremece.

—Lo lamento mucho, Shaq. Debió ser muy duro —se acurruca a su lado y sonríe—. ¿Y te importaría contarnos qué diablos estás haciendo aquí, hablando con nosotros?

Lily jadea extrañada, y Pete suspira y le lanza una mirada fulminante a Smitty. Pero Shaq no reacciona. Mira a Smitty y le devuelve la sonrisa.

—Entiendo que tengas tus sospechas. Pero sólo vine a saber si estaban todos bien y, bueno, para ser francos, también porque necesito su ayuda —nos mira uno a uno, para ver si le creemos su historieta—. Como les dije, los demás no saben que estoy aquí —se retuerce las manos—. Perdí una cosa. La llave de la puerta de la torre. Los otros están muy molestos conmigo porque todas nuestras cosas están allí metidas. Necesitamos subir. Tienen paranoia de que ustedes hayan escondido la llave, y por eso los encerraron aquí —nos sonríe con humildad—. ¿La tienen? Porque si es así, basta con que me la den y de inmediato los saco de aquí.

—¡Ah! —Alicia se pone de pie entre aspavientos—. ¡Esa llave! No la tenemos, ¿está bien? Si la tuviéramos te la daríamos, sin duda alguna —lo envuelve con una mirada cálida—. Mira, déjanos salir de cualquier forma y te ayudaremos a buscarla.

—¿Qué hay en la torre que sea tan importante? —pregunta Lily con calma.

La miro y trato de hacer que sus ojos se crucen con los míos.

—Tan sólo nuestras cosas —dice Shaq—. Ya saben cómo es la vida… uno pasa un rato sin sus cosas, y de repente las quiere de vuelta.

—¿Teléfonos? ¿Computadoras portátiles? —pregunta Pete.

—Sí, eso —contesta Shaq—. Desde aquí no funcionan, pero hay un viejo radio de transistores allá arriba, y si tuviera a alguien que me ayudara… —nuevamente se pellizca la piel del puente de la nariz—, podría encontrar la manera de hacer que ese radio nos sirviera para comunicarnos con el mundo exterior.

—Yo podría ayudar —Pete saca pecho orgulloso.

—¡Genial! —asiente Shaq—. Pero necesitamos la llave…

Lily se pone de pie, y al hacerlo, Smitty le bloquea al paso hacia Shaq.

—Entonces, les ayudaremos a encontrar la llave si nos dejan salir —dice subiendo la voz—. A propósito, ¿qué cosas estudiaban en este proyecto de grupo?

Shaq sonríe.

—¿Cómo dices?

Smitty le devuelve la sonrisa.

—¿Qué estaban estudiando? ¿En plena Navidad? Eso es lo que yo llamo dedicación. ¿Cuál es tu área?

Shaq se pasa la lengua por los labios.

—Shakesperare. Estábamos estudiando a Shakespeare, y pensamos que sería increíble leer *Macbeth* en un verdadero castillo escocés.

—¡Huy! —dice Smitty—. Muy cierto. El año pasado montamos *Macbeth* en la escuela, ¿cierto, Alicia? ¡Qué buena obra! —se inclina hacia Shaq y le susurra aparte, confidencialmente—: Ella hizo un papel muy convincente como la tercera bruja. Y aquí entre nos, Pete era el actor ideal para encarnar al fantasma de Banquo. ¡Pero qué coincidencia! —nos mira sonriente a todos.

—¡Ajá! —dice Shaq.

—Muy adecuado que fuera *Macbeth*, ¿cierto? —dice Smitty—. Aterrador y adecuado —se aleja de nosotros, se da vuelta, abre los brazos y dice a los gritos—: ¡Las tumbas abrían sus bocas y escupían a sus muertos!

Lo miramos como si hubiera perdido la cabeza.

Le hace un guiño a Shaq.

—Macbeth iba tras el dinero en todo esto, ¿cierto?

Shaq asiente.

—¡Exactamente! Yo no lo hubiera podido expresar con tanta claridad.

—Grita "destrucción" y suelta a los perros de la guerra —Smitty, el actor, bailotea por el sótano—. ¿No fue eso lo que dijo?

Shaq se ríe.

—¡Precisamente!

Smitty también ríe, en una forma peligrosamente amable. Con un gesto teatral estira un dedo y apunta a Shaq.

—¡Mientes! —le espeta—. ¡Macbeth jamás dijo tal cosa! Necesitas aprender a diferenciar entre los emperadores romanos y los reyes de Escocia —se abalanza sobre Shaq y ambos ruedan por el piso. El taburete de Shaq sale girando, y por poco golpea el nido de Cam, que grita y empieza a llorar. A Lily se le escapa una palabrota y lo alza de la caja.

—¡Quítenle la llave! ¡La tiene en el bolsillo! —grita Smitty desde debajo de Shaq.

—¿La llave? —pregunto atontada.

—¡La llave del sótano! —Smitty rueda, se da vuelta y logra apresar los brazos de Shaq sobre su cabeza, contra el suelo—. Para que podamos salir de aquí

Shaq se retuerce en el piso, pero Smitty lo tiene bien agarrado. Trato de tantear el interior de sus bolsillos sin sentir nada más que la llave.

—¡No la vas a encontrar! —me chilla Shaq—. No la tengo. Me encerraron aquí abajo con ustedes hasta que pudiera sonsacarles la llave de la torre.

—¡Por supuesto! —Smitty lo arrastra a sus pies—. Entonces te vamos a encerrar con tu mentor de Shakespeare allí abajo, ¡y verás si te dejan salir! —se vuelve a Pete—. ¡Échame una mano! —los dos sacan a Shaq a rastras a través de la cortina.

Alicia mueve la cabeza incrédula.

—¿Quién se lo hubiera imaginado?

—¿Qué?

Me mira como si yo fuera una retrasada mental.

—Que Smitty fuera capaz de leer algo, y menos aún Shakespeare —raspa un zapato contra el suelo—. Pero qué tristeza, porque ahora no nos van a dejar salir jamás —suspira y sigue a los muchachos por la cortina.

Lily tiene cargado a Cam, que sigue sollozando.

—Esto empieza a ser demasiado —pone una mano en la frente de su hermanito—. Y además está afiebrado. Tenemos que darles la llave de la torre para que nos permitan salir y nos ayuden. Y ese radio del cual habló Shaq...

—No podemos confiar en ellos —la voz me tiembla—, no por ahora... por favor, Lily. Nos contó una sarta de mentiras. ¿Quién sabe qué nos pueden hacer si les damos la llave? Debemos mantenernos en nuestra posición un poco más. En este momento, esa llave es la única fortaleza que tenemos.

Capítulo 21

¿Qué son ustedes en realidad? No puedo evitar hacer la pregunta. Shaq está sentado en la silla detrás de los barrotes, tratando de no mirarme, ni de ver el vómito que Smitty dejó allí ni el cadáver a su lado.

No responde. En realidad no esperaba que lo hiciera y ni siquiera sé si quiero que lo haga, a decir verdad. ¿Por qué iba a mentirnos primero si no fuera porque tenía algo qué ocultar? Pero hacer las preguntas sirve para que el tiempo pase mientras Smitty y los demás negocian nuestra liberación arriba.

—¿Qué hay en la torre que ustedes necesiten con tanta urgencia? —lo intento de nuevo—. ¿No sería más fácil decirnos la verdad? En todo caso, ¿qué podríamos hacer nosotros? Al fin y al cabo, no somos más que una partida de adolescentes idiotas.

Se vuelve en el asiento y me mira.

—Eres estadounidense, ¿cierto?

Me encojo de hombros.

—No. Sí. Un poco.

Pone una expresión soñadora.

—Me encanta ese país. Tengo familia allá, en Nueva Jersey. Una vez que todo esto termine planeo emigrar —asiente y me sonríe, como si esperara verme entusiasmada, o que me lanzara a aplaudir, o algo así. O tal vez que empezara a cantar el himno nacional. Como guardo silencio, él continúa—: Los estadounidenses saben apreciar el talento, ¿sabes? No es como aquí. Allá te dan el espacio y el dinero para hacer lo que estés destinado a hacer. Aquí hay que superar un montón de barreras… quiénes son tus papás, en qué colegio estudiaste —me mira entrecerrando los ojos—. Apuesto a que echas de menos tu país, ¿cierto? La tierra de la libertad.

Lo miro.

—No trates de hacerte mi amigo.

Hay una conmoción al otro extremo del pasillo. Veo a Smitty que viene hacia mí, pero algo no está bien. Cuando sale del todo de la oscuridad, me doy cuenta de que Michael lo tiene sujeto con las manos tras la espalda, tal como Smitty controló a Shaq.

¡Caramba! Smitty camina vacilando; tiene un ojo hinchado y le —corre sangre por la cara. Y Grace viene a su lado, con la picana eléctrica en la mano. Detrás se agolpan Pete, Alicia y Lily, que carga con un Cam lloroso, y se ven asustados, como corderos camino del matadero.

—¡Abre esa celda en este instante! —grita Michael.

Cierro con fuerza mi puño sobre la llavecita.

Grace da un paso adelante.

—Anda, vamos. Solucionemos esto como gente civilizada.

Siento que se me sube la sangre a la cabeza. Hago un gesto para señalar a Smitty.

—¿Y eso les parece muy de gente civilizada?

Grace finge algo de vergüenza.

—De verdad que él no le dejó a Michael otra opción. Pero no habrá más peleas —mira a Michael y luego vuelve conmigo—, porque tú vas a dejar a salir a Shaq, ¿cierto?

—No, a menos que ustedes nos dejen salir también —le sostengo la mirada sin titubear. No va a amilanarme, con su piel perfecta y su voz aterciopelada—. No les hemos hecho nada a ustedes. Entonces, ¿por qué necesitan mantenernos aquí abajo?

—¡Abre la puerta, te digo! —Michael grita, y tira a Smitty al piso, donde queda tendido y gimiente.

—¡No! —lo enfrento, con la estúpida seguridad de que no se atreverá a golpear a una mujer, a una adolescente.

Pero no contaba con Grace. Avanza hacia Smitty y lo toca con la picana. Él grita y se contorsiona en el suelo como un pez que jadea por poder respirar. Me mira acusadora, como si yo hubiera sido la que lo lastimó, y golpetea los barrotes con la picana.

—¿Dónde está la llave?

—¡La tiene en la mano! —grita Shaq.

Retrocedo hacia el muro, con el puño cerrado a mi espalda, y Michael se abalanza sobre mí.

—¡Alto! —le grita Grace—. En realidad no hay necesidad de asustarla —apunta con la picana hacia Smitty, la mueve lentamente a lo largo de su cuerpo y la detiene en su entrepierna. Los ojos de Smitty se abren de angustia.

—No se las des, Bobby —gruñe.

Grace hace descender la picana, despacio y con deliberación.

—¡Aquí está! —sostengo la llave en alto, justo a tiempo para salvar a Smitty, que cierra los ojos y traga saliva sonoramente.

Michael agarra la llave y la mete en la cerradura, y de repente Shaq está afuera, Grace me empuja dentro, junto con Pete, Lily y Cam. Michael arrastra a Smitty con nosotros.

Alicia sigue afuera. Grace le hace un gesto para que entre.

—¡No! —llora ella—. ¡No voy a dejar que me encierren con esa cosa! —retrocede pero Michael la captura y la lanza hacia la celda. En la puerta ella se las arregla para agarrarse de los barrotes y por unos instantes él no logra moverla. Al momento, ella cede, gira y saca una mano a través de la puerta. Ahora está en la celda y Michael cierra la puerta con fuerza para encerrarnos, pero me doy cuenta de lo que ella alcanzó a hacer: tiene la llave.

Un segundo después, Michael también se da cuenta. Abre la puerta y avanza hacia ella, pero Alicia es bastante rápida. Cual hipopótamo hambriento, sostiene la llave ante ella y se la traga.

—Ahí tienes —abre la boca y le saca la lengua—. ¡Ya no puedes encerrarnos!

¡Buena esa, Alicia!

Grace gruñe, se da vuelta y se aleja por el pasillo, seguida de Shaq.

—¡Michael! ¡No tenemos tiempo para esto!

Michael le lanza un puntapié a la silla, otro a Smitty, y nos deja en la celda, pateando la puerta tras de sí. La puerta se cierra, pero afortunadamente vuelve a abrirse. Lo último que necesitamos es que esa cerradura decida funcionar en este momento, cuando la única solución está siendo corroída por los jugos gástricos de Alicia.

—¡Esperen! —los llama Lily—. ¡Vuelvan! ¡Tenemos la llave!

Me encojo y cierro los ojos. ¡Se los dijo!

Pero aunque parezca increíble, siguen alejándose. Deben creer que se refiere a la llave de la celda.

—Tengo la llave —dice Alicia—, y no se la voy a dar a nadie.

Lily deja escapar un gemido de frustración cuando se da cuenta de que no vuelven.

Smitty gira sobre su espalda en el suelo, y finge mirar un reloj imaginario.

—Es cuestión de unas cuantas horas, Malicia —farfulla entre los labios hinchados y ensangrentados—. Volverán para llevarte en un *tour* especial al baño.

Alicia lo mira y sale corriendo de la celda. No hace falta que nos hagan una invitación formal a seguirla. El sótano, con sus lonas impermeables y cajas y la carbonera, parece un lujo total en comparación con esta celda.

Smitty rechaza mi ayuda cuando se la ofrezco a regañadientes, pues creo que es la única manera en que la aceptará. Tiene la cara hecha un desastre, pero me parece que lo que tiene más lastimado es el orgullo. Los otros se alejan más rápido que nosotros, y yo me retraso un poco, fingiendo que mi pierna me molesta.

—A propósito, qué buena trampa le tendiste —me apoyo contra los barrotes para arreglarme los *leggings*.

—¿Qué? —tiene dificultades para ponerse de pie, y yo pretendo no notarlo.

—Lo de *Macbeth*. Increíble que conocieras esas citas. Y el tipo cayó redondo.

Se encoge de hombros, pero parece que incluso le doliera.

—No fue gran cosa. Sabía que estaba mintiendo.

Sale al pasillo y lo sigo.

—¿De dónde salen esos pasajes? Hablaste de emperadores romanos. ¿Son de *Julio César*?

Pone los ojos en blanco.

—No sé. A lo mejor. Las conocía nada más por una canción de los Death Throes.

Death Throes. En la semipenumbra, me sonrojo. Ese botón que

tenía en su chamarra, el que usamos para ajustar la venda del chofer del bus, hace tanto tiempo. Debe ser una banda inglesa que yo soy demasiado ignorante para conocer. Pero luego, mientras lo sigo por el corredor, me doy cuenta. Sabía que esas líneas habían sido tomadas de *Julio César*, pues si no, ¿cómo iba a saber que no eran de *Macbeth*? Y no quería parecer un ratón de biblioteca frente a mí.

Cuando llegamos al sótano Pete ya va escaleras arriba, y grita que va a revisar que la puerta no esté cerrada. Me dejo caer en una caja. Alicia encontró otra botella de champaña. Smitty se la arrebata, retira el capuchón de alambre y la descorcha. Se echa parte del líquido en la cara maltratada y le entrega la botella a Alicia. Lily deposita a Cam en la caja que se ha convertido en cama. El niño no se ve nada bien. No puede ser cosa fácil enfrentar el apocalipsis cuando tienes tres años.

Pete baja las escaleras y su expresión nos dice todo lo que tenemos que saber.

—Estamos presos otra vez, ¿no? —Lily se pone de pie, con cara solemne—. Voy a hacer algo al respecto. No podemos quedarnos aquí para siempre. Ha llegado el momento de…

Me pongo en pie de un salto.

—¡Muy bien! —grito—. Necesitamos saber qué hay en esa torre. Si logramos oír de qué hablan, sabremos por qué les interesa tanto meterse allí y —miro a Lily—, y si resulta que eso nos ayuda a llegar allí, les ayudaremos a encontrar la llave —digo con mucho cuidado.

Smitty me mira desde su puesto en la podadora de pasto.

—¿Y eso cómo sería?

—Pues nos sacaría de aquí —ahora doy vueltas en el espacio del sótano.

—¡Claro! —dice Alicia, volviendo a su actitud superior usual—. Me perdonarán, pero no vi ningún aviso de "Salida de emergencia". ¿Me perdí de algo? ¿O es que tienes contigo tu teletransportador?

Miro escalones arriba. No puedo cruzar esa puerta. Por un instante sopeso la idea del pasillo de las celdas, que se corta abruptamente, y las historias de Pete sobre túneles de escape, pero la descarto. No estamos en un libro de "los cinco" de Enid Blyton. No será cosa de oprimir el tercer ladrillo desde el suelo para activar una puerta de piedra y revelar un pasaje. Bueno, no, tal vez no.

Y luego se me cruza la idea por la cabeza.

El conducto de la carbonera. Tiene que llevar a alguna parte. Y si el carbón puede entrar, las cosas también pueden salir. Cosas como yo.

La puertecita de madera está entreabierta. Algo de carbón debió caer cuando Lily y Cam se escondieron allí, y es lo que evita que se cierre del todo. La abro y me agacho para asomarme dentro, y la carbonera resulta ser muy espaciosa, tanto que puedo ponerme de pie.

—¡Roberta, eres un genio! —grita una voz desde afuera. Es Smitty, por supuesto.

Luego vienen las demás voces.

—Por nada del mundo me voy a meter ahí. Está muy sucio (adivinen quién es).

—Cam y yo nos quedamos aquí (adivinen quién).

—La posibilidad de escape dependerá del gradiente del conducto, claro (adivinen quién).

Me trepo al punto más alto del montón de carbón y miro por el conducto en sí. La abertura está en la parte superior del muro, que está un poco más abajo que la altura de mi hombro. Es un poco alto para poderme meter fácilmente, pero si logro encontrar algo en qué pararme, podré introducirme por el conducto. Está muy oscuro pero se ve una línea horizontal blanca en la distancia, como si la puerta exterior dejara una ranura de luz.

—¿Dónde quedó esa linterna? —grito dándome la vuelta, y casi me da un paro cardiaco del susto. Smitty está encogido a mi lado.

—Allá al frente tuyo —la enciende e ilumina el conducto. La longitud es como dos Smittys y medio, pero el espacio sí es bastante estrecho. Me acerco para ver mejor y siento un arañazo en la barbilla.

—¡Auch! Hay algo que sobresale del muro.

Smitty alumbra con la linterna y vemos tres travesaños oxidados que sobresalen del muro, uno sobre otro. Peldaños. Alguien debió necesitar subir por aquí antes, seguramente para limpiar un taponamiento. Probablemente algún pobre deshollinador o ayudante de cocina. Debía ser muy flaco para poderse meter ahí, pero también es cierto que en aquellas épocas mucha gente estaba desnutrida y era de talla pequeña.

Yo no estoy desnutrida. Bueno, quizás ahora lo esté pero es un asunto reciente. Pero sí soy delgada. Apoyo el pie en el primer peldaño y me preparo para lanzarme hacia arriba.

—No, no. Deja que yo lo haga —dice Smitty.

—Jamás cabrás ahí —lo contradigo.

—Voy a caber y te ayudaré a subir tras de mí.

—No necesito tu ayuda —lo fulmino con la mirada y pongo mi pie en el peldaño nuevamente.

—Peor para ti —me entrega la linterna y sube una pierna por encima de mi rodilla, desde atrás, con lo cual me hace perder el equilibrio. Me empuja levemente y no puedo evitar caer y aterrizar de trasero en el montón de carbón.

—¡Oye! —exclamo, pero ya va por el conducto cual hurón por una canaleta. Al menos por el primer tramo y luego se detiene. Lo veo retorcerse y mover los pies que sacan polvo de carbón al tratar de llegar más lejos. Se las arregla para voltearse sobre la espalda e intenta avanzar de esa manera, doblando las piernas para subir. Pero no sirve de nada. Está atorado.

—¿Problemas? Lo oigo suspirar.

—Resulta que soy demasiado musculoso y ancho de hombros para este asunto.

—Ya veo. ¡Qué lástima! —no voy a ceder ni un ápice, y por lo visto el conducto tampoco.

—De hecho, voy a necesitar algo de ayuda para salir de aquí.

—¡Caramba! —pienso un poco qué decirle—. ¿Smitty necesita ayuda? Eso debe ser casi … casi doloroso.

Está tratando de no ponerse de mal humor.

—No, para nada.

—¿Qué está sucediendo allá? —Alicia asoma la cabeza por la puertecita de entrada—. ¡Dios mío! Probablemente hay arañas descomunales —estornuda—. Creo que soy alérgica a este polvo. ¡Apúrense y salgamos de aquí!

Desaparece y la alcanzo a oír contarles a Pete y Lily lo inútiles que somos. Dejo la linterna a un lado, me paro en el peldaño inferior y tomo a Smitty por los tobillos. Tiro. Al principio no se mueve, pero después apoyo el otro pie contra el muro y vuelvo a tirar con todas mis fuerzas. Se oye un ruido de roce de superficies, un grito y luego queda libre y forcejea para salir del conducto, amenazando con caer y aplastarme. Me encojo y va a aterrizar como un gato en el montón de carbón, con la chamarra de piel toda recogida alrededor de los hombros.

—Caramba, gracias —dice—. O eso creo —se quita la chamarra, toma la linterna y la examina. Ha quedado muy raspada.

—Lo siento —digo.

—Olvídalo. Así tiene una apariencia más audaz. Malicia probablemente dirá que ahora sí estoy a la moda.

—No bromees. El *look* audaz fue anterior al apocalipsis.

Sonríe y estira un brazo para volverse a poner la chamarra como debe ser, y hace un gesto de dolor. Es un mínimo resoplido antes de que logre controlarse. Se lleva la mano a la parte de atrás de su camiseta y la saca de nuevo. Los dedos están húmedos de algo rojo.

—¿Qué te hiciste? —le arrebato la linterna y lo hago darse vuelta. Protesta, pero a pesar de eso le levanto la camiseta. Veo raspones largos, verticales y ensangrentados que comienzan en su cintura y siguen hacia arriba. —Por Dios, Smitty —susurro—. La espalda te quedó hecha jirones. Lo lamento mucho —rebusco en mis bolsillos algo que pueda servir para limpiar la sangre, pero veo que no tengo opciones—. No encuentro nada para limpiarte —entro en pánico—. Necesitas que te desinfecten —repaso mis bolsillos de nuevo, y se me cae la linterna, que parpadea y se apaga.

—Deja así —se da vuelta y me agarra los brazos—. Voy a estar bien.

—¡Pero fue culpa mía! —digo, mirando su cara a duras penas visible—, los raspones podrían infectarse…

Smitty se inclina y me besa.

En los labios.

Es un beso tibio y firme y dulce y sabe a sangre, y se termina antes de que yo pueda decidir si besarlo también o darle un puñetazo con toda mi fuerza.

—Métete al maldito conducto, Roberta.

Ay, ángel de las respuestas inteligentes, ¿dónde estás cuando más te necesito? Miro a Smitty, incapaz de saber si acaba de seducirme o de insultarme. Sin decir nada y con las piernas temblorosas, levanto la linterna del piso y me trepo al conducto, sin saber si Smitty irá a pegarme una palmada en el trasero. No lo hace, y siento enojo conmigo misma y a la vez algo de decepción. Mi mente anda a toda velocidad.

¿Me besó? ¡En los labios! Como si eso fuera normal. Pues no lo es, ¡todo lo contrario! ¿Lo haría en serio? ¿Se estará burlando de mí? Si es así, ¿por qué me agradó tanto?

Esos pensamientos me hacen estrujar la cara mientras trepo. El disgusto me sirve de combustible para subir. Me meto al túnel apoyándome en los codos, con la linterna parpadeando en mi mano y rebotando contra las piedras hasta llegar a la salida al exterior. Deslizo los dedos por debajo de la ranura, y se encuentran con la nieve fría. Abro la puerta hacia arriba, me escurro por la abertura y salgo al aire gélido.

Con trabajos me pongo en pie, me apoyo contra el muro de piedra y dejo que mis sonrojadas mejillas se refresquen. Afuera todo está deslumbrantemente blanco, en un increíble silencio. La nieve me sorprende, como si casi me hubiera olvidado de que estaba allí. Estoy en la parte trasera del castillo, en un patio rodeado por establos y otras edificaciones de servicio. La torre sobresale a mi izquierda y más allá debe estar la cocina y la puerta de atrás que Smitty usó la noche que llegamos aquí. *Anoche*, me digo. Qué locura. Parece que lleváramos semanas aquí.

Se oye un ruido amortiguado desde abajo. Smitty me grita algo.

Meto la linterna por la parte de atrás de mis *leggings*, me agacho y cierro la puertecita del conducto, sin hacer ruido.

Ahora estoy sola. Absolutamente sola.

Capítulo 22

odría salir corriendo. No tengo nada más que la ropa que llevo puesta, pero a pesar de todo podría irme corriendo. Me quedan al menos cinco o seis horas antes de que anochezca para llegar a alguna parte. ¿Qué tan lejos podría llegar en seis horas, a pie, entre la nieve? ¿Quince kilómetros? ¿Veinte? ¿Más lejos? Hay otros pueblos, otros lugares con teléfonos, otros sobrevivientes que no sean tan sicópatas y desesperantes, que no vayan a insistir en besarme.

Ahora sería el momento de hacer una jugada. Una sola persona no atrae tanto a los monstruos hambrientos de carne como varios adolescentes con heridas y un niño de tres años. Yo sola puedo hacerlo.

Respiro profundo. Tengo que pensar bien las cosas.

Hay surcos de algún vehículo en la nieve del patio. Están demasiado separados para ser de esquís, y demasiado juntos para ser de carro. Llevan de un arco que se abre en el muro que rodea el patio hasta un edificio con puerta de establo.

Me deslizo hasta allá, sin perder de vista la ventana que queda tras de mí, en caso de que alguien estuviera vigilando por ahí. Hasta donde puedo ver, parece que no. Abro la mitad superior de la puerta y me asomo. Lo único que me haría falta ahora sería un caballo zombi.

En lugar de eso veo dos trineos motorizados: uno azul-plateado, el otro rojo, con otro trineo pequeño ensamblado, para arrastrarlo.

Abro la mitad inferior de la puerta y entro. ¡Dios mío! Las llaves están puestas en el encendido de ambos trineos. ¿Será descuido? Me imagino que si los zombis atacan, no tendría sentido tener que buscar las llaves.

Junto al trineo de arrastre hay unas cajas, como si alguien las hubiera descargado hace poco. Miro su contenido… desinfectante. Me quedo pensando. Algo me resulta conocido. De hecho, mientras más vueltas le doy, más segura estoy de que son las mismas cajas en las que nos sentamos en la oficina de la cafetería de la carretera. Esa abolladura que tiene una de ellas tiene exactamente el tamaño del trasero de Alicia, seguro. Entonces, ¿eso fueron a hacer lejos del castillo? ¿Conseguir desinfectante? ¡Qué raro!

Me monto en el trineo azul-plateado y siento el cuero del asiento. Ya he manejado una de estas cosas antes. Papá tenía un amigo que nos prestó dos durante una excursión para esquiar que hicimos en el último invierno que pasamos en Estados Unidos. Claro que se supone que yo no debía manejarlo, sino que tenía que ir sentada detrás de un adulto responsable. Pero Mamá se había quedado en el refugio ocupada con su *blackberry*, como era normal, así que Papá y yo nos fuimos de paseo todo el día, hasta que las mejillas nos quedaron moradas por el viento helado y las manos casi cual si fueran garras, por la forma del manubrio.

Acaricio el chasís, ¡y la pintura se siente tan lisa y suave! Podría llegar muy lejos en este aparato. Hasta un pueblo, una estación de policía. Incluso hasta casa, si tuviera gasolina y tiempo suficiente. Al pensar en casa siento una punzada por dentro. La nueva casa en los suburbios es demasiado espaciosa para Mamá y yo, con sus techos altos, las chimeneas por las que se cuelan los chiflones y los problemas de cañerías. Apenas llevamos un mes allí, y nada me hace sentir que sea mi casa. No tengo historias allí, ninguna familiaridad, no he pasado un cumpleaños ni guardo recuerdos de navidades compartidas. La Navidad de este año la pasamos con la Abuela, con un pavo reseco y el discurso de la Reina y Mamá llorando disimuladamente en su habitación cuando pensaba que yo estaba en la planta baja.

Como sea, cualquier versión de hogar dulce hogar es mejor que esto. Tomo el timón del trineo y me pregunto qué tan lleno estará el tanque. Titubeo. Irme sola es una decisión crucial.

Si Papá estuviera aquí ahora, sabría qué hacer. Se montaría en el trineo rojo, lo encendería y encontraría el camino a casa, deshaciéndose de los monstruos en el trayecto. Si estuviera aquí, yo estaría a salvo. Él arreglaría todos los problemas.

Siento que me ruedan lágrimas calientes por la cara, y me afirmo en el trineo pues el llanto llega en forma inesperada y avasalladora.

Los recuerdos de su sonrisa valiente, su mano que fue enfriándose en la cama de hospital, y la sensación de desamparo y miedo que pensé que no volvería a sentir en mucho tiempo. Doblada sobre mis codos y temblando dejo salir todo lo que tengo dentro. Todo lo que tiene que ver con Papá. Y las miradas desagradables y las palabras hirientes de la excursión de esquí, y el profe Taylor y su destrozada cara de monstruo, y el chofer del autobús y su cabeza en la nieve, y Smitty y lo estúpida que me siento.

Y luego el arranque pasa, y Papá se ha ido de nuevo, y me doy cuenta de que lloro porque no puedo montarme en el trineo azul-plateado e ir a perderme en el atardecer. Hay gente que depende de mí y por alguna extraña razón no puedo defraudarlos.

Me bajo del trineo y salgo del establo, cerrando la puerta. Pero primero me he guardado las llaves en el bolsillo. Porque, como dijo Smitty, uno nunca sabe.

Muy bien, de vuelta en los asuntos importantes. Enterarme de los planes de esos tres y averiguar qué diablos está sucediendo.

Me deslizo más allá de la torre, pegada a las paredes. Trato de echar un vistazo dentro pero es imposible. Donde alguna vez hubo ventanas, ahora hay ladrillo moderno.

Mientras sigo dando mi rodeo, encuentro el lugar donde Pete tiró el jugo de verduras. Ya no es más que un bulto cubierto por nieve blanca. Ni siquiera puedo ver las asas azules de la bolsa de plástico. Pero creo que ahí sigue, hibernando hasta que todo se deshiele. Justo encima está la ventana de la cocina, con una rendija abierta. Supongo que Lily lo hizo para dejar salir el olor del tocino, cosa que no es la mejor de las ideas teniendo en cuenta todo el asunto de los zombis, pero para mí es perfecto porque puedo oír la voz grave y calmada de Grace puntuada por las exclamaciones de Michael y las quejas de Shaq. Están todos en la cocina.

No puedo quedarme demasiado aquí. Incluso si me acercara para oír mejor, no tengo cómo ocultarme. Si cualquiera de ellos llegara a mirar por la ventana, me descubriría. Sin tener en cuenta además al perro, dondequiera que esté. Necesito entrar y encontrar un lugar para esconderme.

Paso rápidamente frente a la ventana para llegar a la puerta trasera, con la esperanza de que esté abierta. Giro la perilla con una lentitud exasperante, y rezo en silencio porque no haya nadie esperándome en el otro lado.

Mis plegarias han sido oídas. Estoy en el cuarto destinado a botas y abrigos, que no contienen nada más que un perchero, botas y una serie de bastones y paraguas. La puerta que lleva a la cocina está a la izquierda, y hay otra, más angosta, a la derecha. Me acerco a la de la cocina. Grace está diciendo algo sobre "situaciones adversas que eran de esperarse". Muevo la cabeza incrédula y presto atención. ¿En serio, Grace? ¿De verdad esperabas que el mundo quedara en manos de los muertos vivientes cuando te despertaste ayer en la mañana? Doy un salto al oír la voz de barítono de Michael. Está justo al lado de la puerta. Y además parece que me hubiera leído la mente porque le dice a Grace casi lo mismo que yo acabo de pensar.

Esto no va a funcionar. En cualquier momento me van a oír, o van a abrir la puerta y a encontrarme. ¿Qué se supone que debo hacer? ¿Medio ocultarme entre los abrigos y fingir que soy una gabardina? Tengo que encontrar otro lugar para espiarlos.

Me acerco a la puertecita angosta. Casi no cede y deja salir un chirrido. Me paralizo, con la sangre hirviéndome por dentro, los ojos puestos en la puerta de la cocina. Pero no se mueve. Esos tres están demasiado concentrados en su conversación.

Abro la puerta del todo. Veo unos escalones empinados que suben. Escalera para la servidumbre. Obvio. ¿De qué otra manera iban a subir las charolas llenas de delicias para amos y señores en la planta alta? No debió ser nada divertido subir y bajar todo el día cargando cosas.

Y luego se me ocurre la idea. Una manera de meterme en la cocina que no implica usar ninguna puerta. Y posiblemente es la idea más tonta que he tenido en estos tres días. O en toda mi vida.

Estoy arriba y la encontré. La pequeña abertura en la pared que corresponde a la otra que encontramos en la cocina anoche. La verdad es que los sirvientes no llevaban las charolas arriba y abajo cada mañana. Las ponían en una plataforma movida por una polea, y luego dejaban que las maravillas de la tecnología de la era victoriana hicieran su parte.

Un montaplatos. Básicamente, una especie de elevador entre la cocina y los pisos de arriba.

Un montatontos. Básicamente, un conducto por el que un tonto decide bajar trabajosamente, o subir.

Y esa tonta seré yo.

Meto las manos en la parte baja de la puerta que cierra la abertura y empujo. Cede, con un poco de resistencia. Extraño. Sale un olor a encerrado. Adentro hay un espacio negro, apenas lo suficientemente amplio como para que un tonto, o una tonta, se meta dentro. Me inclino y miro hacia abajo, casi esperando la aparición de algún antiguo espíritu escocés que venga a saludarme. Debe haber un anaquel, una pequeña plataforma en la que yo pueda montarme y llegar a la cocina. Pero el conducto está completamente vacío y, ahora que lo pienso, es mejor. Lo último que quisiera es quedar atrapada aquí.

Hay travesaños de madera en las paredes del conducto, una escalera. Esa será mi forma de bajar. Tanteo para sacar la linterna que embutí en la pretina de mis *leggings*. Soy un genio. Claro: sabía que iba a trepar un túnel sólo para terminar bajando por otro. Ilumino el conducto con la linterna. El polvo se adhiere a mi garganta y retrocedo, tratando de evitar la tos.

¿Y bien? ¿Crees que puedes hacerlo, Roberta?, lo oigo en mi mente. ¿Puedes?

Pero claro que sí.

Vuelvo a guardarme la linterna en la cintura y me meto al conducto, tanteando el primer travesaño con el pie. Parece que está firme. Meto la otra pierna y me siento en el borde. Hasta ahora, todo bien. Y entonces, antes de que me pueda creer lo que sucede, estoy apoyando todo mi peso en los escalones y bajando, ya en busca del siguiente con mi pie, moviendo una mano tras otra de una manera que va totalmente en contra del pánico que comienza a subirme desde el pecho. Es como si, por seguirme moviendo, no me fuera a caer. Y si me detengo, voy a asustarme y…

¡Mierda!

Uno de los travesaños cede, mi mano derecha no encuentra más que aire del cual agarrarse, y quedo columpiándome al perder el apoyo de un pie. Estiro el otro brazo y el otro pie, y encuentro agarre en la pared opuesta, cual gato de chimenea.

Eso debió ser muy ruidoso.

Miro hacia abajo, con la seguridad de que la puertecilla del extremo de abajo va a abrirse. Pero no sucede así.

Una gota salada de sudor me entra en un ojo. Parpadeo para limpiarla, y estabilizo mi respiración. Sigamos.

Me muevo de nuevo, esta vez más despacio, probando la antigua madera antes de confiarle mi vida. Y luego, de repente, puedo oír voces algo amortiguadas. Aún están en la cocina, y siguen hablando. Genial. Ahora, no vayan a decir nada importante hasta que yo llegue abajo…

Y luego, ahí estoy, en la puertecita. Veo tres rendijas de luz, donde la puerta no encaja del todo en la pared. Ilumino más abajo con la linterna. El conducto continúa un poco más allá, y mi pie agradecido toca el suelo. El tenue olor a tocino compite con el del polvo y de cadáver de ratón. La abertura me queda a la altura del pecho. Me agacho y pego la oreja a la puerta. Si llegan a abrirla, mi cabeza será lo primero que encuentren.

—…nuestro objetivo primario debe ser que quede seguro.

Es Grace. Su voz es baja, pero habla lo suficientemente claro. ¿De qué habla? ¿El castillo? ¿El perro?

—¡Tenemos que contactar a alguien!

Doy un brinco. Una vez más, Michael Barbuchas ha echado mano de su increíble talento para estar justo a mi lado sin que yo me dé cuenta. Contengo la respiración.

Continúa.

—Debemos ser proactivos. No podemos sentarnos a esperar que el mundo se acabe.

Tienes toda la razón, Michael, pienso. Pero… ¿qué el mundo se acabe? ¿Acaso esto mismo está pasando en todas partes?

—Es inútil —ese es Shaq—. De nada sirve contactar a nadie hasta que hayamos puesto el producto en un lugar seguro. ¿Es que no prestas atención, Michael? ¿No te das cuenta de lo absurdo de nuestra posición? No tenemos nada, nada en este momento. ¡A menos que

podamos entrar ahí —se oye un golpe enfático—, no tenemos ninguna posibilidad de negociación con esa gente!

—Pon los pies en la tierra, Shaq —la voz de Michael se aleja y lo
oigo caminar a un lado y a otro por la cocina—. Gracias a ti es que
no podemos meternos allí.

Están hablando de la torre. Bingo.

—Esconderla al dejarla a plena vista —la voz de Shaq se afina
hasta parecer un lloriqueo—. Fue lo que siempre dijiste. Nada de
teclado de clave en la puerta que pudiera despertar sospechas. ¡La
llave debía estar colgada detrás de la puerta de la despensa! ¡Y yo tan
sólo seguí las reglas!

—En todo caso, no tenemos ninguna certeza de que vayan a venir
aquí —la voz tranquila de Grace corta el momento de histeria—.
Bien pueden tener algunas medidas de precaución que poner en
práctica antes de permitir que esto se difunda cual radiación nuclear.

Se hace silencio en la cocina.

Cierro los ojos. ¿Radiación nuclear? ¿Qué diablos está diciendo?
¿Los zombis van a hacer explotar bombas? Eso es, pero no parece
real. Lo estoy soñando. Los últimos días no han sido más que una
pesadilla fruto del trauma. En cualquier momento voy a verme des-
nuda en el escenario frente al colegio entero, y el niño que me gustaba cuando estaba en kínder estará tratando de obligarme a comer
un tazón de arroz con leche. Nada puede ser peor que esto.

Abro los ojos. Contrólate. Cuando dicen "radiación nuclear" lo
toman como metáfora y no es que estén hablando de bombas. Pero
Shaq dijo "producto". ¿Qué producto? ¿Algún tipo de repelente an-
tizombis? O…

Las piezas encajan. Me recuesto en la pared, sintiéndome la tonta más ingenua del mundo.

Esto no tiene nada qué ver con los zombis.

El "producto".

Estamos hablando de drogas.

"Producto" es el término que usan quienes las fabrican, ¿o no?
Grace, Michael y Shaq son traficantes de drogas. O productores,
más bien. Están fabricando alguna pastilla extraña en la torre. Las

cajas de desinfectante en el establo… probablemente son insumos que usan en su laboratorio.

Y necesitaban el producto para tener ventaja y posibilidad de negociar con… con alguien que quiere lo que ellos tienen. ¿Algún narcotraficante poderoso? Me imagino un tipo de grandes bigotes negros, ropa de colores chillones y varias mujeres escasas de ropas que lo abrazan. Ese tipo de personas matan a otras personas. No van a cambiar de idea por un simple apocalipsis zombi. Vendrán y matarán a quien quiera que encuentren. No les importará que no seamos más que estudiantes de escuela y no fabricantes de drogas. Primero dispararán y después vendrán las preguntas. Tenemos que salir de aquí pronto, y enfrentarnos mejor a los muertos vivientes. Al menos ellos no tienen armas automáticas.

—¿Y qué hay de nuestra obligación moral? —es Grace la que habla.

—¡No me hagas reír! —pero Michael se ríe, en todo caso. Volvió a su puesto, junto al montaplatos—. ¡Nosotros no pusimos esa cosa en las calles! ¡La creamos, pero no la sacamos!

—Se las entregamos sabiendo muy bien lo que podían hacer con ella —dice Grace desde el otro lado de la cocina—. Y tenemos la capacidad de remediar el daño.

—A mí me interesa más bien mantenerme con vida —gruñe Michael—. No me vengas con eso de la moral. Hicimos esto por razones honorables.

—Sí —dice Shaq con un chasqueo—. Y también por un montón de dinero.

Ajá, eso es. Me voy de aquí. Me enderezo y tanteo en busca del travesaño más cercano. Voy a salir de este conducto y luego todos nos largaremos de este laboratorio de drogas.

—Nada más recuerda… —la voz de Grace es clara y fuerte. Debió acercarse a Michael porque es casi como si susurrara en mi oído de lo próxima que está—. Cada vez que veas uno de esos monstruos, recuerda que son tu culpa, Michael. Mía, de Shaq y tuya. Nosotros los creamos. Sin tener en cuenta lo que la compañía haya hecho después. Si logramos subir a la torre, tendremos el antídoto y el poder en las manos. Desinfectamos este lugar a fondo, desaparecemos cualquier evidencia de que estuvimos aquí, y nos desvanecemos en el aire. Nadie más muere, recibimos el resto del dinero, y todo vuelve a la normalidad. Pero para que cualquiera de esas cosas pueda suceder, necesitamos el antídoto.

¿Antídoto?

Siento como si el suelo bajo mis pies hubiera desaparecido. Me aferro con fuerza a los travesaños, pero es como si los muros me aprisionaran mientras mi cabeza no deja girar. *Sal de aquí... después le encontrarás sentido a todo esto...* me digo.

Doy un par de pasos hacia arriba. Un pie, luego el otro, una mano, luego la otra...

Voy a medio camino en el ascenso cuando la linterna olvidada, pesada y a duras penas embutida en mi pretina, cae. Rebota en la pared opuesta y termina en el suelo con un golpe ensordecedor.

—¿Qué diablos fue eso? —grita Michael.

Trepo como si los zombis me persiguieran. Los zombis más rápidos del mundo.

Capítulo 23

sí que me moví con rapidez.

Si estos tres son científicos locos fabricantes de zombis, no les tomará mucho tiempo entender que yo estaba oculta en el conducto del montaplatos.

Cuando estoy llegando a la puertecita superior, se oye un ruido abajo. Miro. No hay rayo de luz ni grito. No han abierto la puerta aún. Pero lo harán. Salgo por la abertura y cierro la puerta. Como si eso fuera a hacer alguna diferencia. No es que vayan a seguirme por el conducto. Van a usar sus supercerebros malévolos y a salir a mi encuentro en la escalera empinada.

Corro hacia la gran escalera, y voy a mitad de la bajada cuando una puerta se cierra con fuerza. Me agacho. En alguna parte del piso de abajo hay movimiento. Por favor, por favor, que no vengan para este lado. Aguardo, esperando oír pisadas apresuradas, pero nada llega. Tengo que seguir. Si no me muevo ahora, voy a perder mi oportunidad.

Me escabullo escaleras abajo y corro hacia la puerta del sótano. Hay una silla de madera apoyada contra la perilla, para trancarla, y la retiro, abro la puerta y bajo los escalones de dos en dos.

—¡Tenemos que irnos de aquí!

Lily me mira. Cam sigue en su caja-nido.

—¿Dónde están los demás? —miro frenética por todo el sótano mal iluminado.

Lily se pone de pie.

—¿Lograste salir por la carbonera?

—Sí —contesto impaciente, como si no fuera lo más obvio del mundo—. ¿Dónde están los otros? ¡Tenemos que irnos cuanto antes!

—Pete dijo no sé qué de un túnel. Alicia y Smitty están jugando a la botella.

Oigo la inconfundible risita fingida de Alicia que viene de detrás de la cortina. La ira me hace hervir la sangre. Aquí estoy, arriesgando mi vida por ellos, ¿y ellos se dedican a bobadas?

—Carga a Cam y todo lo que puedas necesitar —le ordeno a Lily—. Nos vamos ya.

—¿Adónde vamos? —me pregunta ella, pero no le hago caso y voy hacia la cortina. Es una excelente pregunta, pero ahora no voy a perder el tiempo respondiendo.

Alicia y Smitty están sentados en el suelo, con las piernas cruzadas, y entre los dos hay una botella.

—¡Arriba, levántense! —les espero—. Busquen a Pete. Nos vamos.

Smitty se pone de pie con trabajo.

—¿Qué sucede? ¿Los oíste?

Asiento, seria.

—Los oí perfectamente. Ellos hicieron a los zombis. En la torre. No sé cómo o por qué, crearon una droga o algo así que transformó a toda esa gente. Alguien les pagó para que lo hicieran.

—¿Qué? —Smitty no da crédito a lo que oye.

—¿Perdiste la cabeza? —se ríe Alicia.

—Si no me crees, no importa. Pero ahora saben que uno de nosotros estaba espiándolos, y más vale que nos vayamos antes de que los tipos malos, los malos de verdad, los que les compraron la droga, lleguen —me doy la vuelta y corro de regreso a la primera habitación del sótano, sin molestarme en saber si los convencí o no.

Lily sigue inclinada sobre Cam.

—Algo raro está pasando —murmura—. No se despierta.

—¡Cárgalo! —le grito.

Smitty, Alicia y Pete aparecen entrando por la cortina.

—¿Qué es eso de que en la torre están fabricando zombis? —pregunta Pete.

—¿Eso es lo que están haciendo aquí? —dice Lily.

—¿Y todo es una especie de enorme experimento? —Pete casi que se ve emocionado.

—Eso parece. No tenemos tiempo de descubrir nada más —digo—. Hay dos trineos motorizados y uno de remolque en un establo al otro lado del patio. Corremos cual rayos hasta allá. Yo me llevo uno de los trineos, con Lily y Cam —miro a Alicia y a Smitty como queriendo fulminarlos—. Pete maneja el otro, y ustedes dos pueden pelearse por quién va en el remolque.

Antes de que cualquiera pueda comentar yo ya he llegado al tope de la escalera, y siento alivio al comprobar que la puerta sigue abierta. Espero unos instantes al final del pasillo mientras los demás forman una fila detrás de mí, y escucho. Una puerta se cierra, a la distancia, tal vez arriba. Bien. Entonces éste es el momento.

—¡Por aquí! —susurro, y atravieso el recibidor hasta la puerta principal. Tiene el cerrojo de arriba y el de abajo, tal como la dejamos nosotros. Tras echar un vistazo a la escalera, me empino para quitar el cerrojo de arriba mientras Smitty se agacha a mis pies para quitar el de abajo. Es más rápido que yo, y por eso toma la perilla y le da vuelta.

La puerta no se abre.

—Jala —grita Alicia, quitando a Smitty del medio con un codazo, y tomando la perilla entre sus manos delicadas. No sirve de nada. Está cerrada. Con llave. Otra llave. Una llave que nosotros no tenemos.

—¡Revisen el sótano! —dice un grito desde alguna parte, arriba. Es Michael.

—¡La puerta de atrás! —sugiere Smitty con firmeza.

Alicia sale corriendo y todos la seguimos, excepto Lily y Cam, agachados en el piso.

—¡Vamos! —susurro con fuerza.

—Está enfermo —me dice Lily y me mira preocupada. Como para demostrarlo, Cam sufre una arcada y vomita sobre el pulido piso de madera.

—¡No hay tiempo! ¡Tenemos que movernos! —corro hacia ella, y el amargo olor del vómito me golpea la garganta.

—Bobby —la voz de Lily es casi una súplica—, no sé si podremos seguir adelante. A lo mejor deberíamos darles lo que quieren. Darles la llave de la torre.

—No les vamos a dar nada —contesto.

Trato de tocarla, y al hacerlo veo a Shaq en el tope de la escalera. Oyó toda nuestra conversación. Nos mira desde arriba, y le devuelvo la mirada, paralizada, con cara de ruego.

Lo piensa.

Luego grita:

—¡Aquí están! ¡Aquí están!

Desgraciado. No querías hacerlo, pero llamaste a los nazis porque necesitas tenerlos de tu lado.

Y corremos. Yo, cargando en brazos a Cam enfermo, y Lily, con sus largas piernas y brazos tras de mí. Llegamos a la cocina y oímos gritos y golpes desde el cuarto de las botas. Smitty, Alicia y Pete están tratando de derribar la puerta de atrás, que estaba tan abierta cuando yo entré, pero que ahora se encuentra totalmente cerrada e impenetrable.

—¡Debe haber otra forma de salir! —grita Pete.

—¡Allí! —Lily apunta a la ventana de la cocina, que está abierta apenas una rendija.

—Vienen tras nosotros… —deposito a Cam en el piso, junto a Lily, y corro hacia la puerta por la cual acabamos de entrar, con un asiento de madera que tomo en el camino. Tranco la perilla con el asiento. Ah, aprendo rápido… Smitty me imita, y trancamos las tres puertas.

—Esta ventana no abre más —Lily está trepada en una silla, tratando de forzar la ventana. Smitty va junto a ella y empuja con todas sus energías.

—¡Rómpela! —grita Alicia, pero es imposible. Es una ventana cuyo vidrio tiene una rejilla de rombos metálicos, y por eso nos pareció tan adecuada para protegernos de los zombis, pero ahora obra en contra nuestra. A menos que Pete logre inventar una herramienta para demoler toda esa parte de la pared a punta de cinta adhesiva y cuerda, esa ventana seguirá ahí.

Estamos perfectamente atrapados.

Se oye rascar en una de las puertas. Alicia lanza un grito. La perilla gira frenéticamente, y siguen unos golpes. Alicia grita de nuevo, y siento ganas de golpearla. ¡Qué manera de decirles que seguimos aquí metidos!

Luego, los golpes se detienen.

—¡Muchachos! —es una voz calmada y grave—. No vamos a lastimarlos —es Grace.

—¡Claro que no! —grita Alicia—. ¡Van a convertirnos en zombis! La agarro del brazo.

—¡Cállate! —exclamo.

—¡Está bien! —continúa Grace desde detrás de la puerta—. Así que oyeron algunas cosas. Pero hay otro montón de cosas que no saben, y ahora lo más sensato para ustedes es que confíen en nosotros y nos dejen entrar.

—¿De verdad ustedes crearon los zombis? —Pete avanza hacia la puerta. No está asustado, sólo interesado, y en su voz se insinúa un tonito de "yo tenía razón, entonces"—. ¿Fue con una mutación de un virus? ¿Guerra biológica? ¿Es algún experimento para el gobierno? ¿Para quién trabajan?

Nos quedamos paralizados.

Desde el otro lado de la puerta, Grace hace un ruido, mitad suspiro mitad risita. Como si estuviera muy muy cansada.

—Eres Pete, ¿cierto? —dice—. Tú eres el del cerebrito, ¿o no? —su voz es suave, casi seductora—. Abre la puerta y te lo contaré todo, te prometo. Vas a quedar fascinado, créeme.

Pete va hacia la puerta, y estoy a punto de correr a derribarlo en caso de que quite la silla, pero primero habla.

—Gracias por lo que dices, Grace —le responde—. Estoy seguro de que los detalles me fascinarían, pero en realidad lo que queremos son unas cuantas respuestas.

—¡Qué respuestas ni qué nada! ¡Yo lo que quiero es irme a casa! —grita Alicia.

—Ya lo sé, Alicia, lo sé —dice Grace—. Es lo que todos queremos. Queremos que estén a salvo, que todo el mundo esté a salvo, ésa era la intención desde un principio —su voz es melosa, y me la imagino apoyada lánguidamente contra la puerta, como una diosa de Hollywood, escondiendo un hacha tras su espalda. Habla de nuevo.

—Deben saber que… que lo que está sucediendo aquí… que no es la primera vez.

Ajá, con eso logró captar nuestra atención. Y lo sabe.

—En todo el mundo hay personas que se han estado transformando… casos aislados. Viene sucediendo ya desde hace un tiempo.

—¿De verdad? —pregunta Smitty—. Me debo haber perdido esa parte del noticiero.

—Es cierto —Grace suena suficientemente convincente—. Es obvio que las autoridades no lo han dado a conocer. ¿Se imaginan el pánico si se supiera?

—Me lo imagino —dice Smitty, la voz cargada de sarcasmo.

—¿Y qué lo provoca?

Grace carraspea.

—Nadie lo sabe. La tarea de nuestro grupo era encontrar una solución, un antídoto. Pero después, la compañía que nos estaba financiando nos engañó. Todo lo que querían era descubrir qué convertía a la gente en zombis para usarlo como arma, como algo que pudieran vender. Nos mintieron, ya saben cómo pueden ser los adultos.

Pongo los ojos en blanco. Para ser una persona inteligente, Grace es muy estúpida si cree que esta maniobra de enfrentarnos en bandos, el de los buenos y el de los malos, va a funcionar.

—Creamos un antídoto —continúa—, y está en la torre. Tan sólo necesitamos llegar a él y podemos hacer que todo vuelva a la normalidad —hace una pausa y casi puedo oírla repasándose los labios con la lengua, a la espera de que mordamos el anzuelo—. ¿Quieren ser los héroes que hagan volver todo a la normalidad?

—Sí —dice Lily débilmente.

—Espera —grita Smitty—. ¿Tienen un antídoto? ¿Entonces por qué diablos no están allá afuera administrándoselo a todo el mundo, cobardes?

—Smitty —ronronea Grace—, es que no es el producto final sino un prototipo en el cual estamos trabajando. Creemos que funciona, pero no estamos del todo seguros. Sabemos que no funciona en personas que ya se hayan convertido en zombis, sino sólo en los que están en las primeras etapas de la infección.

—¿Y para eso era el jugo de verduras aquel? —pregunta Smitty—. ¿Para conseguir sujetos de prueba para encerrar en su torre?

—¡No! ¡Eso no fue idea nuestra! —por unos instantes me parece que Grace perdió el control, pero rápidamente lo recupera—. Eso fue la compañía y no nosotros. Iniciaron ese brote para ver cómo se transmitía el mal y cómo reaccionaba la gente. Incluso trataron de infectarnos a nosotros porque éramos testigos. Y ahora necesitamos el antídoto antes de que ellos lleguen y se lo lleven.

—¿Y qué van a hacer con el antídoto una vez que lo tengan? —pregunta Pete, es una buena pregunta.

Detecto la firme determinación en la voz de Grace.

—Hay gente allá afuera que sabrá qué hacer con él. Con buenas razones.

—¿Y también con buen precio? —Pete se ríe.

—¡No trabajamos en esto por el dinero! —dice Grace.

—¡No nos vengas con basura! —grita Smitty.

—Pero si les interesa… —añade ella—, parte de ese dinero podría pasar a ser de ustedes. Lo único que tienen que hacer es darnos la llave de la torre.

—¡No me importa el dinero! —grita Lily de repente—. Todo lo que quiero es salir de aquí y que Cam se ponga bien. ¡Necesitamos llevarlo a un hospital!

—¿No está bien? —dice Grace—. Tengo capacitación en medicina infantil, Lily. Puedo ayudarle. Abre la puerta, danos la llave de la torre, y yo voy a ayudar a que se recupere —no puede evitar que la voz le tiemble. No es tan buena actriz. Yo resulté más convincente haciendo de ovejita en el montaje de teatro que hicimos para Navidad en la escuela. —Desafortunadamente, no tenemos la llave —dice Pete—. Si la tuviéramos, se las daríamos.

—Pero sí tenemos la llave —Lily se lleva la mano al bolsillo y la muestra—. Ellos saben que la tenemos.

—¿La has tenido todo el tiempo? —grita Alicia. Se vuelve hacia mí, como si todo fuera culpa mía—. ¿Tú sabías eso?

—Haz lo correcto, Lily —apremia Grace desde el otro lado de la puerta.

—Muy bien —Smitty se acerca a la puerta—. Vamos a hacer eso, ¿está bien, Grace? Y nos convertiremos en héroes. Y vas a curar a Cam. Y nos darás un jugoso fajo de billetes.

Hay un grito que viene desde la ventana. Es Lily. Al principio creo que está desesperada por la presión, pero después veo que es una mano que entra por la ventana, una mano que le tira el pelo y la atrae hacia sí. ¿Un zombi? No, Shaq. Veo la parte superior de una escalera y su cabeza oscura a través del vidrio. Luego, casi en el mismo minuto, hay un crujido fuerte tras la puerta que va a dar al cuarto de las botas, un crujido y un grito. Michael entró por la puerta de atrás.

La clásica técnica de la distracción. Grace nos mantuvo envueltos en la conversación; los hombres nos atacaron por la retaguardia. Hemos debido preverlo.

Se desencadena el caos. Cam grita, Alicia también. Yo tomo a Lily por el brazo, tratando de desprenderla del tirón de Shaq. Smitty se lanza contra la puerta, y Michael está del otro lado. Grace sigue hablando, en voz baja y persuasiva, vertiendo veneno en los oídos de Pete. Oigo al perro ladrar en alguna parte, y luego otro crujido y la puerta se parte en dos. La puerta que lleva al cuarto de las botas sigue en su lugar, a duras penas, pero puedo ver a Michael a través de un agujero, con la cara morada de la ira, mientras Smitty trata de mantener las dos partes de madera en su sitio. Mientras lucho por liberar a Lily de Shaq, veo un relámpago plateado y la llave cae de su mano al piso de la cocina.

Antes de que alcance a reaccionar, Alicia se abalanza sobre la llave. Corre a la torre y mete la llave en la cerradura. Smitty, Pete y yo gritamos "¡Nooooo!" y yo atravieso la habitación de un salto, abandonando a Lily para tratar de alcanzar a Alicia. Hace girar la llave y abre la puerta. Y luego está adentro, subiendo, y Pete le pisa los talones.

A lo mejor tienen razón. ¿Tal vez es nuestra única forma de escape? En los instantes que me toma decidir, la puerta finalmente cede y Michael irrumpe de cabeza, se lleva a Smitty por delante, que sale rodando por el piso y acaba a mis pies. Eso no detiene a Michael, que choca contra la mesa de la cocina y se golpea la cabeza con ella.

Cae al suelo atontado y apenas se mueve.

Lily se derrumba junto a Cam. Un segundo después aparece Shaq y deja entrar a Grace. Ella queda de pie mirando el panorama, con la picana en la mano. Al ver la puerta de la torre abierta sus ojos emiten un destello.

Smitty se levanta y me lleva consigo a la torre. Pone la mano en la puerta.

—Bien —dice Grace—. Abrieron la puerta. No los vamos a lastimar.

Smitty no le hace caso.

—Lily, levántate. Alza a Cam y ven acá —tiene la mano firme en la puerta, presto a cerrarla.

En el piso, junto a la mesa, Michael se queja.

—Apúrate, Lily —dice Smitty, y cierra un poco la puerta, disminuyendo la ranura.

Lily gatea hacia Cam, que guarda silencio hecho una bola sobre sí mismo, con la cara entre las manitas.

—Está muerto.

Todos los ojos se centran en Cam.

—No está muerto —dice Smitty—. Se siente mal. Cárgalo y ven aquí.

Todos contienen la respiración. En el piso, Cam se estira. Tiene la cabeza gacha, y las piernitas se estiran buscando algún apoyo. Lily llora aliviada.

—¿Ves? Está bien —dice Smitty—. Tráelo.

Una figura oscura salta desde el cuarto de las botas. El perro, que ladra y gruñe, y muestra dientes y encías. Va hacia Cam, y Lily retrocede, perpleja. El perro se detiene junto al niño, pero su agitación aumenta y amenaza con morder a Cam.

Es Cam y sólo Cam lo que lo pone así.

—¡Dios mío! —murmura Shaq—. El niño. Está infectado.

—¡No! —grita Lily.

Cam se endereza y se vuelve hacia ella. Le veo la cara y siento una puñalada de dolor en el estómago. Su sonrisa regordeta es negra y retorcida, de su boca escurre un líquido viscoso.

El perro sigue ladrando.

—¡Lily! —la apremia Smitty, con cautela—. Déjalo.

—¡No! —grita ella.

Hay movimiento junto a la mesa cuando Michael vuelve en sí de repente, como si alguien le hubiera vaciado una cubeta de agua fría encima.

—¡El niño está infectado! —grita de nuevo Shaq, y Michael se escabulle hacia donde está Grace.

Ellos quedan de un lado, Smitty y yo del otro, y Lily y Cam y el perro están en medio.

Cam deja salir un sollozo sobrenatural, como un bebé que ha sido enterrado vivo y tratara de sacarse la tierra que se le metió a los pulmones. Estira los bracitos hacia su hermana, y de su boca fluye libremente sangre negra...

—Cam... —lloriquea Lily.

—¡Lily! —grita Smitty de nuevo.

Pero ella le tiende los brazos a Cam.

Grace grita:

—¡No!

Y en ese abrazo de hermano y hermana, Cam hunde sus dientes de leche en el hombro tembloroso de Lily.

Michael y Grace saltan hacia delante. Smitty me aleja de la puerta y la cierra de un golpe, encerrándonos en la torre.

Capítulo 24

Se oye golpear a la puerta. El ruido llega tan amortiguado que parece como si estuviéramos bajo el agua. A lo mejor todo se debe al grosor de la puerta, pero me siento como si flotara por encima de mi cuerpo, girando en el techo... o por encima del techo, entre las nubes.

—Bob, Bob.

Smitty me sacude levemente, o tal vez no con tanta suavidad. Esto tampoco lo sé con certeza. Y luego me toma de la mano y me lleva escaleras arriba. La escalera sube en espiral, muy iluminada, blanca y limpia. Ya no estamos en un castillo. Es como si de repente hubiéramos ido a parar a una nave espacial. Las escaleras se prolongan una eternidad. Con cada paso voy volviendo a mi cuerpo.

Aquí viene el mareo. Me derrumbo en un escalón deslumbrante.

—La dejamos.

Smitty se acurruca a mi lado.

— Tú viste que recibía el mordisco.

Asiento.

—Cam estaba infectado —Smitty suena como si estuviera tratando de convencerse a sí mismo, pero no necesita convencerme a mí. No había ninguna duda. Ni la más mínima.

—No están muertos aún —me froto la cara con las manos y de un salto me pongo en pie, con la cabeza zumbándome—. Grace dijo que allá arriba está el antídoto. Debíamos dejarla entrar, pues a lo mejor puede ayudarles a Cam y a Lily...

—¡No! —Smitty niega con la cabeza—. Dijo que de nada servía una vez que la persona ya se había transformado en zombi.

—¡Pues para Lily, entonces!

—No tenemos idea de si Grace estaba diciendo la verdad o no —sigue firme.

—Si existe un antídoto, iré a buscarlo yo misma —lo hago a un lado y sigo subiendo de prisa—. No me voy a dar por vencida incluso si Cam ya no tiene remedio.

—Debimos… —la voz de Smitty suena insignificante y dolida—. Debí cuidarlo mejor. O al menos darme cuenta de lo que sucedía. Pobre chiquito.

Me paro en seco y lo miro por encima de mi hombro. El Smitty que conozco no se sentaría a lamentarse. No sé si conmoverme o aterrarme.

—No asumas la culpa —me arriesgo a posar la mano en su brazo. Nuestras miradas se cruzan durante unos segundos—. Debió infectarse incluso antes de que los encontráramos.

—Lily —Smitty respira hondo y me roza la mano con la suya—. Queda la probabilidad de que el antídoto funcione con ella. No todo el mundo se transforma tan rápido. En el profe Taylor fue casi instantáneo, con los compañeros en la cafetería tomó unos minutos, y a Cam le tomó días.

—Entonces, ¡tenemos que intentarlo! —me doy la vuelta y sigo subiendo antes de pensarlo mejor.

Llego al tope de la escalera y atravieso un arco.

La habitación ante mí no es una nave espacial, pero sí es mucho más espaciosa de lo que hubiera pensado. Tiene forma circular con techo abovedado y enormes ventanas elevadas. Todo es blanco y brillante y de apariencia nueva, con escritorios y libreros que cubren las paredes por debajo del nivel de las ventanas, y una mesa larga y rectangular, como una gran loza de piedra, en el centro. Parece el cuartel general del doctor Frankenstein.

—¿Están bien? —Pete está encorvado frente a un escritorio en un rincón, manipulando algo sin parar—. ¿Cerraron la puerta luego de entrar?

—No, la dejamos abierta, pedazo de idiota —murmura Smitty—. Pero gracias por preocuparte.

—¿Podrán entrar? ¿Qué vamos a hacer? —grita Alicia desde lo alto. Está encaramada en el marco de una ventana que corre alrededor de toda la circunferencia del cuarto, y sostiene un celular, en busca de señal. Nadie sabe en qué agujero ha tenido escondido ese teléfono todo este tiempo…

Abro un gabinete, después un cajón y su contenido cae al suelo.

—¿Dónde tendrán guardado el antídoto? —reviso los estantes. Y luego lo veo: un refrigerador. Ahí es donde yo escondería mis pociones mágicas. Abro la puerta con fuerza y encuentro los estantes llenos de tubos de ensayo y jeringas.

—¿Para qué? —pregunta Alicia.

—Demasiado tarde —contesta Smitty, y sus palabras permanecen en el aire como un hedor. Señala un mueble cerca del arco de entrada. Adentro hay seis pantallas de televisión pequeñas, muy semejantes a la que encontramos en la cafetería. Exactamente iguales. Cierro el refrigerador y me acerco a las pantallas. Hay diferentes perspectivas del patio, las puertas de adelante y atrás, la entrada principal. Y la cocina.

Lily está de pie mirando a la cámara. Se mece suavemente de un lado a otro, como al ritmo de alguna música. En un principio creo que tiene los ojos cerrados, pero después me doy cuenta de que le veo el blanco de los ojos nada más, y que sus pupilas están mirando hacia dentro. Hay un hilo de saliva viscosa que le cuelga de la barbilla, y al menearse, el hilo también se mece. De repente, sus brazos se estiran a los lados de su cuerpo, con las muñecas dobladas y los dedos cual garras, como si tocara el piano, como si la música que oye en su cabeza hubiera llegado a un crescendo.

—¿Qué ven ahí? —grita Alicia desde arriba.

Cam no está. No se ve nadie. Nadie más que Lily o ese cuerpo que solía ser Lily.

—¿Qué sucede? —pregunta Pete desde su escritorio.

Mis ojos ya no tienen lágrimas, y el corazón me golpetea en el pecho. Y luego veo un movimiento rápido detrás de Lily. Es Michael con el hacha de Smitty, y la sostiene muy por encima de su cabeza, con intenciones de descargarla sobre Li…

—¡Apaga eso! —grito, y la mano de Smitty se dispara para oprimir el botón de apagado. Las imágenes desaparecen.

Smitty ataca el mueble de las pantallas, y luego se vuelve hacia una silla de cuero que está cerca. La derriba al piso y la patea enviándola al otro extremo del cuarto.

—¿Qué diablos está pasando? —la voz de Alicia está alcanzando niveles críticos.

—Cam se convirtió en zombi y mordió a Lily —dice Smitty en voz baja, con el pecho agitado—. Ella también se convirtió.

—¡Dios mío! —gimotea Alicia—. ¿Cam era un zombi durante todo este tiempo? —deposita el teléfono en el ancho marco de la ventana, echa la cabeza hacia atrás y deja salir un aullido que envía una especie de grito primigenio a la noche que comienza, como si el último vestigio de esperanza abandonara su cuerpo. Es todo un acontecimiento. Debió haberse desprendido de ese grito hace mucho tiempo, quizás cuando le comenzó la adolescencia. Con eso, habría sido una mejor persona.

Noto que el teléfono que se le cayó es el mío. No importa. No es que me gustara mucho tampoco.

—Lo sabía —dice Pete—. Siempre me pareció que Cam tenía algo raro.

—¿En serio, Albino? —se percibe el amargo veneno en la voz de Smitty—. Eres el rey de los astutos.

—¿Qué? —contesta Pete—. No es que no me parezca triste, ni nada por el estilo. Es horrible.

—Al menos fue rápido —apoyo mi mano en el hombro de Smitty—. Lo de Lily, quiero decir —en realidad no sé si lo que dije es cierto, y Smitty lo sabe. Hasta donde tenemos idea, Cam y Lily están bajo una especie de tortura, sufriendo, asustados y entre la vida y la muerte, y bajo el filo del hacha de Michael. Me clavo las uñas en las palmas de las manos y trato de desterrar esa idea de mi mente.

Smitty se vuelve hacia mí y me toma de los brazos como cuando me besó en la carbonera. Durante unos segundos me pregunto si va a besarme de nuevo. Probablemente no sería lo más apropiado en este momento.

—¡Tenemos que olvidarnos de eso! —me apremia—. No pierdas el control y concentra tus esfuerzos en que salgamos de aquí.

Asiento, tratando de no desmoronarme, de prevenir el derrumbe.

Me suelta y retrocede un paso.

—Bien, bien.

Se lo creyó.

Me permito volver a respirar.

—Tenemos que revisar bien este lugar —dice Smitty, rechinando los dientes—. Aquí tiene que haber algo que nos facilite las cosas.

—En eso estoy —revira Pete desde su rincón—. Con las computadoras, para ver si podemos conectarnos a Internet.

En cada módulo de escritorio hay unas cuantas pertenencias personales dispersas, como pequeños fragmentos de personalidad que decoran una zona baldía y estéril. En el escritorio más cercano a mí hay un tubo de crema de manos con aroma a limón, y una foto de una rubia glamorosa con lentes oscuros, abrazada a un tipo musculoso en traje de baño. El módulo de Grace, limpio y funcional.

Smitty enciende la computadora y oprime algunos botones.

Un cuadro de diálogo aparece: Contraseña.

Smitty me mira.

—¿Se te ocurre algo bueno para poner aquí?

Va al siguiente módulo y enciende la computadora correspondiente. Voy al tercer escritorio. La silla de cuero que Smitty atacó es la de este sitio de trabajo, y por alguna razón la levanto y la vuelvo a poner en su lugar. Es una silla giratoria anticuada, usada y maltrecha, y algo que parece crin de caballo sale de un agujero en uno de los brazos. Me siento en ella y detecto un olor familiar de un cuerpo tibio, enciendo la computadora. El disco duro no está. Alguien lo desconectó.

—¿Alguna novedad? —dice Smitty.

Muevo la cabeza desanimada y empiezo a revolver una caja de cartón llena de cosas en el escritorio. Nada útil.

—¿Pete? —pregunta Smitty.

—Negativo —es la respuesta.

—¡El radio! —Alicia se baja de su percha en el marco de la ventana—. Shaq dijo que había un radio.

Smitty y ella empiezan a arrasar el cuarto, y la desesperación crece.

—¡Mentiras, todo son puras mentiras! —bufa Smitty, mientras abre cajones y rebusca en los estantes.

No soporto esta situación. Estoy harta del misterio, de las esperanzas que aumentan y luego se van al suelo. Me recuesto en el escritorio y empujo la caja de cartón al suelo, desesperada. Algo sale revoloteando. ¿Qué es eso?

—¡Ooooh! ¡Arrodíllense ante mí porque soy la princesa de la genialidad! —Alicia encontró algo. Es una portátil. Fantástico. Otra contraseña que no sabremos adivinar.

Mi mirada se detiene nuevamente en el rectángulo brilloso que cayó fuera de la caja. Aquí hay algo muy extraño… y me agacho. Es una foto. La levanto para verla a la luz y el corazón me late desbocado.

Es una niña de cuatro o cinco años. No, tiene cuatro, de eso estoy segura. Está sentada en un tractor de juguete, con unos shorts de toalla azul y una enorme sonrisa. Unas felices vacaciones de verano. Un día caluroso, con un picnic, helados pegajosos y una avispa que cayó en la mermelada…

—Estamos conectados —grita Pete—. Y tenemos acceso a la red.

Miro hacia donde los tres se apiñan frente a la portátil. ¿Red, Internet? No estoy segura de poderme mover. Contemplo nuevamente la foto. Debo estar equivocada. Esto no tiene la menor lógica.

—Bob, ¿qué te pasa? —Smitty me grita—. Estamos en línea.

No hay respuestas sencillas. Me embuto la foto en el bolsillo y me obligo a volver al presente.

—¿Tenemos acceso a Internet?

—En cierta forma —dice Pete—. Sin embargo, ahí no termina la historia.

Corro hacia él.

—¿Puedes ponerte en contacto con alguien? ¿La gente sabe lo que está pasando aquí? ¿Estará pasando en todas partes también?

—Tranquilízate —Pete teclea algo rápidamente—. Nunca nos iban a poner las cosas tan fáciles, ¿no?

—¿A qué te refieres? —Smitty está detrás de la silla de Pete, como si fuera lo único que puede hacer para evitar lanzarse hacia la pantalla de la portátil.

Pete hace una pausa y se rasca la costra de la cabeza.

—Es raro. Y brillante. Nunca había visto nada igual.

—¿Qué? —vocifera Smitty en el oído de Pete.

Éste le sonríe.

—¿Ya sabes eso de que tus papás pueden establecer controles en tu portátil para impedir que averigües cómo hacer una bomba con objetos de uso doméstico o que te enloquezcas viendo bellos bombones?

—Claro que sabe —se burla Alicia.

—Bueno —la sonrisa de Pete se ensancha—, eso es lo que hicieron aquí. Hay restricciones que nos impiden visitar cualquier sitio que no quieran que veamos —la sonrisa se desvanece—. O sea, prácticamente cualquiera.

—¿Nada? —pregunto—. ¿Tampoco puedes enviar e-mails?

—Hay un servidor de correo electrónico pero está protegido con una contraseña —oprime unas cuantas teclas—. En realidad no tenemos acceso a Internet, sólo un navegador que no me permite navegar. Ya revisé el historial de navegación. Sólo aparece un sitio. Algo llamado Industrias Xanthro.

Smitty frunce el ceño.

—¿Qué es Industrias Xanthro? Suena a compañía farmacéutica. ¿Serán esos los malos?

Siento que el cuarto empieza a ondular suavemente a mi alrededor. A falta de algo mejor, me dejo caer sentada en el piso.

—¿Y a ti qué te pasa? —dice Alicia, retrocediendo y con los ojos muy abiertos—. ¿Necesito sacar mi cuchillo de nuevo? ¿Te vas a transformar?

Niego con la cabeza.

—No —deslizo la mano en mi bolsillo y cierro los dedos sobre la foto. La foto de Roberta a los cuatro años.

Smitty me mira desde arriba, con fijeza.

—Industrias Xanthro. Tú sabes qué es, ¿cierto?

Lo miro.

Asiento con la cabeza.

—Industrias Xanthro es la compañía para la cual trabaja mi madre.

Capítulo 25

Claro que apenas he pronunciado esas palabras, pienso que hubiera sido mejor callarme. Porque ahora los tres retroceden como si yo fuera el enemigo público número uno.

—¿Tu madre?

Pete me mira con intenso desagrado, como si acabara de cagarme en su boca. Es casi gracioso. Siento que las ganas de reír se acumulan en mi interior, pero las retengo. De nada serviría ponerme toda alegre y jovial en este momento.

Mi madre. Mi mamá.

—Industrias Xanthro es una compañía farmacéutica y de biotecnología —Pete tiene un ojo verde y opaco puesto en la portátil, el otro fijo en mí, en caso de que me abalance sobre él y le arranque la cabeza de una dentellada.

—Sin bromas —los ojos de Smitty están fijos en los míos, sin parpadear.

Pete asiente, y lee.

—Fabrican drogas. Drogas experimentales. Entre ellas el contenido del dichoso jugo de zanahoria, apuesto —se balancea y tambalea por la conmoción.

Tambaléate todo lo que quieras Pete, pero no podrás tocar lo que está en mi cabeza en este momento. El primer sentimiento es de puro, absoluto y total asombro. El segundo sentimiento es que nada de esto me sorprende.

Porque Xanthro es la culpable de todo lo que anda mal en mi vida. Esa compañía retuvo a mi mamá lejos de mí en muchos de mis cumpleaños, montajes teatrales escolares y los millones de veces que me raspé una rodilla y hubiera necesitado que ella me la besara para sanarla. Nos obligó a irnos a Estados Unidos y después, aún peor, nos hizo volver a Inglaterra. Hizo a mi mamá trabajar tanto y tan duro que ella, una doctora, jamás notó que mi papá estaba enfermo hasta que ya fue muy tarde. Así que la idea de que las Industrias Xanthro estén involucradas en un apocalipsis zombi no me parece nada descabellada.

¿Pero la idea de que Mamá participe en eso? Desde que llegué a la adolescencia he estado convencida de que mi mamá era una pesadilla, y culpé de eso a las hormonas. Las suyas y las mías. No es que sea la encarnación de la maldad ni nada parecido. Pero ahora todo tiene sentido, y me revuelve el estómago: los largos viajes, el cansancio y el estrés que llevaba tatuados en la cara. La foto y su olor impregnado en esa silla de cuero. Ha estado trabajando aquí, en el castillo.

¿Pero hizo ella todo esto? ¿Hizo a los monstruos?

—¿Cómo es la historia, Bob? —la voz de Smitty se oye tranquila pero seria.

Miro las tres caras lívidas y enojadas al otro lado del cuarto.

—No tengo idea de lo que está sucediendo.

¡Huy! Eso sí que suena convincente. De hecho, es como si yo fuera la autora intelectual de todo el desastre.

—A ver —me pongo de pie con dificultad y todos retroceden otro paso—. ¿Por qué diablos iba a estar yo aquí, justo en medio de todo, si mi mamá estuviera involucrada en este asunto? ¿Por qué me iba a poner en peligro?

—¡Ja! —replica Alicia—. Si fueras mi hija, yo haría exactamente eso.

—Te equivocas —reviro—. A pesar de lo… difíciles que son las cosas con mi mamá, ella no se arriesgaría a perderme —y es sólo cuando lo digo que me doy cuenta de que es cierto—. No después de lo del año pasado, después de la muerte de mi papá. Sería demasiado para ella —siento que se me forma un nudo en la garganta.

La expresión de Smitty se suaviza un poco.

—¿Tu papá murió?

—Hace seis meses —la respiración prácticamente se me detiene. Es la única manera de mantener esas molestas sensaciones a raya. No respiras y puedes engañarte diciendo que esas cosas no duelen—. Tenía cáncer, cosa irónica porque la especialidad de mi mamá es oncología.

—¿Qué? —evidentemente Alicia cree que estoy inventando estas cosas.

—Un médico que se ocupa del cáncer —murmura Smitty.

Siento que mis hombros empiezan a ascender hacia mis orejas.

—Mi mamá hace investigación en curas para el cáncer, hace ensayos clínicos, y no cultiva zombis en el laboratorio.

Pete se acurruca en el suelo, absorto en la portátil nuevamente.

—Estaban creando una droga aquí en el castillo, seguro. Hay algunos apuntes, fragmentos de e-mail. No voy a decir que entiendo lo que dicen, pero tiene que ver con activar anticuerpos latentes con un estimulante químico.

Alicia pone los ojos en blanco.

—¡Ay, por favor, ahórranos los detalles científicos!

Pete la fulmina con la mirada.

—Estos son todos los detalles, burra ignorante.

—A ver, tranquilas, Batichica y Lady Shiva —Smitty se acerca a mí, y se voltea para quedar frente a Pete y Alicia—. A Bobby no la tocan. ¿Que su mamá trabaja en una malvada compañía de medicamentos? ¡Qué gran cosa! Pues en estos días ha estado a un pelo de ganarse un buen mordisco de zombi muchas más veces que cualquiera de ustedes.

Estoy agradecida, pero claro. Mis hombros bajan un poco mientras él está junto a mí. Me arriesgo a mirarlo y nuestros ojos se cruzan un instante. Gracias. Alicia detecta el cruce de miradas y gruñe burlona. Smitty no le hace caso.

—Piensen lo que quieran de Bobby, pero más bien ocúpense de ustedes. Grace dijo que había algún tipo de antídoto aquí. Debemos buscarlo. Al menos eso nos dará algo para negociar en caso de que los chicos malos se aparezcan —va hacia la pared—. ¿Y es que no hay luces aquí? Este asunto de la penumbra me está hartando.

Buscamos un interruptor.

Creo que los convenció de no matarme, al menos por ahora.

—¡Lo encontré! —Alicia da con el interruptor y lo oprime.

Hay un ruido potente. No es tanto el ruido en sí como un impacto que hace vibrar las paredes de la torre y el piso.

—¿Qué hiciste? —le grita Pete a Alicia.

—¡Nada!

Meneo la cabeza.

—Fue algo afuera.

Alicia se encarama nuevamente en la ventana, y Smitty la sigue de cerca.

Atravieso la habitación para ver las pantallas de televisión. La imagen está oscurecida por humo, pero puedo ver gente afuera, docenas de personas… en la entrada, la puerta delantera y muchos más en el patio. El corazón me da un brinco. ¡El ejército! Al fin nos encontraron. ¡Vinieron a rescatarnos con sus armas!

Pero luego el viento cambia y el humo se dispersa. Veo un tambor de gasolina que arde, y debió ser la explosión que oímos, no disparos del ejército. Las figuras difusas en blanco y negro se tambalean y con sus manos rasgan el aire. Las cabezas se mecen a lado y lado. El perro está ahí también, ladrando y tirando dentelladas a la multitud, muy agitado.

No es un ejército.

Las hordas nos han cercado.

Los gritos de Alicia en la ventana lo confirman.

Smitty, pegado al vidrio, grita.

—Allí está Cara de Nalga.

Miro nuevamente la pantalla que presenta lo que sucede en el patio. Michael sostiene lo que parece ser una lata de gas en una mano y una antorcha hechiza en la otra, y amenaza con ellos a la multitud.

—¡Dios mío! —Alicia se pega al vidrio también junto a Smitty—. Es hombre muerto.

—Pero no es un muerto viviente —Pete se reúne conmigo frente a las pantallas, pero guarda una distancia que no habría mantenido diez minutos antes—. Todavía no.

Mientras observamos, Shaq sale del establo donde se guardan los trineos motorizados. A pesar de la escasa resolución de la pantalla puedo ver su expresión desesperada. No pueden escapar en los trineos. Tanteo el bultito metálico en mi bolsillo. Yo tengo las llaves.

Las hordas avanzan.

Michael parece gritarle a Shaq, que ha vuelto a desaparecer en el establo. O tal vez le grita a Grace, que no se ve por ninguna parte. Tal vez ella salió mejor librada con su picana, o quizás estaba demasiado cerca del tambor de gasolina cuando explotó. O a lo mejor ya forma parte de la hambrienta multitud.

Shaq aparece de nuevo, pero no a causa de los gritos de Michael. Lleva a Cam prendido de una pierna, abrazado a esta con patas, manos y con los dientes engarzados en la carne, inamovibles. Shaq no puede llegar muy lejos con un zombi de tres años en su pierna, y cae justo frente a la puerta.

La multitud avanza. Michael lanza gas a todos lados y agita la antorcha, pero el líquido se derrama sobre él. Y luego, es inevitable, termina encendiéndose de pies a cabeza, las llamas se elevan hasta su pelo. Se deshace de la antorcha, con los brazos levantados en un esfuerzo inútil por extinguir el fuego, y bailotea en un silencio desesperado en nuestra pantalla en blanco y negro.

Miro hacia otro lado. Smitty, que vio todo el episodio desde la ventana, en Technicolor, también se da vuelta.

—¡Tenemos que salir de aquí, tenemos que irnos! —Alicia se baja de la ventana de un salto.

Oprimo el botón para encender la cámara de la cocina de nuevo. De la puerta que da al cuarto de las botas sale humo negro. ¿Qué probabilidades tenemos de salir bien? Lo último que hizo Michael fue tirar su antorcha encendida hacia el castillo y prendernos fuego.

—Vamos a morir carbonizados aquí! —grita Alicia—. ¿Qué hacemos?

En el momento en que todos nos ponemos de pie, pensando en una buena respuesta para su pregunta, un teléfono timbra.

Capítulo 26

Lo que se me cruza por la mente durante unos instantes es que el ruido del timbre es una alarma de incendios.

Pero luego mi cerebro aterriza en la realidad. Es uno de esos timbres genéricos que tienen los celulares recién salidos de fábrica. Es el que sólo los abuelos o las personas realmente estúpidas conservan, porque no saben cómo hacer para cambiarlo, o no saben que pueden hacerlo.

Y luego ato cabos. Es mi teléfono. Nunca me molesté en cambiarle el timbre porque nadie me llama porque soy Bobby, la sin amigos.

Pero ahora alguien me está llamando.

Recuerdo que Alicia dejó mi teléfono en el marco de la ventana.

Me encaramo en uno de los escritorios, apoyo el pie en un estante y me levanto hasta el marco de la ventana. Ahí está el teléfono, con la pantalla iluminada. Prácticamente caigo en él, al ver "Número privado" en la pantalla un segundo antes de presionar el botón de contestar.

—¿Hola?

Al otro lado no se oye más que silencio. Después, ruidos secos como si alguien estuviera jugando con los botones. Y después silencio nuevamente.

—¡Hola!

Smitty y los demás jadean a mis pies, apretujados en el escritorio que hay debajo. Puedo ver que quisieran subir hasta donde estoy y arrebatarme el celular, pero se contienen. Mi teléfono los asusta.

—¿Hola? ¿Me oye? —grito—. ¿Quién llama?

Miro la pantalla. Tengo buena recepción de señal. Cuatro barras. Y tan sólo una de batería. Sopeso la idea de colgar y llamar a la policía, o a quién sea, pero siempre puede suceder que, si cuelgo, esas cuatro barras desaparezcan misteriosamente.

—¡Hola! —intento de nuevo.

—¿Hola? —dice una voz al otro lado.

Por poco me desmayo. Hay alguien ahí.

—¡Hola! —grito—. ¿Puede oírme?

—Sí, pero con dificultad… Bobby, ¿eres tú?

Las lágrimas se me agolpan en los ojos, los oídos me explotan, y siento como si el piso viniera a toda prisa hacia mí. Me aferro al marco de la ventana para no caerme.

—¿Mamá?

—¡Bobby! —la voz de mi mamá se quiebra—. ¿Estás bien?

—¡Sí! —siento que las lágrimas quemantes me ruedan por la cara y no me importa—. ¡Aquí estoy con tres compañeros de escuela, en el castillo!

—Ya lo sé, Bobby —dice mi madre.

—Estamos en la torre. Esas cosas están afuera…

—No te dejes llevar por el pánico. Óyeme con mucha atención.

—¿Qué está sucediendo, Mamá? —grito—. ¿Qué es lo que has estado haciendo aquí? Ya me enteré de todo, la investigación… ¡Grace y todo el equipo, el profesor muerto!

Smitty, Pete y Alicia se me unieron en la ventana, incapaces de contener la curiosidad.

—Bobby, quiero que hagas exactamente lo que te voy a decir —me instruye Mamá.

—Está bien —me limpio las lágrimas.

—Respira profundo. ¿Te acuerdas cómo te enseñó a hacerlo tu papá?

—Ajá —digo, medio ahogada.

—Te voy a explicar todo, pero necesitas salir de allí cuanto antes. Estás en peligro —dice, lentamente.

—¿Tú crees? —contesto—. Los zombis nos tienen rodeados y el castillo se está incendiando… así que supongo que sí, que estamos en peligro.

—Tienes que venir adonde yo estoy —su voz es clara y tranquila—. Estoy en la isla, en medio del lago.

—¿Qué? —miro al cielo que se oscurece, a través del lago helado.

Veo la isla, vagamente—. Tal vez no me entendiste, Mamá —aprieto los dientes—, pero tenemos el pequeño obstáculo de cómo salir del castillo.

—Bobby —me riñe—, no me estás escuchando. Hay gente que viene en camino. Son peligrosos. Vienen a reclamar lo que les pertenece y luego destruirán el castillo. No pueden interponerse en su camino. Mantengan la calma y les ayudaré a escapar.

—¿Los chicos malos de Xanthro vienen en camino? —miro a Smitty, Pete y Alicia. Me miran boquiabiertos. Como si necesitáramos más incentivos para escapar.

—Pero primero debes ir al refrigerador —me dice mi madre—. Rápido, busca una jeringa marcada con la etiqueta que dice "Osiris 17". Es el antídoto. ¡Necesitamos que las cosas vuelvan a la normalidad, Bobby! ¡Hazlo ahora!

Dejo escapar una exclamación frustrada, oprimo el botón para poner el altavoz del teléfono y sigo por el marco de la ventana hasta el punto donde acaba. Hay un librero debajo, hacia un lado. Llego hasta él y lo uso para bajar, con los estantes como escalones, y así me encuentro junto al refrigerador.

Ahora, en un mundo ideal, sólo habría una jeringa en el refrigerador, marcada con un gran letrero "Antídoto". En lugar de eso hay cientos de jeringas y tubos de ensayo en docenas de bandejas. Todos tienen etiquetas escritas a mano con nombres muy largos, números de serie y fechas.

—Apúrate, Bobby —dice mi madre de nuevo.

Busco desesperadamente en los anaqueles.

Smitty se baja del escritorio, golpea la puerta del refrigerador y la cierra.

—¿Qué demonios está sucediendo?

—¡Quita de ahí! —empujo su brazo y trato de abrir la puerta, pero la está trancando con un pie. Alicia también se baja del escritorio y apoya su mano contra la puerta, en un gesto de solidaridad.

—Cuéntanos qué pasa —llega Pete, jadeando, y me da una palmada helada en el hombro.

—¿Qué sucede, Bobby? —grita Mamá.

Me sacudo la mano de Pete y me vuelvo para enfrentarlos a los tres.

—Mi mamá quiere que saquemos el antídoto para llevárselo. Los chicos malos de Xanthro vienen a buscarlos y tenemos que darnos prisa.

—Y hay más infectados en camino —el volumen de la voz de Mamá en el parlante es suficiente para que todos la oigamos—. Los veo ir hacia el castillo. Si no salen ahora, más adelante quedarán sitiados y no podrán.

—Ya estamos bastante sitiados, señora mamá de Bobby —le grita Smitty al teléfono—. Bien, ¡vamos a hacer esto! —abre la puerta del refrigerador.

—Encuentren el "Osiris" —ordena Mamá—, y yo los saco de allá, créanme.

Ojeo las jeringas en busca del nombre. ¡Son tantas!

—Osiris 17 —dice ella—. ¡Apúrate, Bobby, es en serio! No podemos retrasarnos en esto.

—Está bien —saco las bandejas con jeringas y las voy poniendo en el piso.

Se hace un extraño silencio mientras los cuatro nos arrodillamos y buscamos entre las jeringas… el roce de plástico, una palabrota de vez en cuando, y la respiración de mi madre que sale del teléfono sonoramente y me avergüenza. Los segundos pasan y me rueda el sudor a los ojos, cegándome. Dos veces por poco se me salen las cubiertas de las agujas, y sólo Dios sabe qué infierno estaríamos iniciando si llegara a pinchar a alguien por accidente.

—¡Lo tengo!

Es Pete el que encuentra la jeringa. La sostiene, con su contenido transparente. Tiene una etiqueta que dice "Osiris 17". Toma lo que parece ser una neverita para cervezas de uno de los estantes, mete la jeringa dentro, y se cuelga la nevera del hombro.

—¡Vámonos!

—¿Estás seguro? —dice Mamá desde el teléfono que reposa en el piso.

—No hay duda alguna —contesto, y recojo el teléfono.

—¡Encontré otro! —Alicia sostiene en alto otra jeringa. Se la arrebato y reviso la etiqueta.

—¿Hay otra? —Mamá grita por el altavoz.

—¡Sí, Mamá! Ahora, ¡sácanos de aquí! —me pongo en pie.

—¿Qué dice exactamente la etiqueta? —la voz le tiembla un poco.

Doy un grito de desesperación pero vuelvo a mirar la etiqueta:

—"Osiris rojo", ¡y nos vamos!

—Bobby, ten mucho cuidado con esa ampolleta —dice mi madre—. Es el estimulante. Empácalo y tráelo, pero, hagan lo que hagan, por ningún motivo vayan a exponer la aguja al exterior, ¿me oyen bien?

Examino la jeringa que tengo en la mano.

—¿O sea que ésta es la droga maléfica? ¿La que transforma a la gente?

—Sí, Bobby. Es muy valiosa.

Smitty me retiene el brazo.

—¿Ésa es la porquería zombificante? —niega con la cabeza—. Ésa la dejamos aquí.

—Bobby, necesito que la traigas —grita mi madre—. Haz lo que te digo y salgan de allí, ¡ya!

Miro la jeringa y luego a Smitty.

Alicia salta en el mismo lugar, como si tuviera ganas de ir al baño.

—Hagan lo que hagan, que sea rápido y salgamos de aquí —grita.

—Si la dejamos, los chicos malos la tendrán. Mejor nos la llevamos.

Smitty vacila, pero luego asiente. Con cuidado pongo la "Osiris roja" en la nevera al lado de la "Osiris 17".

—No puedo seguir con esta llamada mucho tiempo más —la calma de Mamá está empezando a esfumarse—. Xanthro controla la señal, y en cualquier momento nos pueden cortar.

—¡Entonces dime cómo salir de aquí, ya! —le grito.

—Vayan al sótano, hasta donde se acaban las celdas, y tanteen el muro que cierra el túnel. En la parte izquierda hay una caja de controles que abre la puerta a un pasaje que los traerá hacia mí. Necesi-

tas un código de seis dígitos para abrir esa puerta: es tu cumpleaños
—resopla—. Ten cuidado de teclearlo bien al primer intento porque
si no lo haces los controles se bloquean. Apúrense, por favor, Bobby.

Se oye un clic.

—¿Mamá? —grito.

Nada.

—¡Mamá!

Ya no está. Y las cuatro barras de señal que veía en la pantalla de
mi teléfono han desaparecido.

—¡Vamos! —grita Smitty y se encamina a las escaleras.

—¿Qué droga te fumaste? —le grita Alicia—. ¡Mira! —señala
las pantallas del circuito cerrado de televisión.

Todos miramos. En la cámara de la cocina se ve movimiento a
través del humo. Cuerpos muy apiñados en ese cuarto. Un hacina-
miento de zombis. No podemos salir.

—No hay manera de que los evitemos —dice Smitty.

—No la hay —Pete tiene una expresión seria—. Son demasiados.

—¡Están ya frente a la puerta! —Alicia empieza a lloriquear.

Se oyen golpes desde el pie de la escalera. Manos que tocan a la
puerta, que le pegan, que exigen su entrada.

—Sólo podemos hacer una cosa —dice Smitty—. Dejarlos entrar.

Capítulo 27

Estamos todos acurrucados arriba, en el marco de la ventana, en una hilera mortal. Primero yo, luego Smitty, Pete y de últimas Alicia. Como dulces en una máquina de golosinas para zombis. Sigan y hagan su selección.

Alicia se aferra al marco de la ventana, dispuesta a romper el vidrio y saltar a su muerte segura, de ser necesario.

—Entonces, explíquenme de nuevo cómo es que este plan va a funcionar.

—No podemos evitarlos en la cocina —Smitty se está mentalizando, mirando a todos lados, respirando agitadamente—. Pero aquí sí podemos. Los dejamos subir las escaleras, entran, llegamos hasta la puerta rodeándolos —señala al otro lado del cuarto—. Vamos por el marco de la ventana, hasta el librero, de ahí al refrigerador, de un salto al gabinete de las pantallas de televisión, y luego bajar por las escaleras. Fácil.

—Carrera de obstáculos con zombis —murmuro—. No creo que eso se haya hecho antes. Más vale que lo filmes, Alicia, pues podría llegar a ser un video viral en la red.

—Ja ja ja —la voz de Pete se oye temblorosa.

—Perdónenme pero discúlpenme —dice Alicia—. ¿Seré yo la única que le ve la falla crucial a este fabuloso plan? —se inclina hacia Smitty—. ¿Por qué van a hacernos campo en las escaleras para bajar?

—Nos quedamos de este lado de la habitación. Vienen hacia nosotros, la carne fresca —se oye muy seguro—. Cuando estén justo debajo de nosotros, nos movemos. Ellos no pueden treparse aquí, ni a ninguna parte. Lo que necesitamos es mantenernos lejos del piso y todo será pan comido —nos envía una sonrisa de loco perdido.

Como si fuera tan sencillo. Pero es un plan, y es el único que tenemos.

—Hazlo —le digo—. Hazlo pronto.

Asiente, y antes de que Alicia pueda protestar o que cualquiera de nosotros cambie de idea, se baja cual mono del marco de la ventana, atraviesa la habitación corriendo y sale a las escaleras. Ya no hay vuelta atrás. Los tres escuchamos atentamente el sonido cada vez más distante de sus pasos al bajar.

—¿Y qué pasa si son demasiados? —farfulla Alicia—. ¿Qué pasa si no logramos rodearlos?

—Me pareció que en la cocina no había más de veinte —Pete está muy callado—. El incendio en el cuarto de las botas y los abrigos debe mantener a los demás fuera aunque sea por un rato. Es lo mejor que podemos hacer.

Miro alrededor y trato de imaginarme el cuarto con veinte zombis. No tendré que imaginármelo durante mucho tiempo más. Mentalmente trazo mi ruta de escape. Lo crucial será sincronizar el tiempo: si nos movemos demasiado rápido, aún habrá zombis bloqueando las escaleras. Tenemos que esperar a que todos estén dentro y a punto de alcanzarnos. Va a ser el juego de corre que te alcanzo de nuestras vidas.

Smitty aparece en el umbral, con los ojos desorbitados.

—¡Se abre el negocio! —corre a través del cuarto, y toma una escoba plástica que está apoyada en una pared—. Es un arma —jadea, y me lanza la escoba. Salta a un escritorio y desde ahí se impulsa para llegar al marco de la ventana—. Estaban esperándome abajo —se ríe, bajo el efecto de la adrenalina—. Prácticamente me cayeron encima cuando abrí la puerta, y tuve que volar escaleras arriba.

Volar. Esa sí que es una buena idea. Lástima que perdí mis alas en alguna parte.

Todos observamos atentamente la puerta.

—¿Qué hacemos? ¿Qué hacemos? —Alicia entra en pánico.

—Esperar —respondo.

—¿Dónde están? —Alicia está a punto de ponerse a llorar.

Miro hacia las pantallas de televisión para tratar de averiguar si hay movimiento en la cocina, pero estamos demasiado lejos.

—¡Ssssh! —dice Pete—. Vamos a poder oírlos.

Escuchamos atentamente.

Nada.

Debíamos poderlos oír para este momento: los gruñidos, las pisadas vacilantes por las escaleras. No se oye nada... bueno, a excepción de los sollozos de Alicia, que no se puede contener.

—Está bien —la tranquilizo—. Vamos a lograrlo.

Miramos la puerta.

Nada.

—¿Qué les pasa? —Smitty se baja al escritorio nuevamente—. La única vez que quieres que estos idiotas te persigan, no lo hacen —atraviesa el cuarto con cautela.

—¿A lo mejor la puerta se cerró de nuevo con el peso de todos los que querían entrar? —pregunto, tratando de ser útil.

—Supongo que tendré que bajar a ver —Smitty cruza la puerta.

—¡Ten cuidado! —grita Alicia.

—Jamás pensé que te importara yo —se vuelve para lanzarle un beso y, al hacerlo, una garra ensangrentada se asoma y trata de agarrarlo desde atrás. Alicia, Pete y yo gritamos al unísono.

—¡Caray! —Smitty la evita en el último momento, rodando por el suelo hasta quedar fuera de su alcance. La carrera acaba de comenzar.

—¡Rápido! —le grito.

Se endereza y ya está trepándose al escritorio. Le tiendo un brazo para ayudarle, y llega nuevamente hasta donde estamos.

—Dios mío, Dios mío, Dios mío —Alicia tiene la vista puesta en el umbral.

El primer zombi aparece. Era un hombre. Relativamente joven. Para nada en mala forma. Tiene la ropa vuelta andrajos, pero fuera de eso uno podría pensar simplemente que tiene una resaca espantosa.

Y es alto. Alto de verdad, con brazos largos que le cuelgan.

Diablos, es terrible.

Se queda allí, con la cabeza girando de un lado a otro para revisar todo el cuarto.

—¡Dios mío, Dios mío, Dios mío! —los susurros de Alicia han pasado a convertirse en grito. El Fulano Alto vuelve la cabeza, se concentra, y de repente se acuerda de para qué está aquí. Empieza a tambalearse hacia nosotros.

—¿Dónde están los demás? —murmura Pete—. ¿No irán a venir?

Hace bien en preocuparse. Para que nuestro plan funcione, tienen que venir todos a la vez.

Y eso es lo que sucede.

Un grupo de zombis se asoma a la puerta y entra, y detrás comienza el flujo de cuerpos, como si nada más estuvieran esperando que el cuello de botella se descongestionara y ahora nada los contuviera. Una vez que nos ven, empiezan los gemidos y van en aumento, casi rítmicos. Están tras nuestra pista. Detrás de mí, el llanto de Alicia también se acentúa, en respuesta.

Entre tanto, el Fulano Alto llega al escritorio frente a nosotros. Huele a trasero. Nos mira con ojos opacos y estira un brazo. Como si fuéramos uno solo, nos encogemos contra el frío vidrio de la ventana.

—Que nadie se mueva —susurra Smitty—. Esperemos a que estén todos en el cuarto antes de movernos.

Ojalá que el último zombi tenga la amabilidad de decirnos que es el último. Una vez que empecemos a movernos, no habrá vuelta atrás. El cuarto se va llenando desagradablemente rápido, los gemidos se hacen ensordecedores. Siento acidez estomacal que me sube hasta la garganta. No pierdas la calma.

Al Fulano Alto se une el más rápido de los demás, y están tratando de acordarse de cómo trepar; uno casi logra subirse al escritorio, se estira y captura uno de los pies de Smitty.

—¡Toma! —le paso la escoba y golpea con ella al zombi que lo tiene agarrado. Lo que daría por su hacha…

—¡Hasta aquí llegamos! —grita Pete—. Estos deben ser todos los zombis.

Miro hacia la puerta. El cuarto está casi lleno y el flujo se detuvo.

—¡Vámonos! —Smitty mantiene a raya al Fulano Alto con su escoba—. Yo me encargo de distraerlos mientras ustedes llegan a la puerta.

Maldita sea. Eso quiere decir que a mí me tocará ser la que encabece la expedición.

Me enderezo en el marco de la ventana. De repente, moverse resulta dificilísimo. Un desliz y se acaba el juego. El marco de la ventana se termina. Tengo que pasar al librero. Ya lo hice una vez antes, es fácil.

No es tan fácil. ¡En este momento parece taaaaaan lejos!

—¡Anda, ya! —Smitty lucha con el amasijo de brazos que tratan de alcanzarlo.

Hay manos que trepan por la pared tratando de alcanzarme. Me dejo resbalar un poco y me muevo hacia un lado, para alcanzar el librero. De pensar que es fácil, lo logro. Mi pie encuentra apoyo y estoy a punto de abandonar la seguridad del marco de la ventana. Una mano me agarra el tobillo. Grito y encojo ambas piernas para ponerlas fuera del alcance, y durante cosa de unos instantes quedo colgando del marco, a punto de caer en un mar de monstruos.

—¡A ver, espantajos! —grita Smitty, y le da un escobazo a la ventana. El vidrio se quiebra, los zombis se distraen un instante y ahí veo mi oportunidad. Encuentro nuevos apoyos para los pies, me enderezo y escalo el librero hacia el refrigerador, lanzando libros a la cara de los que me tratan de agarrar. Los estantes se mueven a mi paso.

Un salto y estuvo. No vayas a fallar...

¡Aquí voy!

Parece que mi salto durara una eternidad, y aterrizo en cuatro patas, con muchísimo ruido, sobre el refrigerador. Todo un éxito. Pero tuvo su precio. Siento un dolor intenso en la muñeca izquierda. No tengo tiempo de ocuparme de eso, ni siquiera de revisarla.

Un cuerpo se abalanza sobre el mío. Es Pete, jadeando y con la cara de un rosa intenso. Debió apresurarse para llegar aquí tan pronto. Tomo su brazo con mi mano buena y lo empujo contra la pared, donde estoy. Murmura su agradecimiento.

En el marco de la ventana, Smitty sigue vapuleándolos en su escoba. Más allá está Alicia, pegada a la ventana.

—¡Alicia! —le grito—. ¡Muévete ahora, ya!

No va a tener mejor oportunidad que ésta. La mitad de los zombis están distraídos con Pete y yo en el refrigerador, y la otra mitad con Smitty. Pero ella lloriquea y mueve la cabeza, y siento un nudo en el estómago porque sé que la situación está perdida. Uno de nosotros debió haberse quedado con ella. Smitty está ocupado, por decir lo menos, y ella no va a moverse a menos que alguno intervenga.

—¡Mierda! —miro a Pete—. Voy a tener que volver por Alicia.

—No —Pete señala mi muñeca izquierda con la cabeza—. Estás herida.

Antes de que pueda discutirle, ya va en camino, trepando de vuelta por el librero, pateando para liberarse de las manos que tratan de agarrarlo. Doy golpes con mi mano sana sobre el refrigerador.

—¡Aquí, payasos! —le grito a la horda—. ¡Véanme!

Pero la mayoría tienen la vista puesta en Pete porque se mueve más rápido, y en Alicia, porque grita más fuerte. Un par de ellos lograron treparse al escritorio, y Smitty no va a lograr contenerlos mucho más.

—¡Tenemos que saltar! —le grita a Alicia—. ¡Vamos juntos!

Ella avanza hacia el librero, pero se detiene cuando se termina el marco de la ventana.

—¡Está demasiado lejos! —grita.

Pete se estira hacia ella desde la parte superior del librero, y le tiende una mano.

—¡Salta! ¡Yo te recibo!

Se inclina un pelo hacia adelante, pero es todo lo que Smitty necesita. La empuja y prácticamente la lanza fuera del marco. Durante un segundo, la veo agitar brazos y piernas cual molino, y luego aterriza y de alguna forma Pete la atrapa, y Smitty se lanza sobre ambos, armado todavía con su escoba. Lo lograron.

Pero el librero no los puede sostener a los tres. Los monstruos forman una especie de ola para tratar de alcanzar el refrigerador, el librero se bambolea peligrosamente.

—¡Apúrense! —les grito—. No va a aguantar el peso.

Smitty está a salvo, pues aterriza de golpe a mi lado en el refrigerador.

—¡No soy capaz! —Alicia se paraliza y le corren lágrimas por la cara.

—¿Vas a dejar que esos fracasados te alcancen? —Smitty le grita, tendiéndole una mano—. ¡Tú puedes con ellos, Alicia!

Es la primera vez que la llama así. Alicia se decide, pero antes de que logre moverse, el Fulano Alto surge de entre la marejada de muertos vivientes, y uno de sus largos brazos se estira para alcanzarle una pierna. Ella grita, y salta. Cae con fuerza sobre el refrigerador, raspando los bordes lisos y curvos con sus uñas, como un gato tratando de encontrar de dónde agarrarse. La subimos gracias a sus pantalones, y así termina de ponerse a salvo.

—Te salvamos por el fundillo de los pantalones —Smitty le sonríe sarcástico.

—No te hagas ilusiones, degenerado —responde Alicia, y se saca un mechón de pelo de los ojos.

Hay un crujido potente. La fuerza del salto de Alicia zarandeó demasiado el librero, que se desprende de la pared y va a dar al piso, aplastando a unos cuantos zombis.

La buena noticia es que Pete se puso a salvo en el último minuto. La mala noticia es que saltó de vuelta al marco de la ventana, y nos mira a través del vacío, y cualquier rastro de color desaparece de su cara. Está como un náufrago en un islote. Y tiene la neverita aún colgando del cuello.

—¡Quédate donde estás! —le grita Smitty—. ¡Encontraremos algo con qué ayudarte!

¿Algo como qué? Estamos parados sobre un refrigerador. No tenemos nada al alcance. Pete sabe que no llegará a ninguna parte.

Miro hacia las escaleras por la puerta. Está tentadoramente libre el camino.

—¿A lo mejor hay algo en la cocina? —grito—. Podemos volver después aquí.

—¡Olvídalo! —dice Alicia, arrebatándole la escoba a Smitty. Con un grito de batalla digno de un samurai, salta al librero caído y abate a los dos primeros monstruos que se le cruzan—. ¡Atrás, lejos de nosotros, costales de poquería! —grita, y blande la escoba como un mazo, para enfrentarse al Fulano Alto—. ¡Estoy tan hastiada de todo esto!

Pete aprovecha el momento y salta para situarse detrás de Alicia. Instantáneamente, Smitty y yo tendemos los brazos hacia abajo para ayudarles a subir, a nuestro par de héroes... el uno pálido y jadeante, la otra nueva y maravillosamente psicótica.

—¡A las escaleras! —declara Smitty, creyéndose mosquetero o algo así. Saltamos del refrigerador al mueble de las pantallas de televisión y de ahí a la puerta, y dejamos a los monstruos mordiendo el polvo.

Yo encabezo la carga de descenso por las escaleras de la torre, y voy casi rezando porque no nos esperen sorpresas en la cocina.

Capítulo 28

No hay sorpresas. Pero eso no nos indica demasiado.
El humo entra a la cocina a bocanadas desde el cuarto de las botas. El incendio no va a contener mucho tiempo más a los zombis que aguardan afuera.

—¡Por aquí! —Smitty nos guía fuera de la cocina, y corremos por las habitaciones hasta el recibidor.

—Problemas —grita Alicia.

Un grupo de muertos vivientes están alrededor del globo terráqueo, manoteándolo con sus muñones y tratando de hacerlo girar. Sin duda alguna, están planeando dominar el mundo.

Agarro a Alicia y la jalo hacia la puerta del sótano tras Smitty y Pete.

Bajamos las escaleras, esquivando por poco el reguero de clavos que dejó Cam, y llegamos al primer espacio del sótano.

—¡Faltaría que lloviera para arriba! —Smitty se detiene en seco.

Parece una pesadilla recurrente. Media docena de zombis, en ese primer cuarto del sótano, sin nada qué hacer. Hasta que nos ven.

—¡Dios mío! —parezco Alicia—. Es Gareth.

Sin duda alguna. Ahí, en medio del grupo, está nuestro viejo amigo de la gasolinera cercana a la cafetería. Se ve como si hubiera pasado por una guerra. El brazo que antes asemejaba una mazorca a medio comer ya se le cayó del todo, y perdió la mayor parte de su ropa, pero es él. Sigue teniendo la etiqueta con su nombre. Nos mira y gruñe.

—¿Creen que nos reconozca? —susurro.

—A Smitty sí, creo —dice Pete.

—Seguro —Smitty se relame los labios.

—¡Vamos! —Alicia toma la iniciativa una vez más, y corre hacia la zona donde se almacenan los vinos. Toma la manija de encendido de la podadora de césped, cubierta con la lona, y con un poderoso gruñido la empuja contra el zombi más cercano, prácticamente podándolo. Ahora el camino hacia el cortinaje está despejado—. ¡Andando, tortugas! —nos grita.

Corremos tras ella. Es lo único que podemos hacer.

Pete y yo alcanzamos a Alicia en la cortina, mientras Smitty toma un guacal vacío y lo usa cual bola de boliche para derribar a un par de zombis de un solo y glorioso tiro. Pero cuando está por agarrar otro proyectil, el zombi Gareth lo atrapa. Con el brazo que aún le queda, levanta a Smitty por el cuello de su chamarra de cuero. Smitty se retuerce cual calamar en un anzuelo, y cae, dejando a Gareth con sólo la chamarra en la mano.

Smitty casi nos ha alcanzado cuando frena.

—No. Así no van a quedar las cosas —se da vuelta deliberadamente y mira a Gareth—. Este idiota no se va a quedar con mi chamarra.

—¡No, Smitty! —pero mi grito es inútil.

Corre hacia Gareth, esquiva el manotazo de otro monstruo, le arrebata la chamarra y ejecuta una perfecta patada voladora que manda a Gareth sobre su trasero de zombi con un crujido satisfactorio.

Luego, nos rebasa corriendo, con cara lúgubre:

—Ese pedazo de imbécil se había ganado el golpe desde que lo conocí.

Atravesamos la cortina, bajamos a la cava y seguimos por el corredor más allá de las celdas.

—¿Dónde era que estaba el panel del control? —jadea Smitty, que llega de primero al final del pasillo.

—En la izquierda, en alguna parte —lo alcanzo y recorro la pared de piedra con la mano.

—Ya miré antes y no logré distinguir nada obvio —Pete está jadeando.

—Déjenme a mí esa parte —Alicia se acurruca—. ¡Aquí! —presiona algo, un trozo de piedra sale y ahí está el panel de control.

Un gruñido aterrador resuena por el pasillo.

—¡Apúrense! —dice Alicia—. ¡Abran la puerta!

Smitty tiene el dedo listo para teclear el código.

—¿Tu cumpleaños?

—16 de abril... ¡espera! —le retengo la mano—. ¡Mierda!

—¿Qué pasa?

—No sé si será según la forma inglesa o la estadounidense —me paso la mano por el pelo—. ¡No!

Por el pasillo los gruñidos se hacen más fuertes.

—¡Teclea el código! —grita Alicia, tratando de abrir a la fuerza el muro ante nosotros.

—¿Qué va primero, día o mes? —los ojos de Pete están a punto de salírsele de las órbitas.

—¡No sé! —chillo desesperada.

—¿Qué es lo que quieres decir? —pregunta Smitty, golpeando el muro con el puño.

—La fecha —lo miro fijamente—. Si mi mamá lo puso a la manera estadounidense, el mes va primero y el día después. Si fue a la manera inglesa, el día va primero y el mes después. Teníamos un chiste recurrente porque nunca podíamos escribir bien las fechas.

—¡Aquí están! —Alicia mira hacia atrás por el pasillo.

—¿Y cuál usaría ella? —el dedo de Smitty se pasea sobre el teclado.

Cierro los ojos y pienso.

—¡El tiempo apremia, Bobby! —dice Pete.

—A la inglesa. Primero el día, luego el mes.

—¿Estás segura? —pregunta Smitty—. No vamos a tener una segunda oportunidad.

Asiento, con desesperación.

—Mi mamá siempre dijo que así era más lógico. Y además, maldita sea, somos inglesas —pongo los ojos en blanco.

Teclea 1604, contengo la respiración, se oye un rechinar y el muro se desliza y desaparece. Hubiera sido genial que se cerrara después de que pasáramos, dadas las circunstancias, pero así son las cosas. Tendremos que confiar en nuestra velocidad.

Corremos por un pasaje ancho, escasamente iluminado, y nuestros pies resuenan en el piso de concreto. Descendemos más y más, el suelo se inclina y nos lleva a las profundidades subterráneas. ¿No había dicho yo antes que ésta era la Excursión Escolar del Infierno? Bueno, parece ser que precisamente vamos hacia el infierno.

En algún punto, el suelo vuelve a ser horizontal y muy resbaloso. Se oye un silbido y siento lluvia que me cae en la cara, lo cual no tiene el menor sentido porque estamos en un túnel a más de un kiló-metro bajo el suelo. Y luego me doy cuenta: estamos debajo del lago. Sigo corriendo y con la esperanza de que el túnel no esté inundado. Alicia encabeza el grupo, como si le hubieran puesto combustible de cohete, Smitty va a mi lado, y Pete cierra de último. Tenemos que seguir… tarde o temprano nos van a alcanzar y…

—¡Aaaay!

Vuelvo la cabeza y alcanzo a ver el trasero de Pete en pleno res-balón. Cae con mucha fuerza, los pies se le tuercen por la velocidad y el pecho golpea de lleno el suelo. Queda tendido en la humedad, con los brazos extendidos y la nevera en alto como si fuera un balón de rugby en el partido que nunca llegará a jugar.

Corremos hacia él; tiembla espantosamente.

—¡La rescaté! —jadea y me entrega la nevera—. Necesito… in-halador —se manotea el pecho en busca de un bolsillo. Smitty se acurruca frente a él y le revisa los bolsillos de la chamarra.

El cierre de la nevera está abierto. Contengo la respiración y miro el interior.

No se ven agujas quebradas.

—¡Todo en orden! —grito.

Smitty encuentra el inhalador y Pete se lo lleva a la boca con los ojos cerrados, desesperadamente, y con una mano aferrada al brazo de Smitty. Aseguro las jeringas y me cuelgo la nevera al hombro. Pete se apoya en Smitty y se pone en pie.

—¿Podrás correr? —le pregunto.

Asiente, temblando todavía.

—¡Vengan! —grita Alicia mucho más adelante—. ¡Aquí hay algo!

Empezamos a avanzar pero Pete vuelve a caer al primer paso, y queda convertido en un amasijo tembloroso.

—¡Mi tobillo!

Sin discusión alguna, Smitty y yo lo alzamos cada uno por un brazo, que nos pasamos sobre los hombros, tal como hicimos hace tantísimo tiempo para sacar al chofer del autobús de la nieve y llevarlo de vuelta al autobús. Avanzamos por el corredor cojeando, la nevera golpeando mi costado a cada paso y mi muñeca latiendo de dolor. El túnel asciende ahora. El agua que baja desde el techo por las lisas paredes empieza a formar un arroyito en el suelo.

—¡No hay salida! —grita Alicia. El túnel está tapiado con planchas viejas y podridas, y se ve la luz del día en las ranuras entre unas y otras.

—¡No será así por mucho tiempo! —Smitty lanza la misma patada que le fue tan útil con Gareth, y antes de que me dé cuenta, nos abalanzamos sobre la madera para abrirnos paso, rompiendo y desencajando las planchas.

Caemos al exterior. Libertad.

Luz de día y un golpe de frío. De frío cortante y helado, con un viento penetrante que cala hasta los huesos. Al menos me recuerda que sigo viva, por lo pronto. Miro alrededor. El viento me alborota el pelo y me lo mete en los ojos, haciéndolos arder.

Estamos en la isla. Tiene el tamaño de media cancha de fútbol, pero no hay nada más que un grupo de árboles. Puedo ver el castillo, al otro lado del lago congelado, y pinos cargados de nieve con siluetas vagas de colinas y lomas que se elevan para encontrarse con el cielo. Parece una tarjeta de Navidad.

Alicia se inclina hacia el interior del túnel, tratando de protegerse del viento. Su pelo rubio empieza a formar mechones despeinados, y sus pantalones deportivos han pasado de ser amarillo limón a un tono indefinido de agua pantanosa. Ya no tiene brillo de labios ni rímel. De repente siento una tristeza terrible.

—¿Y dónde está tu mamá? —pregunta.

Buena pregunta.

Y luego la veo, cerca de los árboles, avanzando hacia nosotros. Una figura delgada que se abre paso entre la nieve, con decisión. No sé bien si correr hacia ella o huir lejos.

Me quedo donde estoy. A medida que se acerca, noto que lleva puesto un enterizo negro para nieve. Y se ve atractiva. No como la mamá que conozco.

—¿Es ella? —pregunta Smitty—. ¡Caramba!

Horror de horrores. Espanto de espantos. A Smitty le gusta mi mamá. Justo cuando pensaba que nada podía ir peor.

Corre hacia nosotros.

—¿Estás bien? —me toma por la cara con sus guantes acolchados y me hace respingar—. ¿Herida? ¿Mordida?

Me zafo de su contacto.

—Lesiones menores —levanto la muñeca maltrecha y ella me mira—. No es un mordisco sino un esguince —aclaro.

—¿Y ustedes? —se dirige a los demás.

—El tobillo de Pete se torció. Pero fuera de eso estamos perfectamente —dice Smitty, con reservas. Puede ser que le guste mi mamá, pero no confía en ella. Todavía no.

—Muy bien. Tengo transporte —señala hacia los árboles, y sólo ahora veo un muellecito que no había visto antes. En el extremo se divisan vagamente dos cuatrimotos, atadas una a otra sobre el hielo—. Tenemos que irnos antes de que lleguen —hace un gesto hacia el castillo. ¿Se refiere a los chicos malos o a los zombis? Con los últimos rayos de sol del día puedo distinguir sombras que se acercan por el hielo desde el castillo, con los brazos extendidos, gruñendo y gimiendo.

—¿Tienen las ampolletas de Osiris? —pregunta mi mamá.

Estrecho la nevera entre mis brazos como si fuera un bebé.

—Ajá.

—Bien hecho —extiende las manos para recibirla.

—Yo la llevo.

Hace chasquear la lengua, impaciente.

—Está bien, vamos —se da vuelta para guiarnos hacia el muelle, y Smitty y yo levantamos a Pete del suelo helado.

—Oye, a ver… —Alicia me agarra por el brazo—. ¿Vamos con ella así no más? ¿La Malévola Científica?

¿Y qué otra alternativa tenemos?

—¡Necesitamos unas cuantas respuestas! —balbucea Pete.

—Aquí te dejo —descargo a Pete sobre los hombros de Alicia y camino tras mi mamá, tratando de alcanzarla, tal como hubiera hecho esa niñita de la foto.

—El hecho de que nos estén persiguiendo los muertos vivientes no te da nuestra confianza absoluta, ¿sabes? —le grito—. Estabas trabajando aquí, ¿o no? ¿Creaste esos zombis? —el viento arrastra mis preguntas hacia el lago—. Me debes una explicación.

Mi mamá no se detiene ni aminora el paso, y al principio creo que ni siquiera me oyó. Pero después voltea la cabeza.

—Por ahora basta con que sepan que nuestras intenciones eran buenas.

—Ajá, Grace ya nos vino con la misma historieta —le grito, tratando de seguirle el paso—. Tu equipo estaba creando no sé qué virus zombi para entregarle a Xanthro.

—¡Estábamos tratando de encontrar una cura! —se detiene de repente y se voltea hacia mí—. El estimulante fue un error. Traté de ocultárselo a los de Xanthro. Si hubiera sabido que había planes para esto... —con un gesto de la mano señala a los zombis que se acercan por el hielo—, me hubiera negado a participar.

La alcanzo, jadeante.

—¿No sabías del jugo de zanahoria?

Niega con la cabeza.

—Pero claro que no. Mi equipo de trabajo me vendió, o al menos Grace, Michael y Shaq, que demostraron ser demasiado jóvenes y estúpidos como para conocer algo diferente de la codicia. Le entregaron el estimulante a Xanthro, que preparó el jugo para desencadenar un brote controlado y ver cómo se difundiría la infección. Ahora el experimento terminó y vienen en camino para destruir la evidencia.

—Extra, extra, somos "evidencia" —grita Smitty, alcanzándonos.

—Precisamente —dice mi mamá—. Lo único que nos mantendrá a salvo es el antídoto —señala la nevera que cuelga de mi hombro—. Xanthro no tiene el Osiris 17, y mientras nosotros lo tengamos, podemos negociar.

—Por aquí también tenemos noticias, fenómenos —Alicia nos advierte desde atrás—. Zombis a la vista.

Miro a la entrada del túnel; nuestros amigos del sótano están aquí. Y por lo que vemos, otros se les han unido.

—¡Vámonos! —grita mi mamá y nos apresuramos para llegar al muelle.

—Son cientos —Alicia mira alrededor del lago—. ¡Por allá! —señala un lugar diferente en la superficie helada, donde se está formando una multitud que viene hacia nosotros, tambaleándose con su horrible apariencia, sus manos rotas y chorreando baba ensangrentada—. ¡Y allá! —se vuelve hacia mi mamá, desesperada—. ¿De dónde vienen?

Mi mamá no le responde. Se limita a asentir con gravedad y corre hacia el muelle, más allá del cual están las cuatrimotos.

—¡Cierren el pico! —Alicia cambia de expresión—. Están desapareciendo.

—¿Estás viendo visiones? —Smitty esfuerza la vista en la luz que se desvanece. Alicia tiene razón. Grupos enteros de muertos vivientes desparecen en el lago. Me toma unos instantes entender qué es lo que sucede.

—¡Ja ja! —Smitty ríe con tono triunfal—. ¡Se hunden en el hielo! ¡Culos de plomo! ¡Qué bien!

Pete carraspea.

—Sí, eso parece. Y si ellos son demasiado pesados, ¿qué pasara con nosotros cinco en cuatrimotos?

Mi mamá toma la palabra.

—El hielo está más grueso por el lado de donde vine —apunta con su dedo enguantado en la dirección opuesta al castillo—. Si nos vamos ahora mismo, lo lograremos —señala una puertecita desvencijada en el extremo del muelle—. Ciérrenla al pasar.

—¡Increíble! —dice Alicia—. Eso será más que suficiente para contenerlos.

—Lo logrará por unos cuantos minutos —el oído biónico de mi madre funciona bien. Baja los escalones y camina sobre el hielo hasta el lugar donde están estacionadas las cuatrimotos—. ¿Sabes manejar una de estas? —le grita a Smitty—. Acelerador, freno, palanca de velocidades —gira la llave para encender las luces.

—¡Hakuna matata! —Smitty apoya a Pete sobre el hielo y lo deposita en el asiento de la cuatrimoto.

—Ya está bien con eso.

Al principio creo que Pete protesta por la idea de montarse en la cuatrimoto detrás de Smitty, y luego veo que se retuerce en el asiento mientras mira el hielo que lo rodea.

—Tal vez quieren ver esto mejor —agrega, y levanta sus dos pies del hielo.

Smitty mira hacia abajo, incrédulo.

—¡No puede ser!

Allí, bajo el hielo, como renacuajos en gelatina, están las hordas. Podrán haber caído al lago, pero siguieron adelante con su misión de alcanzarnos. Golpean el hielo por debajo con sus manos azules, tratando de salir. En las zonas menos profundas gatean, y presionan la espalda contra la capa de hielo, quebrándola.

—¿Podríamos estar en peores circunstancias? —Alicia salta con desesperación en el muelle—. Tenemos que irnos ya mismo.

—Entonces muevan sus traseros y vengan acá —nos apremia Smitty, y se monta en la cuatrimoto donde Pete ya está sentado—. ¡Alharaca, pastel de zarzamora, vámonos!

Mientras lo miro, se oye un crujido fuerte y la cuatrimoto salta hacia delante, tirando a Pete en el hielo, detrás. Smitty se agarra del manubrio, con la expresión paralizada entre sorpresa y temor. Pero todo está bien. El hielo resiste. Está bien. Deja salir una risa de alivio.

—¡Huy! ¡Qué paseíto!

Se oye un segundo crujido, ensordecedor, como si el infierno se hubiera abierto, y ambas cuatrimotos caen en el agujero en el hielo.

—¡Smitty!

Corro hasta la punta del muelle. La cuatrimoto vuelve a salir a la superficie del agua, pero Smitty no está. Pete camina deslizándose sobre el hielo hacia mi madre, y ambos se lanzan escaleras arriba, para ponerse a salvo.

Y es ahí cuando la veo. Una mano, la de Smitty, que sale del oscuro parche de agua, y trata de aferrarse del aire. Y luego aparece su cabeza, pálida y aterrorizada, con la boca abierta y desesperada por respirar. Cabeza, hombros y otra mano que salen del agua gélida hacia el hielo.

Y después veo la tercera mano.

Hinchada y fofa y azulada, que se eleva por encima de Smitty, lo agarra por la cabeza y lo empuja bajo el agua de nuevo.

Miro alrededor desesperada… ¡necesito algo para ayudarle!

Smitty sale a respirar una vez más, cual ballena en peligro, saltando alto. Pero no lo suficientemente alto. Sus brazos se extienden sobre el hielo pero resbala de nuevo al agua. Nuestras miradas se cruzan durante un instante y me inunda la desesperanza que veo en sus ojos. Y luego su expresión se torna dura, tratando de verse valiente, un último esfuerzo por mostrarse fuerte, lo suficientemente fuerte como para salvarse del trance, y salvarme a mí de verlo perderse en las profundidades.

La mano azul asoma nuevamente, y luego otra, y otra, agarrando a Smitty que vuelve al agua, tan resbaloso como una nutria, resistiendo con brazos y piernas, luchando por su vida con todo lo que tiene. Pero puede que no sea suficiente.

Hay un tramo de cuerda que cuelga del extremo del muelle. Lo tomo. Está helado formando anillos y escasamente servirá de algo, pero es lo único que tengo. De prisa, dejando atrás la neverita, me bajo del muelle al hielo.

—¡Bobby, no!

Hago caso omiso de los gritos de mi mamá, y si bien no me atrevo a correr, avanzo a pasos gigantes, como patinazos, que me impulsan hacia la valiente cara de Smitty. Está apoyado sobre trozos de hielo que flotan, para evitar que tiren de él hacia abajo.

—¡Voy en camino! —grito, con voz muy débil, pero me oye y detecto una chispa de esperanza en sus ojos. Seguida por miedo, miedo de lo que pueda pasarme a mí.

—El hielo… —jadea—, muy delgado…

Ya lo sé. Avanzo en cuatro patas, como una jirafa recién nacida, mirando hacia abajo, a través del hielo, para ver qué es lo que tira de él hacia abajo. Ahí están, las personas que fueron y ya no son, un amasijo de extremidades con cabezas grises y grotescas. Desvío la mirada y me enfoco en el agujero donde está Smitty.

—¡Ahí va! —lanzo la cuerda, pésimamente. No llega a ninguna parte. Tendré que acercarme más. Me arrastro hacia delante, me tiendo sobre el hielo, y tiro la cuerda una vez más, con más impulso. Smitty salta hacia ella, y la alcanza, mi línea lo pescó. Retrocedo, pero es obvio que yo sola no puedo sacarlo sin problemas.

—¡Sostenla nada más! —grita, en medio de una bocanada de agua helada. Fijo la cuerda entre mis piernas y luego alrededor de mi hombro, y deposito mi peso sobre ella, agarrándola con las dos manos. Siento la fuerte tensión cuando Smitty tira para salir del agua, y las manos azules tratan de agarrarlo. Sostengo con firmeza la cuerda, y confío en que eso baste.

Y sí, basta.

De repente Smitty está a mi lado, mojado y jadeando como un recién nacido.

Y después Mamá está ahí, tomándome de las piernas, agarrándome así como yo agarro a Smitty.

No tenemos energía para pronunciar ni una palabra. Gateamos de regreso al muelle, ayudándonos uno a otro. Para cuando llegamos, Smitty ha recuperado su fuerza y se trepa primero, pero mis piernas ya no dan más ante el último obstáculo, que parece insuperable, y colapso. Smitty se agacha desde el muelle para recogerme, agarra mi chamarra y tira de ella. Mamá me empuja desde abajo. Y al fin lo logramos, estamos todos en tierra firme al fin.

Mientras recuperamos el aire, veo que los pantalones de Smitty están desgarrados a la altura de la rodilla.

Y en su piel pálida se notan las huellas de tres mordiscos feroces.

Capítulo 29

Smitty se sienta torpemente y empieza a temblar. Me quito mi chamarra de esquí y se la pongo encima, mientras siento que las lágrimas me arden en los ojos.

Alicia me sacude.

—Tenemos que irnos de aquí, ¡están en la puerta! —mira a Smitty y sus ojos se detienen en la pierna—. *Mamma mia!* —su labio inferior empieza a temblar.

—¡Déjenme aquí! —nos ordena Smitty—. ¡Váyanse!

—Ya es suficiente de hacerte el mártir —le grito—. ¡Ponte de pie y empieza a moverte! —las lágrimas me corren por la cara.

—Me atacaron, Bobby. ¡Me voy a convertir en uno de ellos!

—¡Estás loco! —lo tomo por un brazo y lo levanto hasta quedar de rodillas—. Estamos juntos en esto —le muestro mi expresión más dura e inflexible—. Y si te conviertes, no te voy a perdonar, sin la menor contemplación.

—Yo tampoco, cobarde de primera —solloza Alicia.

—Ni yo —grita Pete—. Prepárate para mi ataque.

—Qué pandilla de perdedores —se burla Smitty, a pesar de los temblores que le recorren el cuerpo—. ¿Por qué tuve que acabar enredado con ustedes? —se podrá estar congelando a muerte pero todavía no se convierte, no se atrevería a hacerlo. Trata de ponerse en pie pero grita de dolor y cae de nuevo, con la espalda que se curva contra el suelo.

Miro a mi mamá.

—¡Ayúdame a moverlo!

Su cara no se altera.

—Déjalo.

La fulmino con la mirada.

—Lo mordieron, Bobby. Ya sabes lo que pasará después.

—¡Ayúdame a ayudarlo! —le grito, sopesando posibilidades frenéticamente. Alicia y yo no seremos capaces de llevar a Smitty y a Pete muy lejos sin ayuda—. ¡Él está bien!

—Está infectado —se rehúsa a examinarlo.

—Te odio —la furia alimenta mis intentos por ponerlo de pie, pero Smitty no pone de su parte.

—Oye lo que dice tu ma, Bobby —sus ojos se entrecierran—. No logramos llegar tan lejos para que ahora dejemos que todo se lo lleve el diablo. Hazte a la idea.

Siento el terror que se me acumula por dentro, como una vieja herida que se volviera a abrir. Me vuelvo hacia mi mamá.

—Soy muy ingenua, ¿cierto? ¿Por qué te ibas a interesar por Smitty? Nunca te ha importado nada más que tu trabajo. Ni siquiera te importó Papá.

—Claro que sí me importaba —dice mi madre, con la voz temblorosa—. Osiris iba a servir para ayudarle.

Mi corazón se desploma.

—¿Qué quieres decir?

Me da un tirón en el brazo.

—¡No tenemos tiempo para eso ahora!

—¡En eso estoy de acuerdo! —dice Pete.

—Bobby, agarren sus cosas y lárguense —me grita Smitty—. Yo ya estoy acabado.

Y en ese momento me acuerdo.

Tengo el antídoto.

—Por encima de mi cadáver —me sacudo del brazo de Mamá y camino hacia el lugar donde dejé la neverita en el muelle.

Mamá hace lo posible por detenerme.

—¡No, Bobby!

—¡Voy a salvarlo, Mamá! —le grito, abriendo el cierre de la nevera. Sostengo la jeringa entre mis dedos helados—. No trates de evitarlo.

Salta hacia mí, con los brazos extendidos, pero la esquivo y me meto detrás de Smitty.

—¡Ya no hay nada qué hacer! ¡Están aquí! —Alicia está paralizada mirando la puerta al muelle, y la docena de villanos babeantes que tratan de derribarla. Los travesaños de madera empiezan a ceder.

Mi mamá da un paso hacia mí.

—Es el único antídoto, Bobby. No te puedo explicar lo valioso que es —se mueve de nuevo, y ambas parece que bailáramos alrededor de Smitty—. Tiene potencial para salvar millones de vidas.

—¿Y qué hay de la vida de Smitty? —le grito, y sostengo la jeringa lejos de su alcance—. Pensé que lo que te importaba era curar a la gente —digo, entre la incredulidad y la risa—. Ya entiendo que no hicieras nada por salvar a Papá.

Me mira, entendiendo. Es como si mis propios ojos me miraran desde su cara, llenos de lágrimas.

—Estaba infectado.

El mundo entero me cae encima.

—¿Papá...? ¿Papá era uno de ellos?

Mi mamá niega con un gesto.

—No, era un portador. Uno en un millón. Pero luego se enfermó y nada podía curarlo... —se le quiebra la voz.

—¿Ni siquiera esto? —grito, levantando la jeringa en alto.

Veo la congoja en la cara de mi mamá.

—Se nos acabó el tiempo. Era demasiado tarde para él.

—Pero no para Smitty —le entrego la jeringa a él, y luego corro hacia mi madre para darle el más extraño de los abrazos, para mantenerla alejada de él.

Smitty lo duda tan sólo un segundo, y le quita la cubierta a la aguja.

—Sí, soy mucho más sexy si estoy vivo. ¡Yipiiiii! —se pincha en la pierna y empuja el émbolo de la jeringa—. ¡Déjate llevar por el ritmo!

—¡No! —aúlla mi mamá, y trata de liberarse de mi abrazo.

Se oye un crujido, y la puerta que estaba conteniendo al grupo de zombis cede.

—¡Se nos acabó el tiempo! —grita Pete.

—¡Por aquí! —Mamá se traga sus lágrimas y toma su posición de líder de nuevo—. Es probable que seas el muchacho más afortunado del mundo —le lanza a Smitty una mirada lúgubre—. ¿Y sabes qué? Vendrás conmigo —levanta a Smitty y todos bajamos al hielo por las escaleras, moviéndonos dolorosamente despacio alrededor del agujero en el hielo, lleno de asqueroso caldo de zombis, sin atrevernos a correr ni a detenernos demasiado. Las luces de las cuatrimotos aún están encendidas, mientras se hunden en lo profundo del lago e iluminan los cuerpos desde el fondo. No quiero mirar hacia abajo, y me concentro en el otro lado, evitando pensar en el dolor y el frío, y el miedo de que el hielo ceda de nuevo, de sentir las manos que me agarran y los dientes afilados. Alicia y Pete se adelantan, siguiendo las huellas de llantas hasta la orilla más alejada, y nosotros vamos tras ellos. Smitty recarga su peso en mi hombro. Mamá lo carga por el otro brazo, y entre las dos lo llevamos sobre el hielo. Ella quería tener el antídoto en sus manos, pero supongo que no de esta manera. Smitty es su preciosa carga ahora.

Llegamos a la orilla cuando la noche finalmente se cierra. Mi mamá nos lleva hasta un sendero entre los árboles. Parece que conociera el camino a pesar de la oscuridad. Miro hacia atrás una última vez. El castillo es una mancha de luz en la distancia. ¿Qué estará pasando allí ahora? ¿Alcanzará a arder hasta los cimientos antes de que los de Xanthro lleguen?

De los árboles pasamos a una carretera. Contemplo la distancia con mi telescópica mirada de soldado en batalla, y detecto algo… Al principio no creo que sea nada. Un brillo amarillo a lo lejos, que flota sobre el suelo. Debo tener el cerebro frito y probablemente estoy viendo visiones. Pero entonces Alicia se detiene.

—¿Qué es eso?

—¿Lo ven? —murmura Smitty.

—Yo sí —dice Pete.

A lo mejor estamos todos bajo el efecto de algo. O quizás morimos en el lago y ésta es la luz al final del túnel, y nuestros seres queridos nos esperan para darnos la bienvenida al cielo. Me dejo caer de rodillas. Volveré a ver a Papá.

Smitty se derrumba a mi lado. Él también lo sabe. La luz se acerca. Me encanta. Casi que puedo sentir su calidez. Ésta es la entrada a la vida en el más allá, donde finalmente tendré algo de paz. Alicia y Pete también se arrodillan. Espero que a Dios no le moleste que

Mamá siga de pie. No es muy respetuoso de su parte. Probablemente él ya sabe que Mamá es así. Yo me encargaré de convencerlo.

—¡De pie! —Mamá trata de levantarme.

Pero estoy cómoda ahí, en la nieve.

La luz me enceguece y el suelo vibra.

—¡Levántense! —grita Mamá, y tira de mí, pero no logro moverme. Corre frente a la luz, moviendo los brazos. Se oye un ruido de frenazo y la luz se detiene justo frente a ella. ¡Qué extraño! Corre de vuelta hacia mí y me abraza—. ¡Te tengo! ¡Te tengo!

¡Genial! Casi llego al cielo y Mamá lo echó todo a perder. Típico.

Miro a Smitty, que entrecierra los ojos para poder ver las luces. Y luego distingue algo y una sonrisa enorme se extiende en su cara. Levanta los brazos en el aire y echa la cabeza hacia atrás, festejando como loco, reloco y desquiciado.

—Es el autobús otra vez —dice Alicia—. Nos encontró.

Me pongo de pie.

Oigo el silbido familiar de la puerta que se abre, y el crujido de pasos en la nieve. Y luego aparece un hombre de mediana edad con una linterna. Definitivamente no es Dios.

—¿Qué hacen en medio de la maldita carretera? —me ilumina la cara con la linterna—. Los hubiera podido atropellar a todos.

Cierro los ojos y me dejo caer en la nieve una vez más. Oigo muchas voces alrededor. Humanos de verdad. Vivos.

—Todo va a estar bien, Bobby —Mamá hablando en mi oído de nuevo—. Te quiero mucho. Vamos a llegar sanas y salvas a casa, y no vas a tener que pelear más.

Y después siento manos que me levantan y me ayudan a subir los escalones y a acomodarme en la tibieza del autobús. No es el nuestro, obviamente, pero se parece mucho. Docenas de caras nos miran, con expresión de incredulidad.

Chicos. En una excursión escolar.

Están las chicas populares con su ropa de esquí en colores pastel. Está el rebelde con carácter, en una de las últimas filas, y la solitaria, sentada detrás de un profesor, con los audífonos puestos mientras ruega por estar en cualquier otra parte y no aquí.

—¡Es como volver al pasado! —dice Alicia.

—Carne fresca —comenta Pete.

—Hay espacio más que suficiente para todos ustedes —dice el chofer mientras avanzamos por el pasillo. Alguien me ayuda a sentarme en la última fila—. En cuestión de una hora o dos estaremos de vuelta en la civilización, si el tiempo lo permite —continúa—. No se imaginan lo que fue en Aviemore. Una ventisca de verdad —su voz es ligera y sencilla—. ¿Seguro que están bien? Una vez que mi teléfono vuelva a funcionar, puedo llamar para pedir que tengan un médico cuando lleguemos. No son los primeros que vemos vagando por esta carretera. Y tampoco parecían en muy buena forma. ¡Qué noche para andar por ahí! Está helando.

Oigo a mi mamá que le habla, le cuenta alguna historia medianamente creíble. Pete y Alicia están sentados una fila más adelante, al otro lado del pasillo. Alicia ya está profundamente dormida, con la cabeza apoyada en el hombro de Pete. Smitty está fuera de combate a mi lado, con la pierna envuelta en un vendaje provisional hecho con una bufanda. Alguien nos cubrió con una cobija. Siento la vibración del motor encendido y el autobús empieza a moverse despacio.

El cansancio me cae encima como un alud. Me volteo hacia Smitty antes de que me arrastre la fatiga.

—Dime una cosa.

Me mira con una sonrisa atontada.

—Lo que quieras.

—¿Este autobús tiene una escotilla en el techo? ¿Y una trampilla hacia el equipaje en el piso?

Con un esfuerzo mayúsculo se endereza para mirar por el pasillo.

—Ajá. Ambas cosas, en esos lugares.

—Muy bien —me acomodo—. Entonces, estaremos bien.

Smitty se ríe, adormilado, el autobús ruge al cambiar de marcha, el chofer enciende el radio y nos pone una canción totalmente cursi sobre la delicia de estar al sol y la suerte loca loca loca que tenemos. Empiezo a quedarme dormida, y bajo la cobija, siento que Smitty me toma la mano. Me permito una sonrisa cuando oigo su voz en mi oído, baja y enérgica.

—Así es, Bob. Estaremos bien.

Caigo dormida, rindiéndome al cansancio. Pero algo se me clava en las costillas. Es la neverita. Me quito la tira colgada del hombro y con cuidado la deposito en el piso. Espero que la otra jeringa no corra peligro allí. Sería ridículo terminar convirtiendo en zombis a todos los pasajeros de otro autobús escolar, una verdadera torpeza. Al empujar la nevera con los pies para meterla bajo el asiento de adelante me doy cuenta de que algo bloquea el movimiento. El autobús da un salto y lo que sea que se interponía rueda hacia el pasillo. Me inclino sobre Smitty para ver qué era.

Un cartón rectangular.

Con una figura caricaturesca anaranjada en el frente.

El cartón está abierto.

Vacío.

"Jugo de verduras Carrot Man: ¡pon fuego en tu interior!"

Me fluye adrenalina por el cuerpo, como si alguien acabara de ponerme una inyección en pleno corazón.

No, no, no…

—¡Smitty! ¡Despiértate! —lo sacudo y mi voz se transforma en un grito—. ¡Tenemos que bajarnos de este autobús de inmediato!

Agradecimientos

Un millón de gracias a mi agente Veronique Baxter por su pasión, su sabiduría, y en general por ser tan *cool*.

A mis maravillosas y pacientes editoras Imogen Cooper y Rachel Leyshon, y a Barry Cunningham, Rachel Hickman y todo el equipo de Chicken House por su entusiasmo sin límites.

¿Qué hubiera hecho yo sin mis fabulosas compañeras de faena? Mis agradecimientos a Elaine Dimopolous, Jean Stehle, Sonia Miller, Jane Kohuth y Laura Woollett, por apoyar e inspirar a esta dispersa inglesa a lo largo de las muchas revisiones y más allá.

Un reconocimiento especial para Emma Sear, por no dejar que una pequeñez como el océano Atlántico se interpusiera en este trabajo, y a mi amigota Jennifer Withers, por todo el horror que voy a poder necesitar en la vida.

A Keith y Didi McKay por tener razón, maldita sea. Los quiero muchísimo.

Por último, a John Mawer y Xanthe, por darme la mejor razón en el mundo para sobrevivir al apocalipsis zombi.